SEULS AU MONDE

EMMY LAYBOURNE

SEULS AU MONDE 2

Traduit de l'anglais (États-Unis)
par Christophe Rosson

hachette

L'édition originale de cet ouvrage
a paru chez Feiwel and Friends, an imprint of Macmillan,
sous le titre :

MONUMENT 14 – BOOK 2 – SKY ON FIRE

La nouvelle JAKE SIMONSEN : SEUL AU MONDE
a été éditée pour Tor.com
par Holly West de Feiwel and Friends
sous le titre :

JAKE AND THE OTHER GIRL

Traduit de l'anglais (États-Unis)
par Christophe Rosson.

Hachette Livre, 43, quai de Grenelle, 75015 Paris.

À SAM, TOUJOURS.

À QUI ME LIRA.

Petit problème de maths :

Huit jeunes, ne pouvant être exposés à l'air extérieur plus de trente ou quarante secondes sans en subir d'horribles conséquences psychotiques, partent pour un voyage de cent dix kilomètres sur une autoroute sans visibilité, à bord d'un bus ayant survécu à un méga-orage de grêle et qui a fini encastré dans les portes coulissantes d'un centre commercial Greenway. Ils risquent d'être attaqués ou retardés par une quantité inconnue d'obstacles (meurtriers et bandits affectés par des produits chimiques militaires, blocages routiers, etc.).

Calculez les chances que ces jeunes ont d'arriver à l'aéroport international de Denver où, à ce qu'ils croient, ils seront sauvés.

Je sais, il vous manque des données pour calculer les probabilités comme il faut. Mais si vous connaissez tant soit peu les maths — ne seraient-ce que les principes de base des probas —, vous l'aurez compris : nos chances de réussite, elles puent.

C'est pourquoi j'écris cette lettre. Pour que, lorsque vous la trouverez, vous sachiez qui nous étions.

Dans le bus avec moi, il y a :

Niko Mills – notre chef. Il est (ou était) en première au lycée Lewis-Palmer. Il fait aussi partie des scouts, et est du groupe sanguin A. Traduction, s'il se retrouve exposé à l'air extérieur plus d'une minute, il va se retrouver le corps couvert de cloques, puis il mourra.

Brayden Cutlass – élève de première. Groupe AB – hallucinations paranoïaques. Mais là, c'est secondaire : il est quasi inconscient. C'est d'ailleurs à cause de lui, enfin entre autres, que nous tentons de rallier Denver. Il s'est pris une balle dans l'épaule (balle tirée par un des deux étrangers qu'on avait accueillis dans notre Greenway). L'hôpital de Monument est fermé, mais on nous a dit qu'il y avait des médecins à l'aéroport de Denver, vu que c'est là qu'a lieu l'évacuation.

Josie Miller – élève de seconde. Groupe AB, aussi. L'une des filles les plus sympas que je connaisse (aucun rapport, mais je tenais à le dire).

Sahalia Wenner – treize ans seulement, mais se prend pour une lycéenne. Groupe B, comme moi. Nous ne présentons aucun symptôme visible, mais nous serons atteints de « problèmes de reproduction » : ni elle ni moi ne pourrons avoir d'enfants. Youpi !

Batiste Harrison – CE1. Groupe B, comme Sahalia et moi. A parfois tendance à abuser des sermons. Fréquente l'église, c'est clair, mais laquelle, je l'ignore.

Ulysses Dominguez – CP. Groupe AB. Anglais approximatif.

Max Skolnik – CP. Groupe A. Épaisse tignasse et anecdotes pas croyables. Là, on ne lui voit pas plus les tifs qu'on ne l'entend parler, vu qu'il est emmitouflé sous cinq couches de vêtements et qu'il porte un masque antipollution. Comme nous autres.

Ça, c'est nous dans le bus. Mais il y a aussi ceux qui sont restés dans le Greenway situé sur Old Denver Highway (Monument, Colorado). Comme mon crétin de frère, Dean Grieder, seize ans. Et aussi :

Astrid Heyman – élève de terminale. Type O. Objet des fantasmes à la con de mon frère et qui, soit dit en passant, n'est même pas gentille et qui, à mon avis, est loin d'apprécier Dean ne serait-ce que comme ami. Alors, pour le reste...

Chloe (impossible de me rappeler son nom) – CE2. Type O. O comme odieuse.

Caroline McKinley – maternelle et

Henry McKinley – maternelle. Jumeaux. Groupe AB.

Si vous trouvez ce carnet, je vous en supplie, allez sauver mon frère et les autres. Ils attendent peut-être encore les secours dans le Greenway.

Dean prétend qu'il a voulu rester dans le Greenway parce qu'Astrid, Chloe et lui sont du groupe O, et qu'ils se transformeront en monstres sanguinaires s'ils se retrouvent exposés aux produits chimiques, sauf que nous, on prévoyait de les ligoter et de leur donner des somnifères. Il n'y aurait eu aucun souci.

Voilà. La suite va montrer qu'il a fait le mauvais choix. À moins que vous n'ayez trouvé mes notes dans la carcasse carbonisée de notre bus, et que vous vous apprêtiez à partir sauver Dean, auquel cas, d'accord, il aurait fait le bon choix.

Je tiens aussi à mentionner Jake Simonsen. Élève de terminale. Groupe B. Il a certes quitté notre groupe pendant une mission de reconnaissance, mais il mérite de figurer dans cette liste, vu que, à la base, il faisait partie des quatorze naufragés de Monument, dans le Colorado.

C'est tout pour le moment.

Alex Grieder – treize ans. Groupe B.
28 septembre 2024

CHAPITRE UN

DEAN

C'ÉTAIT TROP MIGNON, COMME MOMENT DE VIE. Astrid qui câlinait la petite Caroline et le petit Henry. Luna qui aboyait et léchouillait tous les visages qui lui passaient à portée de langue.

Bon, c'est sûr qu'on avait tous nos cinq couches d'habits pour protéger notre peau des produits chimiques. Et que moi j'avais encore mon masque antipollution. Chloe, elle, elle était à l'écart – avec masque et couches de vêtements. Elle dormait sur un matelas gonflable ; on lui avait fait prendre des somnifères. Mais pour nous autres, dans le Greenway, c'était un super moment.

Voir Astrid couvrir de bisous les petites bouilles crasseuses des jumeaux aux taches de rousseur, ça me mettait du baume au cœur. La voir exprimer de l'amour envers eux, je me dis que ça a encore augmenté celui que je lui portais. J'avais l'impression que mon cœur allait éclater.

À ce moment-là, Astrid a pris une grande inspiration.

J'ai vu ses narines se dilater. Elle a inspiré trop longtemps, j'ai su que la crise était imminente.

— Pourquoi vous êtes restés ? a-t-elle alors gémi. Espèces de PETITS CONS. POURQUOI VOUS ÊTES RESTÉS ?

JOUR 12

Elle écrasait les gosses contre sa poitrine, les tenant chacun d'une main par la tête.

J'ai dû intervenir pour les séparer.

Fin du moment de vie trop mignon.

Caroline et Henry pleuraient ; moi, je plaquais Astrid au sol.

— Son masque ! ai-je lancé aux petits.

Astrid s'est déchaînée, elle me poussait comme une malade.

Luna aboyait à en péter une durite.

— Caroline ! ai-je hurlé pour me faire entendre malgré mon masque. Va me chercher son masque ! Apporte-le-moi.

Astrid l'avait retiré en apercevant les petits, pour mieux se mettre à les câliner et à les bisouiller.

Caroline m'a rapporté le masque ; Astrid se débattait toujours. Il me fallait employer toute ma force pour la maintenir au sol.

— Mets-lui le machin ! ai-je ordonné à la petite.

Elle pleurait encore, mais elle a obéi. Son frère est venu l'aider à le tenir en place.

— Arrête de te débattre ! ai-je dit à Astrid. Tu vas bien. T'as juste inhalé des produits. Respire maintenant.

— Appuie plus fort, a dit Henry à Caroline.

La fillette a acquiescé. À eux deux, ils ont écrasé le masque plus fort sur la figure d'Astrid.

Elle, elle nous regardait. Elle me regardait. Dans ses yeux bleu clair, la fureur a peu à peu diminué ; elle a fermé les yeux et son corps s'est détendu sous moi.

Je suis resté sur elle jusqu'à ce que, d'une voix rauque, elle annonce :

— Je vais bien.

Là, je me suis mis à genoux, puis me suis relevé.

Astrid a appuyé d'une main contre son masque, et a gentiment écarté les jumeaux en se rasseyant.

Caroline l'a tapotée dans le dos.

— C'est bon, on sait que c'était pas vraiment toi.

— Ouais, a confirmé son frère. C'était toi en monstre, pas toi en vrai.

— Bon, debout tout le monde, ai-je conclu. Il faut vite remonter les protections.

On avait dû rouvrir l'entrée pour faire sortir le bus qui avait emmené Alex, Niko, Josie et les autres. Les couches de couvertures, de bâches et de contreplaqué qu'on avait utilisées pour calfeutrer le passage étaient toutes décrochées.

Première mission : refermer la porte et purifier l'air ambiant. Le magasin tout entier était-il contaminé ? Aucune idée.

J'ai empoigné les couvertures et les bâches qui pendaient encore à la grille et les ai remises en place.

— Filez-moi un pistolet à agrafes ! ai-je lancé aux jumeaux.

Ces outils étaient juste là, par terre, ils n'avaient pas bougé depuis la première fois où on avait calfeutré l'entrée. Sur le coup, ça m'a fait plaisir qu'on ait eu la flemme d'aller les ranger. À moins que Niko n'ait fait exprès de les laisser là ? Il pensait toujours à tout.

Bref, le temps que je refixe les couvertures et les bâches, Astrid s'était relevée et elle m'apportait un premier contreplaqué.

J'ai commencé à agrafer cette planche mais, au quatrième point, le pistolet a fait *CLIC-CLIC*. J'étais à court d'agrafes.

— Purée, ai-je grommelé. (Il n'en restait plus non plus dans le carton.) Je reviens tout de suite !

Il fallait vraiment gueuler pour se faire comprendre avec ces masques à la noix.

Je préférais ne pas imaginer comment la communication passait entre Niko, Josie et Alex à bord du bus.

Ils n'auraient jamais dû partir et, chaque fois que j'y repensais, ça me mettait en rogne.

Mais là, ce n'était pas le moment. Je devais faire marcher ma cervelle. Calfeutrer le Greenway au plus vite.

J'ai filé au rayon maison & bricolage.

Je suis passé devant Chloe, couchée sur son matelas gonflable. Elle portait toujours son masque, ses habits de protection, et comatait à fond. Niko lui avait donné un somnifère puissant.

Elle allait bien rouspéter, en se réveillant, quand elle constaterait que Niko et les autres étaient partis sans elle.

Elle avait raté le psychodrame du moment où Astrid et moi avions annoncé à tout le monde qu'on ne partait pas. Parce que, vu notre groupe sanguin, il valait mieux pour tout le monde qu'on reste dans le Greenway.

Et personne ne lui avait demandé son avis avant que Niko la débarque du bus.

Mais bon, je me disais qu'on avait eu raison. C'était carrément trop dangereux qu'on sorte. Astrid avait inspiré quelques bouffées des produits, et elle était partie en live. Alors tenter de rallier Denver, cent dix bornes à l'air libre... On les aurait massacrés jusqu'au dernier.

J'en étais sûr. On avait fait le bon choix.

En plus, dans le centre commercial, on avait de quoi tenir des semaines, des mois. Largement le temps que les autres arrivent à l'aéroport de Denver et organisent une expédition de secours. Ou bien le temps que les produits se dissipent

– on avait entendu dire que les effets ne duraient que trois à six mois…

En repartant vers la grille d'entrée avec mon pistolet à agrafes rechargé, j'ai avisé Caroline et Henry, accroupis à côté de Chloe, qui se balançaient d'avant en arrière. Luna était roulée en boule près d'eux.

On aurait dit trois petits extraterrestres et leur chien sur un radeau.

C'est là qu'a retenti un bruit sourd à la grille.

Astrid a sursauté et s'est tournée vers moi.

Re-bruit sourd.

— Hé ! a lancé une voix.

— Y a quelqu'un ? a hurlé Astrid.

— J'en étais sûr ! Je savais bien que j'avais vu de la lumière. Hé, Jeff, j'avais raison ! Il y a du monde là-dedans !

— Vous êtes qui ? ai-je crié.

— M'appelle Scott Fisher. Ouvrez la grille, laissez-nous entrer, d'ac' ?

— Désolé, ai-je menti. On peut pas l'ouvrir.

— Oh que si. Elle était ouverte il y a pas dix minutes. On a vu de la lumière ! Allez !

— Ouais, allez ! Laissez-nous entrer, a ajouté une seconde voix (sans doute Jeff).

— Magnez-vous, les gars. Dehors, c'est trop la crise !

Tu m'étonnes.

— Ouais, je sais, ai-je répondu. Mais on peut pas.

— Et pourquoi ça, nom de Dieu ? a demandé le type.

Astrid est venue se poster à côté de moi.

— Parce qu'on a déjà fait entrer deux adultes une fois ! a-t-elle hurlé à travers son masque. Et que l'un d'eux s'en est pris à une fille et a voulu abattre notre chef !

— Bon, OK, mais nous, on n'est pas comme ça. Nous, on est super gentils.

— Désolée, a conclu Astrid.

Elle appuyait d'une main contre le contreplaqué et m'a fait signe de l'agrafer.

— Rôô, allez, à la fin ! a repris le gars. On a faim, on a soif. Il y a des gens qui meurent, dehors ! Laissez-nous entrer.

— Désolé ! ai-je gueulé.

Sur ce, j'ai donné un coup de pistolet à agrafes.

Scott et Jeff secouaient la grille en jurant comme des charretiers, mais après qu'on a fini de remonter le contreplaqué, on ne les entendait presque plus.

J'étais en train d'examiner le mur, et j'avais décidé d'ajouter une dernière couche de bâches en plastique sitôt qu'on aurait mis en marche les purificateurs d'air, quand Astrid m'a tiré par le bras.

— Pendant qu'on est équipés, on pourrait aller jeter de la nourriture pour ces mecs depuis le toit.

— Hein ?

— Allons leur jeter de la nourriture et de l'eau ! a-t-elle hurlé.

— Pourquoi ?

Elle a haussé les épaules.

— On a plein de trucs et eux rien. On devrait les aider.

Aargh, j'avais pas envie de remonter sur le toit. Carrément pas.

J'étais épuisé et je voulais brancher les purificateurs d'air.

Mais Astrid, elle, restait bloquée devant moi, genre c'est une trop bonne idée. Genre, c'est le truc à faire.

— Je veux d'abord mettre en marche les purificateurs, ai-je annoncé.

— Je peux m'en occuper avec les petits, m'a-t-elle hurlé à travers son masque. Tu ferais mieux de monter la bouffe pendant que les mecs sont encore dehors.

— Mais…

Je n'avais pas les idées assez claires pour lui expliquer pourquoi l'idée n'était pas bonne. Elle se disait peut-être que j'avais la flemme ou la frousse de monter sur le toit, ou je sais pas quoi encore.

— OK, ai-je capitulé. J'y vais.

Elle s'est retournée vers les gosses, genre sans même un merci.

— Caroline et Henry, les a-t-elle appelés. Prenez un chariot et venez avec moi.

— Minute, ai-je fait. D'abord, on branche les purificateurs. Ensuite, j'apporte la nourriture.

Astrid m'a regardé et a soupiré.

OK, c'est pas facile de déchiffrer une expression à travers la visière plastique d'un masque industriel, mais ce que j'ai réussi à lire, ça donnait :

Ah, d'accord, le petit con a l'impression de se faire balader, alors il insiste sur un détail insignifiant. Bon, sa fierté a sûrement besoin de remporter cette petite victoire, alors je vais céder.

Et elle a dit :

— OK. Mais on se dépêche.

On avait huit modèles différents de purificateurs d'air dans le Greenway, et quatre à six pièces de chaque. Astrid et moi, on s'est occupés des gros ; Caroline et Henry, des petits.

Il nous a fallu pas mal de rallonges, vu que la plupart des prises étaient situées dans les murs, et qu'on a disposé des purificateurs un peu partout.

Ensuite, direction la pizzeria. On y avait transporté toute la nourriture dans les grands frigos quand on avait compris qu'on allait rester là un bon moment.

J'ai pris des boîtes de thon, un sachet de vieux pain, des barres de céréales pour le petit déjeuner dont personne ne voulait, et des glaces à l'eau auxquelles aucun des gosses, même les moins regardants, n'aurait voulu toucher. Le tout avec deux ou trois grosses bouteilles de limonade bon marché.

J'ai fourré le tout dans une grande bassine en plastique orange que j'ai ensuite apportée dans la réserve.

On était seuls dans le Greenway depuis deux heures, et déjà elle jouait au petit chef avec moi comme si j'étais un mioche ou je sais pas quoi. Ça partait mal.

Bref, je suis entré dans la réserve en poussant les portes avec mon dos, vu que j'avais la bassine dans les bras.

Là-dessus je me suis retourné, et c'est limite si la bassine ne m'est pas tombée des mains.

Je pensais à Astrid tellement à fond que j'en avais oublié les cadavres.

C'était pas beau à voir. Le corps de Robbie avait à moitié glissé de son matelas gonflable. En plus, le matelas étant quasiment tout dégonflé, le cadavre sanguinolent était juste allongé sur une bande de caoutchouc. La couverture avec laquelle on l'avait recouvert était gorgée de sang en plusieurs endroits.

À côté de lui, il y avait le corps de M. Appleton. Lui était mort dans son sommeil. Plus paisible, je confirme. Et comme pour prouver la chose, son matelas était encore gonflé.

Les cadavres des deux étrangers qui avaient fait éclater notre groupe étaient couchés dans la réserve.

Je n'avais pas eu le temps de penser à Robbie ni à la façon dont il nous avait trahis.

M. Appleton et lui avaient demandé à ce qu'on leur permette d'entrer dans le Greenway et on avait accepté. Mais quand le moment de repartir était venu, Robbie avait freiné des deux pieds. Là-dessus, M. Appleton était tombé malade et, dans la nuit, on avait trouvé Robbie avec Sahalia.

Dans la bagarre qui avait suivi, Brayden s'était pris une balle dans l'épaule, et Robbie s'était fait tuer.

M. Appleton était mort quelques minutes plus tard. On n'aurait rien pu faire pour le sauver, je me dis.

Mais pour Robbie…

Là, rien que de regarder son cadavre, je sentais monter la rage. À ce que j'ai compris, il avait tenté de coucher avec Sahalia. De force ou par manipulation, je ne sais pas trop. Sauf qu'il s'est montré sous son vrai jour et que c'était dégueu. Sérieux, un mec de cinquante ans avec une gamine de treize ? Dégueu. On le prenait tous pour un type genre père de famille aimant, et il s'est révélé être une ordure.

En plus, si Robbie ne s'en était pas pris à Sahalia, Brayden n'aurait pas été blessé. Niko, Alex et les autres n'auraient jamais tenté de partir pour Denver.

Grosse tristesse, sur le coup.

Robbie et M. Appleton n'étaient que deux morts de plus dans la liste des catastrophes.

Les tout-petits ignoraient tout de ce qui s'était passé, et je comptais bien les laisser encore dans le noir.

J'ai donc ajouté « Cacher cadavres » à ma liste mentale des choses à faire.

Après que j'aurai donné à manger aux connards qui attendaient devant le magasin.

La trappe du plafond était facile à ouvrir. Niko avait fixé une feuille de plastique dessus avec de la bande Velcro, si bien qu'on n'avait qu'à tirer dessus pour l'ouvrir. Et la clé était restée dans la serrure.

Bref, j'ai calé ma bassine sur une marche et j'ai ouvert la trappe.

La dernière fois que j'étais monté sur le toit, on ne savait rien des produits chimiques répandus dans l'air. On avait regardé ce gigantesque nuage qui s'élevait du site du Commandement de la Défense aérospatiale de l'Amérique du Nord, à une cinquantaine de kilomètres de nous.

La dernière fois que j'étais monté sur le toit, j'avais tenté de tuer mon frère.

Là, il faisait sombre. L'air semblait absorber la lumière qui sortait par la trappe. Le ciel était d'un noir opaque. Zéro étoile. Zéro nuage. Juste une espèce de boue noire en suspension.

Je me suis maudit de ne pas avoir pris de lampe électrique.

Cela dit, je ne tenais pas non plus à redescendre en chercher une, alors j'ai posé ma bassine par terre et l'ai poussée jusqu'au rebord du toit. Je rampais derrière.

Pas question de tomber avec cette visibilité nulle.

Au bout d'une minute de cette progression humiliante, la bassine a buté contre le muret du bord. J'ai versé le contenu dans le vide.

— Hé ! ai-je entendu Scott Fisher hurler.

— Pas de quoi ! lui ai-je répondu.

Ils allaient trouver le jackpot. Moi, je serais déjà rentré.

Ils avaient du bol qu'Astrid ait un fond de gentillesse en elle, et que je sois aussi manipulable.

Je suis ensuite retourné vers la lumière de la trappe. J'avais hâte de pouvoir retirer mon masque antipollution.

Porter un masque par-dessus mes lunettes, ça me tapait sur le système. Surtout parce que ça les appuyait sur l'arête de mon nez. Et que mon nez me faisait encore mal à hurler, suite à la raclée que m'avait filée Jake.

En plus, je voulais retirer mes couches d'habits. Ça commençait à coincer sous mes bras et derrière mes genoux.

Là encore, je me suis efforcé de ne pas penser à Alex, Niko et les autres.

Ils avaient cent dix kilomètres à faire avec cet équipement de protection, à bord d'un bus scolaire rafistolé, et sur une autoroute dangereuse et toute noire. Et moi, là, je pleurnichais pour deux petites heures.

Je me suis relevé, puis me suis dirigé tout doucement vers la trappe. Dans les ténèbres environnantes, je vous garantis que la lumière qui en sortait était quasi aveuglante.

Mais j'avançais lentement, vu que le toit n'était plus très plat, et qu'il y avait même des creux à certains endroits – souvenir de l'orage de grêle survenu un million d'années auparavant, et qui nous avait forcés à nous réfugier dans le Greenway.

Je pensais à cet orage, à la chance qu'on avait eue que la conductrice du bus primaire-collège, Mme Wooly, ait d'abord mis ses passagers en sûreté dans le magasin, puis qu'elle soit revenue nous récupérer, nous les grands, dans le bus lycée. Je pensais à Mme Wooly et je me demandais ce qu'il lui était arrivé, en fin de compte. Avait-elle trouvé un abri ? Avait-elle songé à revenir nous chercher, comme elle l'avait promis, ou avait-elle décidé de se la jouer solo ?...

Je pensais à Mme Wooly lorsque la lumière qui passait par la trappe s'est éteinte.

J'étais seul, sur le toit, dans le noir.

CHAPITRE DEUX

ALEX

ON N'AVANCE PAS.

En trois heures, on a dû faire dans les douze kilomètres.

L'aéroport international de Denver se trouve à plus de cent kilomètres.

Ça va prendre plus de temps que ce que j'espérais. On a mis vingt minutes à aller du parking du Greenway à l'Interstate 25.

On a du mal à voir dehors, le Plexiglas étant moins transparent que le verre normal. Là, c'est comme de rouler dans le brouillard.

Le revêtement de l'autoroute est craquelé par endroits. Des fois, il y a carrément des crevasses et des cratères. Mais pour l'instant, rien qui ait empêché le bus d'avancer.

Tous les deux cents mètres environ, il y a de gros projecteurs fonctionnant sur batterie. Et c'est tant mieux, parce que :

1. Ça nous montre la route.
2. Ça nous aide à mieux voir où passer.
3. Ça nous donne l'espoir que quelqu'un nous recherche.

98 KILOMÈTRES

De longues files de voitures sont en rade de part et d'autre de l'autoroute, avec une seule voie de circulation au milieu. À mon avis, les militaires ont dû venir dégager un passage. Dans certains cas, les véhicules ont juste été soulevés et mis de côté.

Les voitures, ça va sans dire, ce n'est pas ce qui fait peur. Personne ne flippe en découvrant l'Interstate 25 transformée en gigantesque parking.

C'est les corps.

Les cadavres à moitié sortis par les portières.

Certains sont tout sanguinolents – sûrement des gens du groupe A, comme Niko et Max.

Des fois, les phares de notre bus éclairent un liquide noir luisant qui a éclaboussé l'intérieur d'un véhicule. Du sang. Je me dis que là aussi il devait s'agir de gens du groupe A. À moins qu'il n'y ait eu là-dedans quelqu'un du groupe O et quelqu'un d'un autre groupe. Et que la personne du groupe O ait massacré l'autre.

Au rayon des choses qui font peur, il y a aussi la mousse blanche.

Une substance qui pousse sur les pneus et qui envahit la carrosserie.

Ça donne l'impression que les pneus ont gelé, qu'ils sont recouverts de particules de glace. Sauf que, la fois où on a été obligés de rouler dessus, ça n'a pas fait comme de la glace. C'était dense et humide, comme de la moisissure.

Je pense qu'il s'agit d'un champignon qui s'attaque au caoutchouc.

En tout cas, ça explique peut-être qu'on ne voie pas de voitures qui roulent.

Seuls les pneus qui n'ont pas été exposés à l'air libre ne sont pas infestés par cette moisissure.

À un moment donné, on a roulé sur un cadavre couché sur la route. Ça a été atroce : on n'a peut-être pas entendu le bruit à cause du moteur, mais on a bien senti le passage. Le corps était charnu.

Bref, voilà le genre de choses auxquelles moi je pense, Dean, pendant que toi tu restes vautré dans le Greenway, à te gaver de chocolat avec Astrid, Chloe et les jumeaux.

Max, Ulysses et Batiste sont assis sur un même siège double. C'est marrant à voir : derrière eux, il y a nos réserves – boîtes de nourriture et bidons d'eau entassés les uns sur les autres, et devant, donc, les trois plus jeunes emmitouflés et masqués. Qui jouent aux petites voitures.

L'un d'eux (sans doute Max) avait dû les embarquer dans son sac à dos. Là, ils font des courses contre le dossier de devant, ils simulent des accidents et font les bruits de moteur et de freinage que font les mômes de leur âge.

Sahalia reste auprès de Brayden, à l'avant.

Lui, il va mal.

Sahalia n'arrête pas de nous bombarder d'infos, Niko, Josie et moi. Genre : *Il s'affaiblit. Il a le teint gris. On dirait qu'il va mourir*. Sauf qu'on ne l'entend pas vraiment.

La faute aux masques antipollution. Quand on les porte, on n'entend quasiment rien, mis à part le moteur du bus et nos battements de cœur dans nos oreilles.

Je crois que, sous son masque, Sahalia pleure.

(Plus tard.)

Juste avant Castle Rock, il y a eu une longue bande d'autoroute libre (traduction : une voie sans obstacles à contourner).

On a pu faire du trente-cinq à l'heure – impression de voler.

Moi je riais, et je crois bien que Niko avait le sourire sous son masque (à ce qu'il m'a semblé, d'après le coin d'œil que je distinguais).

Josie était tout sourires aussi, et elle s'est tournée vers moi les pouces en l'air. Elle était drôle (comme nous autres, d'ailleurs) avec ses cinq couches de jogging et son coupe-vent orange par-dessus. Mais elle irradiait l'espoir, et je lui ai rendu son sourire. Pouces levés aussi.

Quand Josie est heureuse, ça rend tout le monde heureux. Quoi de plus logique, vu qu'elle était un peu la maman de notre groupe. Son calme naturel nous faisait du bien.

Max est allé lui réclamer à manger.

— On a faim ! a-t-il crié.

— Va falloir attendre, mon chou !

— Mais on a faim !

Josie l'a pris par la main et l'a entraîné à l'arrière du bus. Elle essayait de lui expliquer que ce serait trop dangereux de retirer les masques pour manger, quand Sahalia s'est mise à hurler.

Brayden venait de s'effondrer par terre.

Sahalia criait son nom, et le tirait par le bras – pour tenter de le faire rasseoir, sûrement.

Josie s'est précipitée vers elle.

— Depuis quand il est inconscient ? lui a-t-elle demandé.

La fille lui a répondu un truc que je n'ai pas pu entendre.

— Brayden, Brayden ! Reste avec nous ! beuglait Josie. On essaie de te conduire à…

— Tout ça, il le sait. Je lui ai déjà dit, mais d'un coup il s'est endormi et là il faut l'aider !

Sahalia partait en live.

— Écoute-moi… l'a implorée Josie.

— Il faut s'arrêter et aller chercher de l'aide ! crisait l'autre.

— Arrête de hurler !

Là, Josie a retiré son masque antipollution, et le masque de ski qu'elle portait par-dessus.

— Je ne comprends rien de ce que tu dis, Sahalia. Calme-toi et parle doucement.

Elle la tenait par les bras. Gentiment, mais fermement.

Alors Sahalia a elle aussi enlevé ses deux masques.

Les petits se sont mis à gueuler. Je crois qu'ils disaient des trucs comme « C'est pas juste ». Eux aussi, ils voulaient enlever leurs masques.

Je savais que Sahalia était du groupe B, comme moi. Les individus comme nous sont ceux que les produits chimiques affectent le moins sérieusement – perte des fonctions reproductrices, juste.

Josie, elle, appartenait au groupe AB – du coup, si elle ne renfilait pas son masque très vite, elle risquait d'être prise d'hallucinations, et de se mettre à nous accuser de vouloir la tuer ou je ne sais quoi.

— Il est en train de mourir. Il est en train de mourir et vous deux vous traînez comme des limaces ! a hurlé Sahalia.

Elle avait les yeux rougis par les larmes, et le visage creusé.

Elle perdait les pédales, mais j'avais remarqué que c'était une constante chez elle, quelles que soient ses émotions. Genre, la peur ou même le bonheur.

Depuis son siège conducteur, Niko a crié quelque chose qui nous est parvenu étouffé. À tous les coups un truc comme « Qu'est-ce qui se passe ? ».

Il n'a pas arrêté le bus. C'était la meilleure décision, vu les circonstances. Brayden avait peut-être pris une balle, il était peut-être en train de mourir, mais si on ne poursuivait pas notre route, si on ne le conduisait pas à Denver, alors il était sûr d'y rester, et nous aussi.

— Brayden ! a crié Josie d'une voix légèrement nasillarde. Tu m'entends ?

Je regardais – j'ai vu quand c'est arrivé.

Josie a secoué la tête. Comme si un moustique l'avait frôlée. Elle secouait la tête et s'est mise à reculer en marchant sur ses talons.

Puis elle s'est pris la tête à deux mains et elle est partie d'un rire méchant.

— Hééé, a fait Sahalia. Tu vas pas bien ou quoi ?

Là-dessus, Josie s'est jetée sur elle. Elles se sont retrouvées couchées par terre, dans l'allée centrale, et Sahalia a commencé à gueuler. Niko a arrêté le bus.

— Qu'est-ce qui se passe ici ? a-t-il beuglé.

Il a aussitôt foncé empoigner Josie, pour tenter de l'éloigner de Sahalia.

Josie n'appartenait pas au groupe AB, mais au groupe O !

Qu'est-ce qui m'avait fait dire… Pourquoi j'avais été aussi sûr qu'elle était du groupe AB ?

Elle était O, et elle essayait de tuer Sahalia.

— Des cordes ! a réclamé Niko.

Sauf que moi, je ne me rappelais plus où elles étaient rangées.

Les caisses, c'était le bazar. Il y avait des aliments avec les médocs, des piles avec les bâches, et pas moyen de repérer les cordes dans ce fatras.

Pendant que je cherchais, les petits hurlaient, s'agrippaient les uns aux autres et pleurnichaient. Niko, lui, essayait toujours d'éloigner Josie de Sahalia.

Et enfin, je les ai trouvées. (Sous le siège devant les garçons.)

J'ai déchiré l'emballage et j'ai sorti un bout de corde. Josie avait lacéré Niko au visage, et lui avait déplacé son masque.

— Ton masque ! ai-je lancé.

Niko maintenait Josie couchée à plat ventre. La figure écrasée contre la moquette. Elle se débattait en grondant comme un chien.

D'une main, Niko a remis son masque en place.

Josie lui a donné un coup de coude sur le côté de la tête et a voulu le dégager de son dos.

Ne sachant pas quoi faire de la corde, je l'ai passée à Niko.

— LIGOTE SES CHEVILLES ! m'a-t-il ordonné.

Josie m'a balancé un coup de pied dans la tête, mais j'ai quand même réussi à lui ficeler les pieds.

Niko lui tenait une main, et elle avait l'autre coincée sous elle.

Puis il lui a empoigné cette autre main et a pu les lui ligoter. Elle ne pourrait plus nous faire de mal.

Elle aurait beau gigoter et enrager, elle ne pourrait pas se libérer.

Niko n'a pas eu besoin de me le dire, je savais ce dont on avait besoin : les somnifères. Il m'a fallu trois plombes pour les trouver. Mais j'ai fini par dénicher un paquet neuf : j'ai sorti un cachet et l'ai passé à Niko.

Il l'a fourré dans la bouche de Josie et m'a fait signe de lui en filer un autre. J'ai obéi. Quelques instants plus tard, elle comatait.

Sahalia n'avait toujours pas remis son masque. Couchée par terre entre les deuxième et troisième rangées, elle pleurait.

Niko est allé l'aider à se relever.

— Je pensais qu'elle était du groupe B, comme moi, lui a dit la fille.

Niko lui a répondu un truc qui a ressemblé à « On ne savait pas ».

— Moi, je croyais qu'elle était AB, suis-je intervenu.

— Elle avait dit qu'elle connaissait son groupe, a précisé Niko. Elle était certaine d'être du B.

Comment ça se faisait qu'on n'était pas sûrs de la chose ? J'ai essayé de me rappeler. Je me dis que, la fois où on a tous été exposés aux produits chimiques, Josie n'était pas avec nous.

Niko a toussé et Sahalia s'est penchée vers lui, l'air inquiet.

Il avait du sang sous son masque.

CHAPITRE TROIS

DEAN

JE ME DIRIGEAIS TANT BIEN QUE MAL VERS LA TRAPPE, MES PIEDS SE PRENANT DANS LES NIDS-DE-POULE CREUSÉS PAR LA GRÊLE.

Astrid m'avait-elle enfermé dehors ? Non. Pas possible.

Y avait-il quelqu'un d'autre sur le toit ? NON.

Mon pied a buté contre l'encadrement de la trappe. J'ai passé mes doigts le long.

Elle était ouverte.

La lumière s'était éteinte dans la réserve, voilà tout.

C'est là que j'ai compris combien j'avais été con.

Depuis près de deux semaines qu'on était dans ce Greenway, on avait quasiment laissé toutes les lumières éteintes en permanence pour économiser l'énergie.

Mon frère Alex, ce petit génie, avait compris comment fonctionnait le tableau de contrôle de l'installation photovoltaïque. Il avait limité l'éclairage à la cuisine et au train (l'espèce de chambrée qu'on avait installée dans un coin du Greenway).

Sauf que là, ça faisait deux ou trois heures (je ne sais plus) que l'éclairage tournait au maximum.

En plus, on avait branché une trentaine de purificateurs d'air en même temps.

JOUR 12

On n'avait plus de jus. Aussi simple que ça.

J'ai bien refermé la trappe derrière moi et j'ai redescendu les marches dans l'obscurité totale.

Je me suis dirigé vers la porte en contournant les cadavres et les flaques de sang. Pas question de trébucher sur le corps de Robbie.

Ils m'appelaient.

Astrid, Caroline et Henry, en mode panique et grosse frousse.

— Je suis là ! Je vais bien ! les ai-je rassurés.

— T'es où ? m'a lancé Astrid.

— Je vous rejoins. Vous êtes où ?

— Dans le train !

J'étais habitué à me déplacer dans la pénombre du magasin, mais là, c'était différent. Avant, il y avait toujours une lueur qui émanait de la cuisine et du train. Là, c'était le noir total.

Je suis d'abord allé au rayon auto. Je savais que j'y trouverais des lampes électriques par terre, vu que c'est là-bas qu'on avait installé M. Appleton et Brayden, au départ.

J'ai pris une lampe frontale, deux torches, et je les ai allumées.

Comme j'approchais du train, Henry m'a dit :

— On te voit !

— On voit tes lumières qui bougent, a ajouté sa sœur.

— On a bouffé tout le courant, pas vrai ? m'a demandé Astrid.

À sa voix, j'ai compris qu'elle avait retiré son masque.

— Je peux, c'est sûr ? ai-je voulu m'assurer en montrant le mien.

— Du côté de l'entrée, je sais pas. Mais ici, c'est bon.

Je lui ai passé une lampe et j'ai ôté mon masque. J'ai retiré mes lunettes deux secondes pour me masser le nez.

— Oh ! Dean, a-t-elle fait. Ta figure…

Elle avait peut-être oublié que j'avais deux coquards. Et que c'était son mec (*son ex*, j'espérais), Jake, qui me les avait mis.

Mais la vérité, c'est que je les avais mérités – même si ça ne m'incite pas pour autant à me montrer charitable envers Jake. Il était beau, populaire et plein de charme, mais quand il a fallu se retrousser les manches, il a préféré se droguer.

Ensuite, quand on l'a envoyé voir si l'hôpital de la ville était encore ouvert, il a pris la tangente. Astrid méritait mieux que lui.

— Il n'y a plus de courant parce qu'on a épuisé les réserves solaires, ai-je expliqué.

Les gamins ont ouvert de grands yeux, j'ai aussitôt ajouté :

— Tout va bien, tout va bien. On a des tonnes de piles et de lampes électriques et même des lanternes. Ça va aller.

— Mais pour la cuisine ? a demandé Henry.

— On a un super rayon camping, ai-je répondu. Vous avez déjà cuisiné sur un réchaud ? C'est trop marrant.

Là, on a entendu un grognement.

Astrid s'est retournée, le faisceau de sa lampe a balayé la silhouette de Chloe, assise par terre. La petite retirait son masque.

Elle a regardé autour d'elle en se frottant les yeux.

— Eh mais… a-t-elle commencé d'une voix menaçante. Pourquoi je suis pas à Denver ?

Les bons jours, déjà, Chloe n'était pas facile ; là, c'était clairement pas un bon jour.

Elle était livide.

— Je devrais être à Denver, en train de câliner ma nounou, et vous dites que vous m'avez fait sortir du bus EXPRÈS ?

Elle piquait une sacrée crise, et j'étais un peu triste que les lumières soient coupées. J'aurais bien aimé voir sa grosse bouille toute rouge.

— Je devrais être dans un avion, dans l'évacuation pour l'Alaska, et pas coincée ici avec des gros nuls comme vous !

À tous les coups, elle avait les veines du cou toutes gonflées, comme un sergent instructeur d'un mètre dix.

Sauf que, pas de bol, je ne la distinguais que par intermittence : quand elle passait dans le faisceau des lampes des jumeaux.

Caroline et Henry ne trouvaient pas ça drôle. Ils pleuraient et s'efforçaient de calmer Chloe.

— Chloe, steuplé ! l'implorait Henry. C'est mieux ici. C'est plus sûr et ça fait moins peur.

— On est revenus parce que dehors ça fait trop peur ! lui a confirmé Caroline. On va bientôt venir nous chercher. Tu vas voir.

Astrid s'était éclipsée depuis quelques minutes. Elle était partie récupérer d'autres lampes et lanternes. Des bougies, peut-être, aussi.

Moi, je restais assis sur le canapé futon et je laissais Chloe délirer. Je me disais qu'elle finirait bien par être à bout de souffle ou aphone.

Mais c'est là que Luna est devenue toute drôle.

Elle s'est levée d'un bond, les oreilles dressées.

Ses pattes ont tressailli et elle a lancé un petit aboiement en regardant vers l'entrée du magasin. Puis elle s'est tournée vers moi.

— Chut ! ai-je ordonné à Chloe.

— Quand je pense que toi je t'aimais bien, Dean ! a hurlé la gamine.

— Chloe, la ferme ! Regarde donc Luna !

Là, Luna a filé comme une flèche.

Je me suis élancé après elle tout en appelant Astrid.

La chienne a foncé direct à la cuisine.

— Qui est là ? ai-je crié.

Je m'efforçais de paraître ferme, mais ma voix s'est cassée.

Arrivée là-bas, elle s'est mise à aboyer en direction du grand comptoir, puis elle revenue vers moi en courant.

— Qui est là ?

Aucun bruit. Aucun bruit *humain*.

Tout à coup, Luna s'est figée, une patte avant repliée sous son corps, la truffe pointée sous le poêle.

— Qu'est-ce qu'elle a ? a hurlé Chloe.

Qu'est-ce qu'elle pouvait bien fabriquer, là ?...

— Elle est en arrêt, a expliqué Astrid en nous rejoignant depuis le rayon alimentation. Il doit y avoir une bête là-dessous.

Luna était en arrêt ! Quand on pense à un chien d'arrêt, on pense à un golden retriever ou à un labrador. Pas à une petite boule de poils comme notre Luna.

J'ai braqué le faisceau de ma lampe sous le poêle, et ça n'a pas loupé, j'ai vu deux yeux luire dans le noir.

— C'est un rat, ai-je annoncé.

— Baaaah ! ont fait les petits.

— Reculez, leur ai-je ordonné. Vous vous reculez.

— Je vais chercher un piège, a décidé Astrid. Ou peut-être deux... voire une vingtaine.

— Ouais, bonne idée, ai-je approuvé.

— Le tue pas ! a protesté Chloe. On ferait mieux de l'attraper et de le garder comme animal de compagnie.

— Non, quelle horreur, me suis-je insurgé.

— Mais si, enfin, *Dean*, a alors craché la gamine. Je vais le capturer et ensuite on le dressera et ensuite on pourra le garder comme animal de compagnie !

Elle disait ça en fanfaronnant devant Caroline et Henry.

— Mais on a déjà un animal, lui a fait remarquer Caroline. On a Luna.

— C'est pas une raison pour pas en avoir d'autres, idiote !

— Chloe, je t'interdis de t'approcher de ce rat. Astrid va nous apporter un piège.

Sauf que la petite chieuse est allée récupérer un carton rempli de paille et qu'elle l'a vidé par terre.

— Je vais le faire sortir avec le balai, et Henry toi tu l'attrapes dans la boîte !

— Chloe ! Va-t'en de là !

Elle faisait comme si je n'existais pas ! Je l'ai prise par le bras. Je ne voulais pas me mettre en colère, mais là, franchement, elle m'avait soûlé.

— Toi tu me dis pas ce que j'ai à faire, espèce de *traître*.

Elle s'est dégagée d'un geste sec et s'est cognée contre le poêle.

Le rat en a profité pour sortir en un éclair et foncer droit sur Caroline. Luna s'est mise à aboyer comme une malade et s'est jetée sur lui.

Caroline hurlait ; elle a fait un pas en arrière, mais le rat et la chienne s'étaient emberlificotés dans ses jambes et, allez savoir comment, cette saleté de bestiole a fini par mordre la petite.

Après ça, Luna a réussi à attraper le rat entre ses mâchoires et à le tuer.

Chloe, Henry et Caroline gueulaient en chœur. J'ai pris Caroline dans mes bras. Elle se tenait la jambe.

Luna a déposé le rat à mes pieds puis s'est assise.

— *Méchante* chienne ! *Méchante* chienne ! lui criait Chloe. On voulait l'attraper, pas le tuer.

Luna s'est recroquevillée sur elle-même.

— Chloe, tu la fermes ! ai-je beuglé. Ton rat à la con, il a mordu Caroline ! Si tu lui avais foutu la paix, rien de tout ça ne serait arrivé.

Là, Chloe s'est mise à geindre sur un autre mode – genre *ça-me-fait-du-mal-ce-que-tu-me-dis.*

Luna, elle, léchait ses blessures.

— C'est même pas ma faute ! a pleurniché la petite.

Oh que si. Carrément.

— Qu'est-ce qui s'est passé ? s'est exclamée Astrid en revenant avec les pièges à présent inutiles.

Astrid m'éclairait le chemin tandis que je ramenais Caroline au train.

On avait des produits de premiers secours dans le salon.

La blessure était petite. Deux marques de morsure. Pas bien profondes.

Je l'ai nettoyée à la Bactine, puis j'y ai appliqué une pommade antibactérienne et j'ai couvert le tout d'un grand pansement orange fluo.

Sous ses taches de rousseur, Caroline avait le teint pâle et la figure striée de larmes.

La plupart du temps, son frère et elle étaient dans la lune.

Des fois, j'avais l'impression qu'ils ne savaient pas bien où ils étaient, ni même qu'ils avaient conscience de la gravité de la situation.

Ils avaient cinq ans.

Cinq. Ans.

— Je déteste les rats, m'a-t-elle dit tout calmement.

— Personne les aime. Ils sont horribles.

— Je suis contente qu'il soit mort.

Là, elle a fait une grimace puis elle a ajouté :

— Je m'en fiche si Dieu il est en colère après moi. Je suis contente qu'il soit mort.

Je l'ai serrée contre moi.

— Dieu n'est pas en colère après toi, Caroline, lui ai-je assuré.

Et en même temps, pour peu que vous soyez croyant et que vous habitiez Monument, Colorado, à l'automne 2024, vous aviez de quoi vous poser des questions, je me dis.

On a essayé de nettoyer les blessures de Luna, mais la chienne est allée se réfugier entre le dossier du canapé futon et la cloison du train.

Astrid avait rempli un chariot de lampes à piles.

Au grand plaisir de Henry et de Caroline, et aussi de Chloe quand elle a eu fini de bouder, Astrid avait déniché des guirlandes de Noël fonctionnant à piles.

Elle avait autorisé les petits à en décorer les murs du salon.

Moi, je farfouillais dans le chariot, à la recherche de piles pour les lanternes, quand j'ai senti Astrid poser la main sur mon épaule.

— Hé, m'a-t-elle dit.

— Hé, ai-je répondu.

Trop cool, comme mec.

— Je peux te parler ?

— Vas-y.

Elle m'a fait signe de l'accompagner au train.

J'y suis allé, lanterne à la main. Je n'y avais plus mis les pieds depuis… depuis quand ? Plus de vingt-quatre heures, c'est sûr.

Il n'était pas difficile de se rappeler que, avant d'accueillir nos « chambres », l'endroit abritait les anciennes cabines d'essayage du Greenway. Le côté « centre commercial » ressortait encore, malgré les efforts qu'avait faits Josie pour rendre les lieux plus douillets.

Sur la porte de chaque chambre étaient écrits les noms des occupants.

« Max, Batiste et Ulysses » avait ainsi marqué Josie sur celle qui se trouvait à ma droite.

Ça m'a rempli de tristesse et de peur. Elle me manquait, Josie. Ils me manquaient tous.

Astrid a suivi mon regard.

— Tu penses qu'ils sont arrivés à Denver ? m'a-t-elle demandé.

— Possible. En tout cas, j'espère grave.

— Ouais. Moi aussi.

Là-dessus, elle a planté son regard sur ses pieds. Elle portait le bonnet que je lui avais donné après qu'elle m'avait demandé de lui couper les cheveux.

J'ai souri en me rappelant ce moment – sans doute la seule jolie chose qu'on ait partagée elle et moi.

Et puis d'un coup, Astrid a relevé les yeux, et la lueur de ma lanterne a éclairé son visage.

Un reflet doré a jailli de son piercing au nez. Ce piercing qui lui donnait l'air à la fois cool et un peu sauvage.

Je devais sûrement la dévisager, me demander de quoi elle aurait l'air sans ce truc, parce qu'elle m'a sorti :

— Je ne coucherai pas avec toi.

J'ai failli m'étouffer.

— De… de quoi ?

— Je voulais juste que tu saches. Tu te dis peut-être que, vu que tu es resté, je vais vouloir, genre, coucher avec toi. Ben c'est non.

Sur ce, demi-tour, elle est ressortie du train.

Je suis resté comme un con, le menton par terre, dix bonnes minutes.

Ensuite, je me suis mis en rogne.

J'ai retrouvé Astrid dans la cuisine. Elle inspectait les étagères, récupérait tout ce qui se mangeait froid.

— Astrid, l'ai-je interpellée, je n'ai jamais cru que tu coucherais avec moi ! Je n'ai jamais rien dit de tel. Je n'y ai jamais pensé, et je ne te l'aurais jamais demandé !

— Tant mieux. Comme ça, c'est réglé.

— Je suis resté parce que tu avais raison. C'était trop dangereux qu'on parte avec les autres. Et je suis resté aussi parce que tu m'as dit que tu étais enceinte. C'était normal que je reste.

— Et je t'en remercie, a-t-elle répondu en articulant exagérément, comme si j'étais un demeuré. Mais je ne coucherai pas avec toi pour autant.

— J'y crois pas que tu dises ça, ai-je bredouillé. Tu me prends pour un animal, ou quoi ?

— Je voulais juste que ça soit clair entre nous.

Là, elle m'a tourné le dos.

— C'est clair, t'inquiète.

— Bien. Contente de l'entendre.

Elle s'est remise à son tri.

J'étais furieux. Elle se montrait si froide et si…

Je sais pas. J'ai tourné les talons et l'ai laissée là.

Est-ce que j'avais plus ou moins rêvé qu'on se mettrait ensemble, qu'on tomberait amoureux et qu'un jour, dans un avenir lointain, peut-être qu'on ferait l'amour ?

Oui. Évidemment. Quand on craque sur une fille comme je craquais sur elle, c'est obligé.

Là, j'avais l'impression qu'elle sonnait la fin de la récré. Elle disait les choses ouvertement. Ça n'était ni gentil ni même juste.

Je me suis enfoncé dans les rayons obscurs de notre refuge commercial à la con. Furax.

J'avais besoin de m'occuper.

CHAPITRE QUATRE

ALEX

NIKO AVAIT DES CLOQUES SUR TOUTE LA FIGURE. Son masque avait dû bouger pendant la bagarre avec Josie.

Je me dis qu'il en avait sûrement aussi dans la bouche. Ou dans les poumons.

Niko fouillait la bassine de médicaments et y a trouvé un flacon de Benadryl enfants.

Il l'a débouché et en a bu à la bouteille.

— Peux plus conduire, a-t-il dit. On se repose. Dix minutes.

Il s'est écroulé sur un siège, la tête baissée, cherchant à reprendre son souffle.

— On peut enlever nos masques ? a demandé Max.

Sahalia et moi lui avons répondu en chœur :

— NON !

— Seulement les gens du groupe B, a précisé Sahalia.

— Et c'est qui, déjà ? a voulu savoir Batiste.

— Toi, moi et Alex, lui a répondu la fille en roulant les yeux.

J'ai haussé les épaules et ai enlevé mon masque.

L'air avait comme un goût. Piquant.

Mais c'était plus facile de parler comme ça, et aussi de voir, et même de réfléchir, vu qu'on n'était plus obligés d'écouter en permanence sa propre respiration.

Batiste m'a imité avec prudence. Max et Ulysses ont marmonné que c'était pas juste.

— Qu'est-ce qu'on fait, maintenant ? a demandé Sahalia, les mains sur les hanches.

— On attend, je crois. Niko, tu nous fais signe quand tu peux reprendre le volant, OK ?

Il avait la tête basculée en arrière.

Je suis allé appuyer ma tête sur son épaule.

— Niko ? Niko ! l'ai-je appelé.

C'est là que je l'ai entendu ronfler.

— Gé-nial ! a râlé Sahalia.

— Niko, faut qu'on reparte. Niko, réveille-toi.

Il s'est rassis et a regardé autour de lui, l'air un peu perdu.

— Laissez-moi dormir deux minutes, a-t-il marmonné. J'en peux plus.

Il n'avait pas dormi depuis… Depuis plus de vingt-quatre heures, voire pas loin de trente-six. N'empêche…

Poireauter comme ça, c'était trop dur. On lui a donné dix bonnes minutes.

— OK, Niko, lui ai-je dit en le secouant. Debout, c'est l'heure.

— Je sais conduire, a affirmé Sahalia.

— Hein ? Pas question !

— Mon beau-père me laisse conduire tout le temps.

— N'y pense même pas. Là, c'est un bus. Un gros bus scolaire.

— Je peux conduire !

— Qu'elle prenne le volant, a grommelé Niko avant de se rendormir.

Bon, d'accord, Sahalia ne se débrouillait pas trop mal. Elle roulait peut-être un peu plus vite que Niko, mais je m'en moquais. Josie était sous sédatifs. Les gosses avaient la trouille de leur vie, et Niko s'était pété au Benadryl pour dormir – plus tôt on arriverait à l'aéroport de Denver, mieux ça vaudrait.

On venait de passer devant un car quand une silhouette masquée a surgi devant nous.

Sahalia a freiné, mais elle a quand même percuté le gars. Sa tête a éclaté contre le flanc du bus, et il a disparu.

La fille a donné un coup de volant trop fort sur la droite et on s'est retrouvés à dévaler le bas-côté.

Le terrain en contrebas était assez dégagé – pas beaucoup d'arbres ou de végétation. Un flanc de colline garni de broussailles mortes. C'est elles qui nous ont ralentis, je pense.

Parce que le bus n'a rien percuté, il s'est juste arrêté. Sahalia était debout sur le frein, aussi.

Les garçons pleuraient.

Niko s'est relevé comme il a pu.

— Qu'est-ce qu'il y a eu ? a-t-il lancé.

— Sahalia est sortie de la route, ai-je annoncé.

Vu le regard de tueuse qu'elle m'adressait, j'ai précisé :

— Sans le faire exprès.

— OK, a-t-il repris.

Il n'avait pas l'air d'avoir beaucoup d'équilibre.

Il a toussé, et du sang a de nouveau giclé sous son masque.

Puis il a regardé le secteur. Ça semblait désert.

— Je crois qu'on est en sûreté !

J'ai acquiescé. Je savais ce qu'il avait en tête.

Suffisamment en sûreté pour dormir un peu.

— On a faim, est venu se plaindre Max.

Les garçons nous l'avaient déjà dit, mais à ce moment-là on pensait qu'on serait à Denver d'ici quelques heures. Là, on s'apprêtait à passer la nuit en rase campagne.

— Eh ben, mangez, alors, lui ai-je répondu. La bouffe est là.

D'un doigt, je lui montrais une bassine ouverte, remplie de nourriture.

Ils n'avaient quand même pas besoin de moi pour ouvrir un sachet de céréales.

— Faut vous débrouiller un peu, les gars ! Je suis pas responsable de vous, lui ai-je dit.

Ça l'a fait pleurer.

J'ai soupiré puis je lui ai tendu la main.

— Excuse-moi.

Je croyais qu'il allait me serrer la main, mais au lieu de ça, il s'est effondré sur moi et j'ai compris qu'il voulait un câlin.

Difficile de juger, vu comment on était emmitouflés, mais je pense que ça lui a fait du bien.

Après ça, il a répété :

— On a trop faim.

— Rôô, allez, Max, si t'as faim t'as qu'à manger !

— Et comment je fais ?

— Hein ? T'ouvres la bouche, tu mets le manger dedans et tu mâches !

Là, il a tapoté la visière de son masque.

— Mais pour faire entrer le manger ?

Je me suis senti tout con. Je n'avais pas pensé à ça.

J'ai cherché le moyen de les aider. Au final, ils ont juste relevé le bord de leurs masques et fourré les aliments dessous.

Voyant la peau de Max virer au rouge, et les premières cloques apparaître, je lui ai repris son sachet de céréales après trois ou quatre bouchées.

Puis ils se sont allongés pour dormir.

Je me suis efforcé de rester éveillé pour monter la garde, mais j'étais aussi crevé que les autres.

J'ignore pourquoi personne n'est venu fouiner autour du bus.

Peut-être parce qu'il avait l'air en sale état.

Il était couvert de bosses – l'espèce de pâte avec laquelle Robbie avait demandé aux mioches de combler les fissures et les trous. Les vitres étaient condamnées.

Il devait ressembler à une vieille épave.

CHAPITRE CINQ

DEAN

J'AVAIS DÉCIDÉ DE MONTER DES CLOISONS AUTOUR DU TRAIN ET DU SALON POUR RENFORCER LE CÔTÉ « MAISON » À L'INTÉRIEUR DU MAGASIN. Comme ça, on pourrait éclairer et chauffer l'endroit quand nécessaire, et le rendre plus gai, moins effrayant pour les petits.

Ça oui, ça allait m'occuper. Et j'en avais bien besoin, pour oublier un peu ce qui s'était passé entre Astrid et moi.

J'ai commencé par une visite au rayon jouets, lampe électrique à la main. J'avais remarqué que, contrairement à ce qui se faisait ailleurs, les gondoles étaient montées sur roulettes.

J'ai débloqué celle des jeux de société. Elle était équipée d'étagères (et pas de crochets), et c'était cool : on allait pouvoir y ranger nos affaires.

Une fois les freins des roulettes desserrés, j'ai poussé la gondole jusqu'au train.

Gros boulot. Elle était super haute (sûrement plus de deux mètres), lourde et peu maniable. Elle roulait mal, forcément, du coup j'ai dû la pousser de travers – comme un chariot bancal.

Je transpirais, je soufflais comme un bœuf, mais j'ai fini par rejoindre le salon.

Cette longue gondole allait à elle seule constituer un des trois murs que je comptais installer.

Astrid et les petits étaient à la cuisine. Sans doute en train de déjeuner.

Je ne voulais pas me sentir exclu, mais le fait est...

Bref, je me suis concentré sur mon projet.

La partie à l'extérieur des chambres, avec les tapis, on y installerait notre « cuisine » et la plupart de nos affaires. Ensuite il y aurait le train, avec nos lits. On n'aurait qu'à sortir pour se rendre à la décharge ou récupérer d'autres affaires.

Une partie de moi-même était sûrement consciente que j'agissais comme si on allait rester dans ce Greenway un bon bout de temps, mais sur le moment, tout ce que j'arrivais à me dire, c'est que je voulais montrer à Astrid que moi aussi j'avais de bonnes idées, que j'étais intelligent et indépendant, et aussi capable de déplacer des objets super lourds.

La vérité.

Au moment où je revenais au salon avec une deuxième gondole, Astrid et les petits sont arrivés. Astrid et moi, on s'est ignorés.

Sans dire un mot, elle m'a tendu un sandwich (beurre de cacahuète et confiture) que j'ai mangé – sans dire un mot – avant de me remettre au boulot.

Beurre de cacahuète et confiture, je n'apprends rien à personne, c'est le paradis.

À la lueur des guirlandes de Noël, les petits s'essayaient à un jeu de société. Caroline jouait allongée sur le côté. Visiblement vidée.

— Dean, viens jouer au Monopoly avec nous, m'a ordonné Chloe. Henry et Caroline, ils y comprennent rien.

— Non ! lui ai-je rétorqué.

Les trois petits ont aussitôt relevé la tête, et Astrid m'a interrogé du regard.

À croire que le ton sur lequel j'avais répondu était immédiatement suspect, venant d'un individu du groupe O.

— C'est bon, je vais bien. Laissez tomber.

Et j'ai filé.

Qu'ils me dévisagent si ça leur faisait plaisir.

Le Monopoly, c'était notre jeu, à Alex et moi. Ça, jamais ils ne pourraient le comprendre. Un jeu avec ses stratégies et ses traditions, et dont les complexités leur échapperaient.

Je ne voulais pas y jouer.

Je suis retourné chercher une autre gondole au rayon jouets en me disant que jamais je ne rejouerais au Monopoly avec personne d'autre qu'Alex. Jamais, jamais, jamais, jamais.

Bon, je réagissais peut-être comme un gosse.

Et quelque part, heureusement que j'avais mon gros projet qui m'obligeait à déplacer des objets lourds.

La troisième gondole m'a posé des problèmes. Une roulette s'est coincée pendant le transport, du coup il m'a fallu aller en chercher une autre.

J'étais couché à plat ventre dans le rayon jouets, en train d'essayer de débloquer une gondole, quand j'ai entendu Astrid arriver dans mon dos à pas de loup.

— Dean, a-t-elle commencé, je suis désolée si j'ai été… méchante tout à l'heure.

Sa voix était moins triste qu'inquiète.

De là où j'étais, je voyais son ventre sous le bas de son pull.

Avec la fameuse petite bosse.

C'est là que j'ai réellement pris conscience qu'elle était *enceinte*. Et que j'aurais peut-être intérêt à m'en souvenir, et à ne pas trop lui en vouloir si ses hormones lui jouaient des tours.

— Tu pourrais venir, s'il te plaît ? m'a-t-elle demandé.

Je me suis rassis, et l'ai bien regardée.

Elle se mâchonnait plus ou moins la lèvre.

— Caroline s'est endormie, et quand j'ai voulu la porter dans son lit… Elle est chaude. Toute chaude.

— C'est pas ma faute, m'a fait remarquer Chloe au moment où j'arrivais.

Elle traînait devant la chambre qu'elle occupait avec les jumeaux.

— Je dis juste que c'est pas parce qu'il y a eu l'histoire du rat que tout est ma faute.

Deux petits matelas occupaient l'espace de leur chambre.

Ils avaient recouvert le miroir de dessins : maisons, arbres, familles (les sujets normaux des petits de leur âge). Sauf que, bien sûr, notre situation un peu particulière les rendait d'autant plus poignants.

Celui qui m'a achevé, c'est un dessin de Henry : trois personnages. Bon, « personnages »… trois espèces de patates avec un sourire et des traits pour les bras et les jambes. Au bout de leurs bras, ils avaient d'interminables doigts qui se chevauchaient. Les trois personnages se tenaient par la main. Celui de gauche avait une petite tache rouge sur la tête. Celui de droite, des cheveux dessinés à grands traits. Et celui du milieu avait la peau marron et deux nœuds noirs sur la tête.

Josie. Le dessin représentait Josie et les jumeaux.

'Tain, j'aurais trop voulu qu'elle soit là.

Caroline avait le teint pâle et elle transpirait. Elle était couchée sur un matelas, draps et couvertures tout entortillés.

Henry était allongé à côté d'elle. Sa figure collée à la sienne.

— Elle est pas contagieuse, s'est-il défendu. Je peux rester là.

— Bien sûr, Henry, tu restes, ai-je approuvé.

Je me suis agenouillé sur le matelas. Ça cocotait, dans la chambre. J'ai repéré des habits sales, et peut-être même deux ou trois couches pleines dans les coins. Les jumeaux avaient trop peur de se rendre à la décharge la nuit, alors ils avaient remis des couches. Passons.

— Hé, Caroline, lui ai-je dit tout doucement. Tu vas bien ?

Elle a ouvert les yeux et m'a regardé. Grands yeux, regard vitreux.

— Ça va.

Des larmes lui ont coulé au coin des paupières. Elle ne les a pas essuyées. Du coup, elles roulaient jusque sur la figure de Henry, vu qu'il était collé à sa sœur. Lui non plus ne les a pas essuyées.

— Je vais jeter un coup d'œil à ta jambe.

J'ai retiré les couvertures qu'elle avait entortillées autour.

— Sa jambe elle est chaude, a annoncé Henry.

En ôtant les draps, j'ai constaté que le petit appuyait son pied contre le bandage de sa sœur.

— Tu fais quoi, là ? lui ai-je demandé.

— Je laisse mon pied refroidir, après j'appuie contre sa jambe et ça l'aide. Après je change de pied quand il est trop chaud. Ça aide ! Pas vrai, Caro ? Ça aide.

Caroline a acquiescé d'un mouvement faible.

— On peut faire mieux, ai-je repris. Henry, tu veux bien t'écarter une minute ?

— OK, a-t-il accepté à contrecœur.

J'ai précautionneusement relevé la jambe de Caroline et lui ai retiré son pansement. Elle a gémi.

La blessure avait gonflé, elle était rouge sur les bords et blanche au milieu. Infectée – c'était clair.

Mon ventre s'est aussitôt noué de crainte. Pourquoi ne l'avais-je pas traitée aux antibiotiques dès le début ? J'étais taré, ou quoi ?

En silence, je me suis mis à me maudire pour ma bêtise. Il était grand temps que je commence à penser comme un chef.

— Je vais bien, a dit la petite, l'air terrifié.

— Exact, ai-je répondu. Tu vas super bien. Mais tu sais quoi ? Je vais quand même te donner des médicaments. Pour que tu ailles encore mieux.

— OK.

Je me suis relevé, et Henry s'est remis en position.

— Euh... par contre, Henry, n'appuie plus ton pied sur son pansement. Je vais te chercher un truc frais à mettre à la place.

Frais et *stérile*, nom de Dieu.

Astrid m'a accompagné à la pharmacie.

— C'est moche, pas vrai ? m'a-t-elle fait.

— C'est moche, oui. Mais on a tout ce qu'il faut ici. On va la soigner.

— Il y a aussi Luna qui ne veut plus sortir de sa cachette. Je lui ai préparé une gamelle, mais elle refuse d'y toucher.

La pharmacie, c'était encore le bazar, mais j'ai quand même fini par trouver ce que je cherchais : un paquet de Super-Z.

— C'est quoi, ça ? m'a demandé Astrid.

— Des antibiotiques.

— Qu'est-ce qui te fait dire que c'est les bons ?

— L'été dernier, je me suis coupé à la jambe avec une bêche. La plaie est devenue toute rouge et toute moche. Le docteur m'a donné ça.

— Mais pour le dosage ?

Elle se tordait les mains d'inquiétude.

— J'en sais rien, Astrid. C'est ce qu'on a de mieux à faire.

— Il fallait que je le dise, tu sais, a-t-elle alors affirmé.

Elle changeait de sujet.

— Ben non, justement, ai-je rétorqué. C'était pas utile. Jamais j'aurais…

Là, elle a croisé les bras et s'est écartée de moi.

J'ai inspiré à fond, puis j'ai repris :

— Regardons les choses en face. On se connaît à peine. Du coup, tout ce que tu as pu te dire à mon sujet, et tout ce que j'ai pu penser sur toi… mieux vaut tout oublier et repartir de zéro. C'est vrai, écoute, si on fait ça, on finira peut-être par devenir amis.

Je me laissais sûrement un peu emporter, mais elle m'écoutait, alors j'ai continué :

— Des vrais amis, qui peuvent compter l'un sur l'autre. Et franchement, on en a bien besoin. T'en penses quoi ?

— Ouais, a-t-elle acquiescé. C'est une bonne idée.

Je veux, oui.

Et ça le serait d'autant plus si j'étais capable de repartir de zéro sans être amoureux d'elle.

Mais là, elle m'a tendu la main.

Bon, d'accord, elle n'éprouvait peut-être rien pour moi, mais moi, quand je lui ai serré la main, j'ai ressenti une décharge qui m'a remonté le bras et touché en pleine poitrine.

Je ne pouvais pas faire semblant : j'étais dingue d'Astrid Heyman.

Par contre, je pouvais essayer de le cacher un peu mieux.

Caroline n'arrivait pas à avaler les cachets.

Elle les mettait dans sa bouche, prenait une gorgée de Gatorade, puis elle recrachait le tout dans sa main. Ça n'arrangeait rien à l'état de leur chambre.

— Je sais ce qu'il faut faire, est intervenue Chloe. Tu les mets dans de la confiture. Ma nounou elle fait tout le temps comme ça !

Aussitôt, elle a foncé récupérer le nécessaire dans les décombres du rayon alimentation.

Et elle a eu raison, en fait : écrasés dans une cuillerée de confiture, les antibiotiques sont passés comme une lettre à la poste. Quatre cuillerées pour deux cachets.

Astrid et moi avons ensuite transporté Caroline dans le salon, et l'avons couchée sur le canapé.

J'ai expliqué aux deux autres qu'ils devaient faire leur toilette à fond avec des lingettes, et aussi se changer. Ils avaient la figure toute sale, et ils ne sentaient pas bon.

Chloe a bien évidemment commencé par rouspéter.

— Pendant que vous vous lavez, Astrid et moi on va faire le ménage dans le train, ai-je ajouté. On fabrique une nouvelle maison, et tout doit être bien en ordre à l'intérieur.

— Une nouvelle maison, a répété Caroline d'un ton endormi.

On a passé les quelques heures qui ont suivi à remodeler le train de fond en comble. Astrid m'a aidé à mettre la dernière gondole en place.

On se serait vraiment cru dans une maison : coin cuisine avec étagères garnies et petit poêle ; coin salon avec canapés futon et bibliothèque ; enfin, le train, avec nos chambres.

Chloe et Henry ont adoré la nouvelle maison. Ils ont aidé Astrid à garnir les étagères d'aliments non périssables, de jouets, de livres, de jeux et de produits médicaux.

— Dean ! m'a lancé Chloe en revenant les bras chargés de paquets de cookies. Notre maison, c'est un secret !

Caroline s'est agitée dans son sommeil, alors Astrid a fait « chut » à Chloe.

— Elle a raison, a confirmé Henry. On dirait trop un secret. Dis, on pourrait pas la transformer encore plus en secret ?

— Ouais, on la déguise, a approuvé la petite.

— Comment ça, on la déguise ? ai-je demandé.

Ils m'ont fait regarder par l'ouverture.

En effet, ça faisait « secret ». Dans la pénombre du magasin, si on ne savait pas où regarder, on pouvait carrément passer à côté. Les gondoles se fondaient dans le décor. Plus ou moins. Dans le noir, en tout cas, ça faisait ça.

— Tu vois là où les étagères elles sont vides, m'a montré Chloe. Si on les remplit, ça fera plus normal.

— OK, ai-je accepté en haussant les épaules.

— Après, il faudra juste voir comment on fait pour mettre un mur, là, a ajouté Henry.

L'éclairage de la maison sortait par-dessus les gondoles. Henry voulait installer un mur à cet endroit, pour empêcher la lumière de filtrer.

— Ça va pas être possible, lui ai-je annoncé.

— Mais si, avec des Lego !

— On en a trois tonnes, c'est vrai, lui ai-je concédé. OK.

Ça leur ferait du bien, de s'occuper. Par contre, j'étais un peu surpris de le voir si heureux.

— Dis, Henry, lui ai-je demandé, t'es pas inquiet pour Caroline ?

Il a haussé les épaules, sa petite bouille pleine de taches de rousseur complètement détendue.

— Elle va mieux, maintenant, m'a-t-il affirmé.

— Sérieux ? Qu'est-ce qui te fait dire ça ?

— Je le sens, c'est tout.

— Tu viens, Henry, l'a rappelé Chloe, on va chercher des trucs pour les étagères.

Sur ce, ils ont allumé leurs lampes et se sont enfoncés dans l'obscurité du Greenway.

Je suis rentré dans la maison.

— Hé, ai-je souri à Astrid. D'après Henry, Caroline va mieux.

J'ai posé une main sur le front de la petite. Il semblait plus frais.

— Vraiment ? m'a demandé Astrid en se penchant pour faire comme moi. Ouais, je crois qu'il a raison. Ben dis donc, ils font vite effet, les antibiotiques.

Là, elle a affiché ce sourire qui me tue chaque fois. À la lumière chaude de nos LED, elle resplendissait encore plus.

— Sacré soulagement, ai-je dit en m'efforçant de la jouer cool.

— Je me fais du souci pour Luna, par contre.

— Justement, j'ai eu une idée.

Je me suis dirigé vers une des glacières qu'on avait apportées. Des steaks hachés étaient en train de dégeler dedans.

— Ça mange de la viande crue, les chiens ? s'est étonnée Astrid.

— Et comment, lui ai-je assuré. Ils adorent, même. Mon oncle Dave, il a quatre labradors. Les plus beaux chiens que j'aie jamais vus. Et il ne leur donne jamais rien de cuit. Il leur prépare un mélange de viande hachée, légumes râpés et huile de lin.

— Ouaaah, ça m'a l'air… atroce.

— Te réincarne surtout pas en chien, alors.

— C'est noté.

Là, elle a ri.

J'adorais l'entendre rire.

Bon, d'accord, j'étais capable d'être son ami et de la faire rire. J'arriverais peut-être à m'en contenter.

— Hé, Luna, ma belle, ai-je appelé la chienne. (Puis j'ai allongé le bras pour lui tendre la viande.) Hmmmm… steak haché. Hmmm… miam-miam.

Léger gémissement.

— Sors de là, ma belle.

Alors, lentement, Luna s'est approchée de la viande.

Vu ma chance, ça ne m'aurait pas surpris que le rat lui ait refilé la rage, et qu'elle m'attaque.

Eh ben non, elle était juste blessée et fatiguée.

Elle m'a pris la viande des mains et me les a léchées. J'ai lu une forme de gratitude dans son regard, et sa queue a remué deux fois.

Je lui ai donné le reste de viande, ensuite elle a bu un peu d'eau.

Après, elle a voulu retourner sous le canapé, mais je l'ai prise dans mes bras en douceur.

— Tu pourrais m'apporter de la Bactine et du Neosporin ? ai-je demandé à Astrid.

Elle me les a passés sans rien dire.

— T'es toute belle, disais-je à la chienne. On va s'occuper de tes coupures. Gentille chienne.

Je lui ai mis de la pommade sur toutes ses égratignures. Elles étaient rouges – plus encore que la blessure de Caroline, mais je ne voyais franchement pas quoi faire d'autre.

J'étais resté assis par terre si longtemps que mes genoux ont craqué quand je me suis relevé.

Je me suis retourné, Astrid me regardait d'un drôle d'air.

— T'es un mec bien, m'a-t-elle dit.

Sa voix sonnait bizarrement creux.

— Ouais, ai-je confirmé.

Elle a ri. Un rire sec, comme pour s'autodénigrer.

— Ma mère m'a raconté que, le jour où elle a rencontré mon père, ça a carrément fait tilt dans sa tête, et elle s'est dit : « Lui, c'est un mec bien. » Elle l'a reconnu direct.

J'ai acquiescé.

— Ça l'a pas empêchée de sortir avec toute une série de gros cons, je te rassure.

— Tes parents sont divorcés ?

— Ils n'ont même jamais été mariés. Elle supportait pas qu'il soit aussi gentil.

— Oh…

La conversation ne tournait pas trop à mon avantage.

— D'après toi, pourquoi il est parti, Jake ? m'a-t-elle demandé en sautant du coq à l'âne.

— Euh… Je pense qu'il voulait aider Brayden. Il culpabilisait pour ce qui lui est arrivé, de pas pouvoir en faire plus…

— Mouais, je sais pourquoi il est parti *à la base*. Pour jouer les héros. Partir en reconnaissance. En mission à la con.

Il y avait de l'amertume dans sa voix. Elle parlait de Jake avec sa dureté habituelle, mais je percevais presque sa douleur sous les sarcasmes.

— Mais après nous avoir montré que l'hôpital était fermé, avec le talkie-walkie vidéo… Pourquoi il n'est pas revenu ?

— Je sais pas, ai-je hésité.

— Moi, je vais te dire. Il pense qu'à lui. Je tombe tout le temps sur des mecs comme ça.

Des larmes se sont mises à couler sur ses joues.

— Il est même pas au courant, a-t-elle craché. Pour le bébé. Hmpf ! Qu'est-ce qui cloche, chez moi ? Je déraille complètement, là !

Elle s'est essuyé le visage du revers de la main.

— Et les autres ? Ils ont réussi ? Ils devraient pas être à Denver, à l'heure qu'il est ? Pourquoi personne n'est encore venu nous chercher ?

Elle s'est effondrée sur le futon. Cette fois, elle pleurait carrément. Ne sachant pas quoi faire, je me suis assis à côté d'elle et l'ai serrée contre moi. Ça me paraissait normal. Elle avait l'air d'en avoir besoin.

Je ne pense pas avoir profité de la situation.

Son corps tout doux était si chaud entre mes bras.

J'espérais ne pas être en train de profiter de la situation.

— Astrid, je sais. C'est horrible. Tout ça… Horrible.

Trop naze.

Elle sanglotait, je l'ai serrée plus fort.

— J'ai l'impression de perdre la boule.

Ses larmes imbibaient mon tee-shirt.

— Écoute, Astrid, moi, à ta place, je me sentirais pareil. On a tout perdu, on ne sait pas ce qui va nous arriver, et pour couronner le tout tu es enceinte. Tu es enceinte, Astrid. Ne sois pas si dure envers toi-même. Souffle un peu.

Elle m'a regardé. Cils trempés, nez rouge. Son joli visage tout près du mien.

Elle a levé une main et, du bout des doigts, a redressé mes lunettes.

Je sentais son souffle sur mes lèvres.

Elle me regardait dans les yeux.

Là-dessus, Chloe et Henry sont arrivés les bras chargés de caisses de Lego.

— Ça va pas, Astrid ? a demandé le garçon. T'es triste ? Pleure pas.

Il s'est approché de nous, m'a écarté d'une main et s'est assis sur les genoux d'Astrid. Il lui avait passé ses petits bras maigrichons autour du cou.

— Ouais, a enchaîné Chloe. Arrête de pleurer.

Elle a vidé une caisse de Lego avant d'ajouter :

— On a un mur à construire et ça va pas se faire tout seul.

CHAPITRE SIX

ALEX

DEHORS, LE MATIN, ÇA RESSEMBLAIT À ÇA : TOUT EST NOIR, ON SE CROIRAIT LA NUIT. Une nuit très sombre, sans lune. Sauf qu'une partie de votre cerveau est réglée comme une horloge, elle attend que le ciel s'éclaircisse à l'horizon. Ces espèces de reflets grisâtres d'avant le jour. Vous attendez ce moment, vous attendez encore et encore, mais il n'arrive jamais.

Grâce à ma montre, je savais qu'il était 6 h 07.

Mais il faisait noir, noir, noir.

Le matin n'arriverait visiblement jamais.

Niko se sentait mieux, Dieu merci.

Il avait réveillé tout le monde, excepté Josie. Elle comatait toujours.

Brayden aussi, apparemment. Pas encore conscient, mais pas encore mort non plus. Sahalia lui faisait couler une gorgée de Gatorade dans la bouche toutes les deux minutes.

Elle, Batiste et moi, il a fallu qu'on sorte pousser le bus pour le dégager du ravin.

La terre était boueuse, et même visqueuse à cause de toutes les feuilles et les herbes qui pourrissaient.

Niko enrageait que Sahalia, Batiste et moi on ait retiré nos masques, mais sans ça on n'arrivait vraiment pas à s'entendre. Là, au moins, quand on lui parlait ou quand on parlait aux petits, une moitié de la conversation pouvait être comprise.

Bon, bien sûr, on ne formait pas la meilleure équipe pour pousser le bus, mais Niko lui-même avait dû reconnaître qu'on n'avait pas le choix. On était du groupe B.

On a poussé comme des malades. Les pneus étaient couverts d'une mince couche de la fameuse pourriture blanche, mais ça n'avait pas l'air grave. Le bus a fini par avancer en passant sur des broussailles.

On est remontés à l'intérieur.

— Beurk, a fait Sahalia en essuyant un peu de la boue sur le coupe-vent qu'elle portait par-dessus ses autres couches de protection. Ça schlingue, dehors.

— Sûrement la végétation en train de pourrir, ai-je estimé.

— T'as raison, geek.

Sur ce, elle est retournée s'installer à côté de Brayden.

Si elle et moi étions les deux derniers êtres humains sur Terre – théorie statistiquement moins improbable qu'il y a un mois –, elle continuerait quand même à me parler mal, et moi je continuerais à faire comme si de rien n'était.

Je pensais à Dean. Je savais qu'il devait s'inquiéter. On aurait déjà dû être arrivés à l'aéroport de Denver. On aurait déjà dû leur envoyer des secours.

Mais là, Niko a montré du doigt un panneau routier.

On devait choisir entre l'Interstate 225 ou l'autoroute.

— L'autoroute est plus directe, ai-je affirmé. Mais probablement plus fréquentée aussi, vu que d'autres conducteurs l'auront choisie parce qu'elle est directe. À côté de ça, l'Interstate 225 traverse des zones plus peuplées, il me semble : elle passe près de Denver.

Niko a réfléchi quelques instants puis, sans rien dire, il s'est engagé sur la bretelle d'autoroute.

Oh ! Dean…

C'est trop l'horreur.

Ce qui s'est passé – trop l'horreur.

On a franchi le péage, et on roulait à bonne allure. On est même arrivés au niveau de Parker, ce qui signifie qu'on était à mi-chemin.

J'ai vu quelque chose debout au milieu de la voie.

La lumière des phares se répercutait contre, et la silhouette luisait. Comme un fantôme.

— Là ! ai-je lancé. Un truc blanc.

J'ai essuyé un carré de notre pare-brise en Plexiglas et j'ai plissé les yeux. C'était une fille.

Elle portait un manteau blanc, bizarrement pas trop sale, et elle avait le visage découvert.

— Freine ! C'est une fille ! ai-je hurlé.

Elle était blonde. Comme Max.

Elle nous faisait signe de nous arrêter. Les mains nues.

Niko a ralenti, mais pas freiné.

Il a klaxonné.

— Niko, tu dois t'arrêter !

— Non ! a-t-il rétorqué. C'est trop risqué.

La fille a ouvert la bouche, je voyais bien qu'elle nous hurlait de nous arrêter, quand bien même je ne l'entendais pas.

— Arrête-toi ! a crié Sahalia.

Les petits s'y sont mis aussi.

Niko a pilé.

Je l'ai entendu dire : « Ça me plaît pas. »

J'ai appuyé sur le bouton d'ouverture de la portière.

— Monte ! ai-je lancé à la fille.

C'est là que je les ai vus arriver.

L'obscurité s'est mise à bouger, on aurait dit. Puis des silhouettes en sont sorties, j'ai vu que c'étaient des garçons. Des ados en tenue de camouflage. La figure peinte, ou peut-être juste maculée de boue.

Trois d'entre eux se sont précipités vers moi tandis que je refermais la portière. Ils se sont cognés contre.

Niko a tenté de faire marche arrière, mais les mecs avaient calé quelque chose derrière le bus. Je n'ai pas su quoi. Mais Niko insistait, et chaque fois il butait contre un truc. (En fait, c'étaient deux motos.)

Deux de ces mecs ont traîné une autre moto devant le bus.

On était faits.

Un des gars, sans doute leur chef, est venu se planter devant notre pare-brise et a tapé contre avec la crosse de son fusil.

Il avait une écharpe nouée devant la bouche, et un béret noir sur la tête. Il avait les yeux cerclés de rouge et l'air fou.

— C'est qui ? a hurlé Sahalia.

— Des cadets ! lui a répondu Niko. De l'aviation militaire !

Sur ce, il a klaxonné.

— Dégagez le passage ! s'est-il exclamé avant de se mettre aussitôt à tousser.

— Cassez-vous ! ai-je embrayé.

— Allez vous faire foutre ! a répliqué leur chef. On veut le bus !

— Dis-leur qu'ils peuvent venir avec nous, m'a soufflé Niko.

Il n'arrivait plus à crier assez fort pour se faire entendre malgré son masque.

— Vous pouvez venir avec nous ! On va à l'aéroport.

— À condition qu'ils abandonnent leurs armes, a ajouté Niko.

— Mais vous pourrez pas emporter vos armes !

Le chef a encore écrasé sa crosse contre le Plexiglas.

— Ils tuent des gens, à l'aéroport ! Vous le saviez pas, bande de cons ? Ils trient les gens et ils butent tous ceux qui ont vu ce qui se passe. Ils veulent pas de témoins !

Je me suis tourné vers Niko.

Sahalia se tenait derrière nous.

— Il est malade, a-t-elle déclaré. Parano.

Trois autres cadets étaient venus soutenir leur chef.

— Lui peut-être, ai-je fait remarquer. Mais les autres ?

Tous portaient des tenues de camouflage. Aucun n'avait de masque. Ils devaient donc être du groupe AB ou du groupe B.

— Où est la fille ? ai-je demandé à voix haute.

Là-dessus, il y a eu un *BANG*, et les mioches se sont mis à beugler.

Je me suis retourné et j'ai vu un cadet pénétrer dans le bus par une vitre arrière. Il l'avait fracassée avec une espèce de hache.

Un autre a attaqué la portière à coups de pied.

Niko s'est levé et a empoigné son sac à dos – dont je savais qu'il contenait le pistolet.

Mais il n'a pas eu le temps de le sortir que l'autre cadet avait ouvert la portière, et ils grimpaient tous à l'intérieur.

— Eh ben ! s'est exclamé leur chef. Il est bien équipé, ce bus !

Là, il a poussé un cri de bête, a agrippé Sahalia et lui a collé un baiser sur la bouche. Elle s'est dégagée au moment où Niko s'écriait : « La touche pas ! »

Le chef lui a répondu par une baffe.

Le masque de Niko s'est déplacé, et l'autre le lui a arraché.

— Arrête ! lui ai-je ordonné. Il va mourir.

Je lui ai donné un coup de pied, il a laissé tomber le masque et s'est tourné vers moi.

Il m'a empoigné par ma veste.

— Je vais te dire un truc, vous répondez à mes questions et j'autorise votre chauffeur à garder son masque. Ça marche ?

Niko maintenait son masque contre sa figure et reprenait son souffle. Sahalia était à quatre pattes, en train d'essayer d'éloigner Josie de nous.

Les autres cadets finissaient de monter dans le bus. Ils se tapaient dans les mains, ravis de trouver nos réserves.

— Première question : qu'est-ce qu'il a, lui ? a demandé le chef en indiquant Josie.

— Lui ? ai-je répété pour gagner du temps. (Il prenait Josie pour un mec, OK, moi ça m'allait.) Il est du groupe O, on a dû le…

— Et lui ? m'a-t-il coupé.

Cette fois, il désignait Brayden.

— Brayden ? Il a pris une balle. On le conduit à l'aéroport pour trouver un docteur.

— Putaaain ! a-t-il beuglé. (J'ai même vu ses cadets sursauter.) T'as pas entendu ce que j'ai dit ? Ils tuent des gens, à l'aéroport. Ils cherchent à buter tout le monde. Ton Brayden, il est mort. C'est tout comme.

Sérieusement ? Je n'y croyais pas trop. Ce mec était cinglé.

Sahalia s'est mise à sangloter. J'ignore pourquoi. Ça a attiré l'attention du chef.

— Oh… tu craquais pour Brayden ? Pleure pas, bébé. Payton va s'occuper de toi.

Il lui a caressé le visage.

— Je vais bien prendre soin de toi, ma belle. Tu seras ma chouchoute.

Niko a tenté de s'avancer, de sorte à pouvoir, je sais pas, sauter sur ce mec, mais les cadets postés près de la portière l'en ont empêché.

— Comment ça se fait que votre bus a pas merdé ? a demandé Payton.

— Pas merdé ?…

Il a roulé les yeux.

— La merde blanche, là. Qui pousse sur le caoutchouc. Qui bouffe les pneus. Vous le sortez d'où, votre bus ?

— On était enfermés dans un magasin avec, ai-je expliqué. On avait tout bien calfeutré, alors il n'a pas été exposé à l'air extérieur et…

— Minute, vous avez quitté un grand magasin calfeutré, bourré de bouffe et d'eau, pour tenter de conduire Brayden à Denver ?

— Ouais, ai-je confirmé en haussant les épaules.

— Et vous roulez depuis quand ?

— Comment ça ?

— Combien d'heures vous avez passées sur la route ? Au bout de vingt-quatre heures, les pneus se mettent à merder.

— On a quitté le magasin vers 10 heures hier matin…

— Cool, ils devraient encore tenir un peu. Bon, dernière question, champion. Ce magasin, il est où ?

Du coin de l'œil, j'ai vu Niko me faire discrètement non de la tête.

— C'est le King Soopers, ai-je menti.

— Lequel ?

— Celui de Castle Rock.

— Lequel, bordel ?

— Celui… celui…

— Tu MENS ! a hurlé l'autre.

Puis il m'a giflé. Je ne pense pas qu'il m'aurait coupé s'il n'avait pas porté une bague.

J'ai ressenti une brûlure au visage, et ensuite j'avais du sang sur les gants ; du sang qui coulait le long de mon cou.

Batiste a craché le morceau :

— On vient du Greenway de Monument. Le Greenway de Monument, dans le Colorado.

— Voilà ! s'est esclaffé Payton. Ça, je le crois ! (Sourire en direction de Batiste.) OK, les gars, on file à Monument !

— Mais Brayden va mourir ! a hurlé Sahalia. Il va mourir si on l'emmène pas à Denver !

Payton l'a attirée contre lui.

— Donne-moi un baiser et je l'emmène, ma belle.

Elle ouvrait de grands yeux terrifiés. Puis elle s'est dressée sur la pointe des pieds et l'a embrassé sur sa joue crasseuse.

J'ai eu peur que Payton la chope et lui roule une grosse pelle. Ou pire.

Mais non, il s'est juste caressé la joue en faisant :

— Hmm, quelle douceur. T'es toute douce, toi, pas vrai ?

Il lui a passé un doigt sous le menton pour qu'elle le regarde.

Sahalia doit être un aimant à connards, faut croire.

— Pour toi, ma petite, je vais sauver Brayden ! a lancé Payton. Mes bleus ! Nous devons sauver ce gars-là.

— Chef, oui chef ! ont répondu les cadets.

— On va le conduire à Denver.

Sur ce, il m'a agrippé par le revers de ma veste et m'a poussé dans l'allée.

— Maintenant vous sortez. Sortez tous. On va conduire Brayden à Denver illico.

— Quoi ? pleurnichaient les mioches.

— SOR-TEZ ! a beuglé Payton en poussant Sahalia vers la portière. Toi aussi, ma toute belle. Il faut que tu t'en ailles pour que papa Payton puisse faire son taf.

Tout est allé si vite. Il nous expulsait à coups de pied et on n'a pas eu une seconde pour réfléchir ou je ne sais quoi.

— Allez, on a Brayden à conduire à Denver et on terminera pas cette mission avec une bande de fiotes qui chialent et qui gerbent dans nos pattes !

Je n'ai même pas pu attraper mon sac à dos, mais, en me retournant, j'ai repéré Max qui empoignait tous ceux qu'il pouvait. Ulysses lui aussi alpaguait des trucs.

Payton a aussitôt arraché les sacs des mains de Max.

Le petit a poussé un cri, mais l'autre l'a soulevé de terre et projeté vers la portière.

— Tout ça, c'est à nous maintenant ! Pigé ? Le bus et tout ce qu'il y a dedans, c'est à nous ! Feriez mieux de dégager si vous voulez pas être à nous aussi !

Un petit cadet a arraché à Ulysses les bouteilles d'eau qu'il transportait et lui a fait dégringoler les trois marches du bus.

Sahalia essayait de retourner auprès de Brayden, mais un des cadets la retenait. Ensuite, il a dû lutter ferme pour la faire sortir.

— Brayden ! Brayden ! sanglotait-elle.

Niko était toujours au volant. Il n'avait pas l'air de savoir où il devait aller ni ce qu'il devait faire.

— Hé, le chauffeur, lui a lancé Payton en tapant du pied contre la hanche de Josie. Tu ferais mieux de récupérer ton pote le comateux si vous voulez l'emmener !

Je me demande si Payton aurait laissé Niko reprendre Josie s'il avait su que c'était une fille. Mais avec toutes ses couches de protection, elle était méconnaissable.

Niko s'est levé de son siège et s'est dirigé vers Josie.

Payton s'est penché pour renifler Brayden.

— Ooooouf, mec, il est bien mûr, le Brayden. On ferait mieux de filer direct à Denver et de le conduire à l'hôpital !

Niko a pris Josie dans ses bras et l'a fait sortir du bus comme il a pu.

J'ai remarqué qu'il portait son sac à dos.

Je l'ai remarqué parce que j'étais juste derrière lui.

— Brayden ! a hurlé Sahalia depuis l'extérieur. Je t'aime !

Ça a fait marrer les cadets.

— *Je t'aime, Brayden*, l'ont-ils imitée.

— Allez, mes bleus ! On a un bus à conduire à Denver ! a lancé Payton.

Un des cadets a alors dégagé une épave de moto stationnant derrière le bus.

— Denver ! Denver ! scandaient les autres.

Mais à les entendre aussi moqueurs et surexcités, on comprenait qu'ils n'iraient pas réellement là-bas.

— Vous avez pas le droit de prendre notre bus ! a hurlé Batiste à deux des cadets.

— Ah ouais ? lui a répliqué une espèce de grande perche en braquant son arme sur le petit. Ben regarde.

Ils étaient tous à bord, et nous autres dehors – excepté Brayden.

La fille au manteau blanc allait monter la dernière. Elle semblait avoir peur. Elle a posé le pied sur la première marche.

— Hé, l'ai-je appelée. (Elle a tourné vers moi de grands yeux bleus tout ronds.) T'es pas obligée de partir avec eux. Tu peux venir avec nous.

Je me disais qu'elle était peut-être leur prisonnière. Leur esclave ou je ne sais quoi.

Mais elle, juste elle m'a toisé, puis elle s'est contentée de me faire un doigt d'honneur.

CHAPITRE SEPT

DEAN

J'AI DORMI COMME UNE SOUCHE ET CE, MERCI MON DIEU, JUSQU'À CE QUE JE ME RÉVEILLE DE MOI-MÊME. Oui : j'ai eu droit à une grasse mat'.

Ce qui m'a réveillé, ça a été les gargouillis de mon ventre.

Je suis passé au salon, où j'ai trouvé les trois gosses en train de monter le mur en Lego, tandis qu'Astrid lisait, allongée sur le canapé. Ils avaient déjà pris le petit déj' (céréales et lait de soja, à ce que j'ai pu voir). Caroline était encore en pyjama, mais elle avait l'air mieux. Luna elle-même était sortie de sa cachette.

Me voyant, elle est aussitôt venue me renifler la main.

— Bonjour, m'a salué Astrid. Je t'ai fait du café.

— Dean, quand c'est qu'ils arrivent ? s'est alors plainte Chloe. J'en ai marre d'attendre, moi. On fait que ça ici, on attend, on attend…

Là, un *BANG* l'a interrompue. Un coup de feu.

Je me suis tourné vers Astrid.

— Qu'est-ce que… a-t-elle fait d'un air ahuri.

BANG. BANG.

Ça venait de la grille de devant.

— Chloe, tu restes là et tu t'occupes de Caroline et Henry, lui ai-je ordonné.

Ça lui a littéralement cloué le bec.

J'ai attrapé une lampe frontale, Astrid une lampe électrique, et on a foncé ensemble à la grille de devant, slalomant comme on pouvait dans le magasin noir et froid.

Luna courait derrière nous en aboyant à tout-va.

BANG. BANG.

Quelqu'un criait à l'extérieur.

— Reste en arrière, ai-je dit à Astrid en la repoussant du bras.

Elle s'est arrêtée juste derrière moi, son corps collé au mien, et malgré la tension et la peur, je la sentais là.

On s'est décalés sur le côté de la grille.

— Vous voulez quoi ? ai-je hurlé en direction du premier trou laissé par un coup de feu.

Luna aboyait toujours comme une folle.

BANG. Un nouveau coup de feu a transpercé la grille.

— Luna, la ferme ! s'est exclamée Astrid en empoignant la chienne par le collier et en l'entraînant en arrière.

— Vous êtes qui et vous voulez quoi ? ai-je crié.

« Stop ! Ne tirez plus », ai-je alors entendu dire quelqu'un. Mais il me fallait vraiment tendre l'oreille.

Là, il y a eu un coup sourd et ça a frotté contre la grille – comme si quelqu'un ou quelque chose avait été écrasé contre.

— Hé, petit, a repris la voix. C'est moi, Scott Fisher.

— Pourquoi vous tirez sur notre magasin ? On vous a déjà donné à manger !

— Justement, mec. Il y a ce type, là...

Nouveau coup sourd, nouveau frottement.

— Ce type m'est tombé dessus et il veut que je lui montre où j'ai trouvé à manger, il dit que si vous en donnez pas encore il va me tuer.

Je me suis tourné vers Astrid – sa lampe électrique lui éclairait la figure par-dessous.

— Purée, ai-je fait.

— On doit l'aider, m'a imploré Astrid.

— Je sais.

Scott Fisher a poussé un cri de douleur.

— OK, ai-je lancé. OK !

— Il dit que vous devez ouvrir le magasin !

— On va juste vous jeter des trucs depuis le toit.

— Il me tuera si vous n'ouvrez pas.

— Mais on peut même pas. Par contre, on va vous jeter des tonnes de nourriture et de bouteilles d'eau, ça marche ?

On a entendu une discussion, sans pouvoir comprendre ce qui se disait. Mais au ton, et à la voix de Scott qui montait dans les aigus, je me suis dit qu'ils devaient se battre, ou que Scott suppliait l'autre.

Nouveau frottement. Et cette fois Scott semblait désespéré.

— Gaffe, les petits ! Il va…

BANG. BANG. Puis le silence – Scott Fisher était mort, pas de doute.

— Il va quoi ? s'est inquiétée Astrid.

— Moi, je pars chercher des armes, lui ai-je annoncé. Toi, tu restes ici et tu actionnes la corne de brume s'ils tentent quoi que ce soit.

Dieu merci, on avait ces lampes frontales.

Je sais que j'avais l'air tarte avec, mais j'étais bien content d'avoir les mains libres pour chercher de quoi nous défendre.

Si seulement Jake n'avait pas emporté le pistolet. On en avait deux, à la base – ceux de M. Appleton et de Robbie.

En partant, Niko avait pris l'autre. Tant mieux, j'étais content qu'il soit armé.

Par contre, Jake nous avait laissés tomber. Et je lui en voulais de nous priver d'un flingue.

J'ai eu l'idée de fabriquer un lance-patate. Sauf que j'ignorais comment faire, et que j'étais sûr que ça prendrait trop de temps.

On peut aussi fabriquer des chalumeaux avec des aérosols, mais j'ignorais comment.

Bon alors quoi ? OK, je pouvais récupérer des couteaux au rayon ustensiles de cuisine, et les balancer sur les envahisseurs. Naze. Je me serais tordu le cou, d'être aussi naze.

— Dean, est alors intervenue Chloe. (Elle avait dû m'entendre visiter les rayons.) Qu'est-ce qui se passe, dehors ?

— C'est rien, ai-je crié. Tu te débrouilles comme une chef, Chloe. Garde bien les jumeaux. Et attendez-nous. Tout va bien.

— On s'ennuie !

— Eh ben, ennuyez-vous, alors ! ai-je hurlé.

Ce qu'elle pouvait être chiante.

J'ai foncé au rayon bricolage & maison.

Pourquoi avais-je perdu du temps à nous fabriquer une maison ? J'aurais mieux fait de préparer des armes.

J'avais besoin de mon frère, là, lui il savait construire n'importe quoi. Ou de Niko, qui pensait spontanément en termes de survie.

Je passais les rayons en revue.

Bricolage & maison, ça me paraissait le meilleur choix.

J'ai jeté un œil aux barbecues.

Aux bidons de liquide inflammable.

Ce que j'avais trouvé de mieux, comme idée, c'était d'asperger l'ennemi d'essence et de lui mettre le feu.

Idée à la con, je sais, mais je paniquais.

De son côté, Astrid s'était assise par terre, recroquevillée sur elle-même.

— Tu vas bien ? lui ai-je demandé en m'approchant.

J'avais à la main un carton de bidons de liquide inflammable, et deux ou trois briquets à long manche.

— Ils sont partis, m'a-t-elle annoncé. Du moins pour l'instant.

— T'en es sûre ?

— J'entends plus rien.

— OK, OK, c'est bien.

— Tu comptais les faire griller ? m'a demandé Astrid, les mains sur les hanches.

Ça m'a mis en rogne une seconde, mais ensuite j'ai vu ses yeux qui pétillaient à la lueur de ma lampe frontale.

Et j'ai éclaté de rire.

Son rire a fait écho au mien, et on est partis en live, à tel point que j'en ai pleuré.

— Purée, ai-je dit. T'es marrante.

— Ça m'arrive. J'ai du mastic, tu m'aides à reboucher les trous ?

— Bien sûr.

Tout en travaillant, je lui ai parlé d'une autre idée :

— J'ai repéré les tronçonneuses, au rayon bricolage & maison. La plupart, elles marchent au kérosène, mais il y en a deux ou trois électriques à batterie.

Je m'y connaissais un peu, vu que j'avais aidé mon oncle à débroussailler un bout de terrain près de Placerville, l'été précédent. Mon oncle Dave possédait deux tronçonneuses. Une à essence, une électrique. L'électrique est moins puissante que l'autre, mais ça suffisait pour couper de petits chênes arbustifs. Je frémissais à l'idée de ce qu'elle pourrait faire sur un humain.

— Ton liquide inflammable, il peut pas servir ? m'a demandé Astrid.

— Non, il faut du kérosène. Là, c'est juste un composé aliphatique. Si ça te parle.

— Bon, mais pour la batterie, comment tu vas la charger ?

— Avec une batterie de voiture ?

— Mouais, ça peut marcher.

On formait une bonne équipe. J'étais content qu'on ait décidé de faire en sorte d'être amis. Elle respectait sa part du marché, et je faisais de mon mieux pour ne pas la voir comme une déesse.

— Vous étiez où ? C'est moi qui dois tout faire ici ou quoi ? pestait Chloe quand on est revenus trouver les petits.

On avait mis les batteries des tronçonneuses à charger. Eux, ils jouaient à l'hôpital, et Caroline faisait la malade – bonne pioche.

— Des méchants ont essayé d'entrer, lui a répondu Astrid.

— Des méchants ? a répété Henry.

Caroline et lui nous ont regardés avec la même expression de peur dans les yeux.

De temps en temps, avec les jumeaux, j'avais le cœur qui se serrait. Ils étaient si… euh… si beaux. Je sais que c'est débile à dire, mais c'est vrai. Si petits, si chauds. Leurs sourires banane et leurs taches de rousseur par milliers. Ça me faisait mal de penser à ce que devait endurer Mme McKinley, si elle était en vie. En son honneur ou en sa mémoire, je devais protéger ses petits.

— Méchants comment ? a voulu savoir Chloe.

— Hein ? ai-je fait.

— Sur une échelle de un à dix, ils étaient méchants comment ?

— Je sais pas. Bien méchants, quoi.

— Mais ils n'ont pas pu passer la grille, a précisé Astrid en ébouriffant les cheveux de Henry. Dommage pour eux.

Elle avait une super approche, avec les petits. Josie, elle, elle leur aurait sûrement caché la vérité, elle aurait brodé une histoire. Mais ils avaient l'air de préférer connaître les faits : des méchants avaient essayé d'entrer, mais ils n'avaient pas pu.

— Caroline, c'est l'heure de ta cuillerée de soda, a indiqué Chloe. (La petite s'est exécutée.) Bien, maintenant Henry va prendre ton pouls.

Le garçon s'est agenouillé sur le futon et a appuyé les doigts au niveau du coude de sa sœur.

Les jumeaux se regardaient l'un l'autre avec de grands yeux sérieux.

— C'est mieux ! a annoncé Henry. Tension à cent neuf et quatre-vingt-huit.

— Excellent, a décrété Chloe. Maintenant, la patiente doit manger des biscuits.

Henry a donné des biscuits à sa sœur, une bouchée à la fois, sous la surveillance de Chloe, satisfaite, l'image même de l'efficacité.

— Dean, m'a alors appelé Astrid. J'ai une idée. J'ai repéré un brasero au rayon bricolage & maison. Je me disais qu'on pourrait peut-être le transporter à la cuisine. J'ai pas trop envie de l'allumer ici, au cas où ça fumerait trop, mais ça pourrait mettre un peu d'ambiance si on faisait du feu, le soir.

— Ouais, ça m'a l'air cool.

Je me suis passé une main dans les cheveux en soufflant. Jusque-là, la matinée avait été plutôt… intense. Ensuite j'ai dit :

— Je vais prendre mon petit déj'. Après j'irai faire un tour du magasin, vérifier la sécurité.

— Bonne idée, m'a répondu Astrid.

CHAPITRE HUIT

ALEX

NIKO PORTAIT JOSIE DANS SES BRAS. Sa tête a roulé en arrière, elle ne la retenait pas. Sahalia sanglotait, agrippée à Ulysses, lui aussi en larmes.

Les autres et moi, on restait là bouche bée. Difficile de tout digérer. On nous avait piqué notre bus, et on était dehors dans le noir.

— Faut le récupérer ! a hurlé Sahalia. Faut retourner les attaquer, reprendre Brayden et les dégager de notre bus !

— Écoutez-moi… a tenté de s'immiscer Max.

— Comment tu comptes faire ? a demandé Niko. Ils sont armés. Et ils sont cinq !

— Écoutez-moi ! a crié Max.

— On doit se mettre en sécurité le temps que Josie se réveille. Ensuite on réfléchira à quoi faire.

— Ils seront déjà loin ! a protesté Sahalia.

— Écoutez-moi ! a beuglé Max.

— Quoi ? lui a répliqué Niko sur le même ton.

— Je sais où on peut aller, a affirmé le petit.

Du doigt, il montrait un bosquet d'arbres morts. Il y avait un projecteur de l'armée à proximité, dont la lueur permettait de distinguer un panneau : Meadow Flowers Mobile Home Community.

— C'est quoi, ça ? a voulu savoir Batiste.

— Un camping pour caravanes, a répondu Max. Ma tata Janet, c'est là qu'elle habite.

Niko avait raison : on n'avait pas le choix. On ne pourrait pas rattraper le bus à pied. Et même si on y était arrivés, on n'aurait jamais pu en déloger les cadets. On devait se mettre à l'abri.

Ça n'a pas empêché Sahalia de chialer et de jurer pendant tout le trajet.

Niko, lui, devait porter Josie. Ça n'avait pas l'air aussi facile que dans les films. Il a dû s'arrêter et se reposer plein de fois, et j'avais peur qu'il perde son masque.

Les tout-petits étaient agglutinés autour de moi et je ne leur en voulais pas : ça foutait franchement les jetons.

Des fois, chez nous, un plomb sautait, et j'avais la trouille de descendre à la cave actionner l'interrupteur. J'avais peur parce qu'il y faisait noir et qu'il y avait des trucs, là-dedans. Des trucs qu'on ne voyait pas, mais qu'on sentait. Des boîtes aplaties, des vieux outils de papa, la tondeuse à gazon – rien d'effrayant en pleine lumière mais, rien qu'à les savoir embusqués là, je flippais. Je craignais tout le temps qu'un meurtrier soit tapi dans l'ombre, et qu'il me saute dessus, même si ça n'avait rien de logique.

Se rendre à la Meadow Flowers Mobile Home Community à pied, c'était comme descendre à la cave sans lumière, sauf que là, il pouvait vraiment y avoir un meurtrier tapi dans l'ombre.

C'était même statistiquement probable.

Vous vous demandez peut-être si on n'avait pas de lampes électriques. Si, si.

Mais Niko refusait qu'on s'en serve. De peur d'attirer l'attention, il disait.

(L'attention d'un monstre du groupe O, sûrement.)

Bref, on devait se contenter des projecteurs de l'armée. Pas terrible.

Arrivés au panneau Meadow Flowers, on a ensuite traversé le cimetière des mobile homes.

L'un d'entre eux était maculé de sang, et il y avait des tas d'habits éparpillés dans la boue entre deux autres. À ce qui m'a semblé, ils avaient été piétinés.

Il y avait aussi des boîtes de conserve et toutes sortes de bouteilles vides répandues dans tous les sens.

Aux vitres et aux portes de certains mobile homes, il y avait des meubles qui sortaient à moitié. Comme si leurs occupants les avaient abandonnés en plein effort.

Le cadavre d'une dame était assis dans l'embrasure d'une porte. Son sang collait son peignoir sur son corps.

Ulysses s'est remis à pleurer, Max l'a pris par la main.

— On y est presque ! a-t-il lancé à travers son masque pour encourager son copain.

Un des mobile homes était éclairé. J'ai entendu un vieil homme chanter une rengaine country que ma grand-mère fredonnait tout le temps : *Let's Give Them Something to Talk About*, par Bonnie Raitt.

On n'a pas toqué à la porte.

Niko galérait assez avec Josie, alors moi je lui portais son sac à dos. J'aurais pu y penser avant et le lui proposer, mais en vrai, j'avais trop la trouille.

Et puis Max a fini par pointer du doigt un mobile home bleu clair un peu à l'écart des autres.

Il faisait sombre, mais on ne distinguait aucune trace de sang, ni aucune vitre cassée. À l'intérieur, contre les vitres, j'ai repéré des feuilles de plastique. Autre bon signe.

Max a monté les deux marches et tapé à la porte.

— Tata Janet ! a-t-il crié. Tata Janet ?

Au début, rien.

Ensuite, il a cogné comme un sourd.

— Tata Janet, c'est moi !

Dans un coin de la vitre, le rideau s'est retiré, et sont apparus le haut du front d'une dame, un sourcil et un œil.

— Fichez-moi le camp ! Moi, j'ai rien, a-t-elle beuglé.

— Laisse-nous entrer ! lui a rétorqué le petit.

— Vous voulez quoi ?

— C'est moi ! C'est moi, Max Skolnik ! Le fils à Jimmy !

La porte s'est ouverte.

Je n'exagère pas : un nuage de fumée de cigarette s'est échappé du mobile home.

— Maxou ? a fait la dame en passant la tête dans l'embrasure.

À ce moment-là, tout ce que je pouvais voir d'elle, c'est qu'elle avait une dent en or.

— C'est moi, Tata Janet ! a répété Max.

Alors la dame a ouvert en grand.

Et on est entrés se mettre à l'abri, Dieu merci.

Cette Janet a pleuré un bon bout de temps, tout en serrant Max contre sa poitrine. Ses larmes inondaient les cheveux blond-blanc du garçon, ça lui faisait comme un éventail.

Je suis quasi certain qu'elle était soûle.

On était à l'étroit, chez elle, et c'était tout enfumé.

Elle nous a raconté qu'elle enchaînait les cigarettes parce que la fumée détruisait les produits chimiques.

Je ne l'ai pas crue sur le moment, mais elle avait raison ! On a précautionneusement retiré nos équipements de protection, et personne n'a été mal.

Ça, c'était une bonne info – une super info, même.

Il y avait des cigarettes partout, ça débordait des cendriers et des vases, ça s'empilait sur les assiettes en carton et les vieux numéros de *Star News*. Trois ou quatre bougies nauséabondes brûlaient, aussi. Des bougies parfumées, je veux dire. Et ce mélange parfum plus fumée de clope rendait l'atmosphère assez dense. Fleurs plus vanille plus canneberge plus poivrot.

J'ai aidé Niko et Janet à coucher Josie sur le lit installé dans le fond du mobile home.

Aussitôt après, Niko s'est écroulé par terre et j'ai vu qu'il pleurait.

— C'est bon, lui ai-je assuré. Tu n'as rien à te reprocher.

— J'ai merdé. On avait une chance. Je sais qu'on aurait pu y arriver. Mais j'ai merdé.

Là, il a tourné la tête contre le bord du lit et a continué à pleurer.

Je lui ai tapoté le dos. Je ne savais pas quoi faire. Ça me met mal à l'aise quand les gens pleurent. Du coup, je reste planté les bras ballants comme un piaf à la con.

Je suis ensuite passé dans la pièce de devant, où Sahalia avait pris place sur la banquette, face aux autres. Elle fumait.

Ça n'aurait pas dû me choquer, mais ça m'a quand même fait bizarre.

Elle a roulé les yeux en voyant ma réaction.

La tante de Max aidait à présent les tout-petits à retirer leurs habits. Elle se débattait avec le sweat-shirt d'Ulysses.

— Seigneur, t'es bien équipé, mon tout beau, lui a-t-elle fait.

Le petit a esquissé un sourire.

— Vous êtes sûre que c'est une bonne idée d'enlever les protections ? ai-je demandé à la dame.

— Le poison est dans le tissu, m'a-t-elle expliqué (sa dent en or brillait dans la lumière). Vous m'enlevez tout ça, qu'on s'en débarrasse.

Batiste, Max et Alex avaient l'air vulnérables. Ils ne savaient plus comment se tenir, là, en sous-vêtements.

La dame portait un jean moulant, des pantoufles à talons hauts, et une espèce de pull-over spécial Noël avec épaulettes et motifs brillants. Ça représentait un bonhomme de neige avec un nez orange pointu et des bijoux en toc pour les boutons sur son ventre.

Janet a ramassé tous les habits qu'elle avait retirés à Max, Batiste et Ulysses et elle les a fourrés dans un grand sac-poubelle.

— Allez, m'a-t-elle dit ensuite en claquant des doigts. En slip toi aussi, mon gars, je ferai tout en une fois.

— Pas question ! Jamais devant vous deux, ai-je précisé en la montrant elle et Sahalia.

— Oh, bon Dieu, mon chou, j'essaie de nous protéger, là.

Elle a calé les mains sur ses hanches, une cigarette collée au coin des lèvres.

— Je vais bien, ai-je insisté.

Alors Janet est allée récupérer un peignoir brodé « Marriott » sur un portemanteau et me l'a tendu.

— Va enfiler ça aux WC et jette-moi tes habits. Tu peux garder ton caleçon.

J'aurais mieux fait de garder mon caleçon long. Sahalia a ricané quand je suis ressorti des WC en caleçon et peignoir. Je lui aurais bien mis un direct en pleine clope.

Janet avait tiré sa tignasse en arrière, et quelque chose en elle avait changé en l'espace de même pas trois minutes. Au début, je ne voyais pas quoi. Ensuite, quand elle a retiré la cigarette de sa bouche, j'ai compris : le filtre était maculé de rouge à lèvres.

Mais il n'y en avait pas une trace sur les dizaines d'autres mégots éparpillés là.

Elle s'était mis du rouge entre le moment où on était arrivés, une quinzaine de minutes plus tôt, et maintenant. Tout ça pour une demi-douzaine de gosses.

Zarbe, non ? Moi, je trouvais. Et j'ignore pourquoi le souvenir m'est resté, mais bon, c'est comme ça.

— Alors, a repris Janet, regardez tous, que je vous montre. Voilà comment on lave les vêtements, aujourd'hui.

Elle a tiré à fond sur sa clope puis a recraché la fumée dans le sac-poubelle avec nos affaires dedans.

— Tu veux m'aider ? a-t-elle demandé à Sahalia.

— Moi aussi ! est intervenu Max.

— T'as bu ou quoi ? lui a répliqué sa tante. Jimmy me tuerait si je laissais son petit fumer.

Là-dessus, elle s'est remise à pleurer, et Sahalia s'est retrouvée à devoir fumer toute seule.

CHAPITRE NEUF

DEAN

J'AI D'ABORD INSPECTÉ LES TRONÇONNEUSES. J'ai débranché la batterie que j'avais reliée à une de voiture, et je l'ai insérée dans la machine.

J'ai appuyé sur le bouton et *VROOOOUM*, la bête a pris vie. Je l'ai vite arrêtée – pour ne pas inquiéter Astrid, ni faire rappliquer les mioches.

Mais ça m'a soulagé. Maintenant, on était plus ou moins armés. Ça ne nous protégerait pas des balles, mais au corps à corps ça serait… horrible. Avec un peu de chance, le simple fait de brandir une tronçonneuse suffirait à convaincre les intrus de nous foutre la paix.

Prochain arrêt, la réserve.

Je voulais m'assurer que la trappe était bien fermée, et je savais aussi que j'avais les cadavres à gérer.

J'ai emporté deux tronçonneuses. Je comptais les déposer à la maison une fois que j'aurais terminé dans la réserve. J'avais décidé de montrer à Astrid comment on s'en sert, au cas où.

J'avais raison – les cadavres commençaient à sentir.

J'allais devoir les enfermer bien hermétiquement. Ma première idée, ça a été de les fourrer dans des grandes poubelles en plastique. Sauf qu'on en avait pas d'assez grandes. Tant s'en fallait.

Du coup j'ai pensé aux bâches en plastique, mais on les avait toutes utilisées pour calfeutrer l'entrée.

Je suis parti récupérer des rideaux de douche. On en avait pris quelques-uns, mais peut-être pas tous.

Et voilà comment M. Appleton et Robbie se sont retrouvés enveloppés dans des rideaux de douche à motifs floraux.

Vous trouverez peut-être ça marrant. Moi, ça ne m'a pas fait rire. C'était un cauchemar, d'enrouler les cadavres là-dedans. Celui de M. Appleton schlinguait, il était lourd, comme si quelqu'un l'avait vidé de son sang puis rempli de béton.

Robbie, il foutait carrément la trouille, avec tout son sang – mais le drap dont on l'avait recouvert lui collait à la figure, donc au moins je n'avais pas à voir ça.

Après les avoir enveloppés, je les ai couchés côte à côte par terre. Étape suivante : les traîner jusqu'au mur. Je me disais que je pourrais trouver des boîtes, voire de faux cailloux de déco, pour les recouvrir. Histoire que les gosses ne tombent pas dessus s'ils entraient dans la réserve.

Et puis il fallait que je me lave.

Je puais la mort. *Les morts*, pour être précis.

C'est à ce moment-là que j'ai ressenti le coup.

Il y a eu un bruit, une espèce de gros BOUM, mais plus que le son, c'est l'impact que j'ai ressenti. Le sol a *tremblé*.

J'ai empoigné ma tronçonneuse et foncé dans le magasin.

— *Dean ?* ai-je entendu Astrid crier.

— Je suis là !

BOUM.

Nouvel impact. Près de moi.

J'ai inspecté les alentours à l'aide de ma lampe frontale, cherchant ce qui pouvait produire ce bruit.

BOUM. Et un autre bruit en plus, maintenant : comme des parpaings qui s'effondrent.

Je balayais les murs du regard, un rayon après l'autre. Le bruit provenait du coin du magasin situé près de la réserve, à côté de la décharge.

— Quelqu'un essaie d'entrer !

J'ai vu la lampe d'Astrid se diriger vers moi.

Puis l'endroit de l'attaque. Au niveau du sol, les parpaings de béton ressortaient. Ensuite ils ont bougé et on a constaté pourquoi.

Deux lames métalliques pénétraient dans le mur.

— C'est une espèce de tracteur ! ai-je gueulé.

Les lames se sont retirées.

— Ils essaient de rentrer ! a hurlé Astrid.

Derrière elle sont apparus Chloe et les jumeaux, Luna sur leurs talons qui aboyait comme une folle.

— Retournez dans le train ! leur ai-je ordonné.

— Tu dis tout le temps ça ! a rétorqué Chloe.

Chute de parpaings.

Une ouverture d'une bonne cinquantaine de centimètres de large, à hauteur de genoux.

— Partez ! ai-je beuglé.

J'ai tiré sur le démarreur de ma tronçonneuse, elle a aussitôt rugi.

— Dean ! m'a crié Astrid. *Dean !* Il nous faut nos masques !

Le tracteur est revenu ; cette fois il a frappé plus haut. Le trou grossissait. Des parpaings tombaient vers nous.

Astrid a éloigné les petits en grondant :

— RETOURNEZ AU TRAIN, CALFEUTREZ-VOUS, OU VOUS ÊTES MORTS !

Puis elle les a carrément traînés vers le train.

— Allez, Chloe ! a crié Henry alors que sa sœur et lui entraînaient la petite.

Puis Astrid a foncé vers l'entrée. Peut-être pour récupérer des masques.

Je m'en foutais.

Je sentais déjà mon sang bouillir.

Qui cherchait à entrer ?

J'allais le tuer.

Il défonçait notre magasin ?

J'allais le tuer.

Nouvelles chutes de parpaings.

Et là, j'ai vu l'avant de la machine. C'était pas un tracteur, mais un chariot élévateur.

Ma tronçonneuse rugissait et vibrait, elle me secouait le bras.

Je l'adorais, ma machine. C'était comme une extension naturelle de mon corps.

Donc, à ce moment-là, j'ai escaladé les gravats, suis passé par l'ouverture et sorti dans le monde tout noir.

J'étais dehors, prêt à tuer l'ennemi, et je ne m'étais jamais senti aussi vivant, aussi incroyablement bien de toute ma vie.

Luna a foncé me rejoindre ; elle aboyait toujours.

— Dean ! ai-je entendu Astrid m'appeler d'une voix étouffée. *Dean*, fais gaffe !

« Faire gaffe » ? Pas la peine. *Non*. Toute idée de gentillesse était consignée dans mon cerveau. Moi, j'étais entièrement dans mon corps, et mon corps possédait une force que mon pauvre cerveau ne posséderait jamais.

J'ai expulsé ma personnalité de mon être.

Je n'étais plus à présent qu'une tronçonneuse.

J'ai bondi par-dessus les lames du chariot quand il est revenu vers moi. Le conducteur m'a repéré, mais il n'a pas réagi assez vite. Carrément pas.

Il a dégainé un pistolet, l'a braqué sur moi, mais j'étais trop rapide.

À grands coups de tronçonneuse, je l'ai arraché à sa cabine et je l'ai découpé.

Coubrastorse. Voilà.

Puis un deuxième passage. Torseventrehanches. Voilà.

J'avais les mains trempées, et j'ai constaté que la tronçonneuse s'était coincée dans le bassin du gars. Le moteur gémissait, puis il a rugi de plus en plus fort. Il en voulait encore.

J'ai tiré sur ma bécane comme un dingue, et dans le même temps j'entendais parler.

Des voix.

Un garçon et une fille.

Ça faisait genre : « Jake ? Jake ! » « Je reviens. » « Tu reviens ? » « J'ai vu ce mec qui vous attaquait mais c'était trop tard. » « Aide-moi. Dean est du groupe O ! »

Là, je me suis dit : Encore deux autres. Encore deux autres.

Sauf que ma tronçonneuse était bloquée et que le moteur continuait à couiner. Il y avait des éclats d'os dans la chaîne, elle avait mordu dans une lame du chariot et pas moyen de l'en déloger.

Les deux autres, je pouvais les tuer à mains nues, remarquez.

J'ai poussé un RUGISSEMENT et j'ai fait demi-tour.

Et je me suis retrouvé par terre.

Jake.

Il m'avait cogné avec un truc.

Un parpaing.

J'étais tombé à plat ventre. J'avais du sang dans la bouche, c'était bon.

Cette fois, je peux tuer Jake, me suis-je dit.

Mais là il s'est mis à me ligoter.

Je me suis débattu de toutes mes forces. La corde me cisaillait les poignets et les chevilles.

Je beuglais de rage, la figure collée à l'asphalte maculé de sang.

Jake a commencé à me traîner en direction du magasin, mes bras et mes jambes attachés dans mon dos.

À plat ventre, il me traînait.

J'allais le tuer. Jake était mort.

Sur ce, deux tennis blanches sont apparues sous mon nez.

Puis un masque.

C'était Astrid.

— Me mords pas ! m'a-t-elle hurlé à travers son masque.

— AAAAARRRRRRGH ! ai-je répliqué.

Elle m'a plaqué un masque sur la figure et me l'a scotché derrière la tête.

Jake. Jake. Chaque battement de mon cœur scandait le nom du mec que j'allais crever.

CHAPITRE DIX

ALEX

J'Y AI REPENSÉ, ET JE CROIS QUE ÇA AURAIT MIEUX VALU POUR TOUT LE MONDE SI BRAYDEN ÉTAIT MORT DANS LE BUS.

Sahalia en aurait moins voulu à Niko ; Niko s'en serait moins voulu.

Et Josie…

Josie, quand elle se réveillera, je me dis qu'elle va être bien secouée.

Par contre, si Brayden était mort dans le bus, on aurait tous éprouvé des remords, de la tristesse, n'importe quoi, mais on aurait pu passer à autre chose.

Niko a fait une petite sieste à côté de Josie, ensuite Janet l'a réveillé et l'a forcé à lui donner ses habits pour les « purifier ». Il a enfilé des vêtements d'homme qui traînaient dans le coin.

On avait tellement faim qu'on s'est tapé des céréales pour randonneur, des cookies et de l'eau. Janet s'est pris une portion qu'elle a dévorée.

À la voir s'enfiler les cookies, j'ai su qu'elle n'allait pas partager ses réserves avec nous. Vu qu'elle n'en avait pas beaucoup. Voire pas du tout.

On a vidé le sac de Niko pour faire le point sur notre stock. Il avait fait les choses comme il faut. On avait donc :

1. 2 bouteilles d'1 litre d'eau.
2. 1 ½ sachet de céréales pour randonneur.
3. 5 paquets de viande séchée.
4. 4 boîtes de thon.
5. 6 barres protéinées.
6. Bandages, pansements, crème antibiotique.
7. 2 flacons de Benadryl.
8. Diverses pilules dans sac plastique.
9. 1 pistolet.
10. ½ boîte de munitions.
11. 2 lampes électriques.
12. 1 longue corde.
13. 2 boîtes d'allumettes (chacune sous emballage plastique).
14. 3 paires de chaussettes en laine. (Je trouvais ça *too much*, mais je n'ai rien dit.)
15. 1 imperméable poncho.
16. 3 bougies.

Le problème, clairement, c'était l'eau. Il allait nous en falloir plus. Et pour ce qui était de la nourriture, ça n'était pas bien mieux.

Max voulait manger une barre protéinée, mais Niko lui a répondu *niet*.

Je me sentais con de ne pas avoir emporté un sac.

Niko n'a fait aucun reproche à personne, mais à un moment il a dit : « C'est tout ce qu'il nous reste ? Sur tout ce qu'on avait dans le bus ? »

Et j'ai culpabilisé.

Il avait tout prévu comme un chef, et une bande de sales voleurs s'était approprié son travail.

Sahalia s'est endormie en pleurant, pelotonnée sur une des banquettes.

Max, Batiste et Ulysses sont allés se coucher sur le lit, tout autour de Josie. Ils se sont installés comme des pièces de puzzle, collés au corps de la jeune fille. Ils étaient en sûreté dans le mobile home, mais je me dis qu'ils avaient besoin d'un supplément de confort.

J'ai pris l'autre banquette, franchement pas confortable, et je me suis servi de mon sweat-shirt enfumé comme oreiller.

C'est une dispute qui m'a réveillé. J'avais loupé le début. Et aussi le réveil de Josie. Mais ça avait dû lui faire un sacré choc de nous retrouver ailleurs que dans le bus, et d'apprendre qu'elle était du groupe O, que Niko l'avait mise sous sédatifs, et puis notre histoire avec les cadets et Brayden.

Elle bloquait sur Brayden, d'ailleurs.

— Comment as-tu pu l'abandonner ? demandait-elle à Niko.

— Josie, j'ai dû faire un choix. C'était lui ou toi.

— Mais il est blessé !

— Tout s'est passé si vite. Je n'ai eu le temps de rien faire.

Ils se tenaient près de la porte. Il y avait une seule bougie d'allumée sur le comptoir en Formica (parfum pêche, je crois), ça faisait luire leurs corps. Je ne distinguais que leurs silhouettes brillantes.

— Toi qui répétais tout le temps que tu ne voulais pas qu'il meure, tu l'as laissé dans le bus avec une bande d'étrangers ?

— Je n'ai pas eu le choix.

— Il y avait forcément un moyen, Niko !

J'entendais les larmes dans sa voix.

— Josie, Josie, je t'en supplie, faisait Niko.

Leurs voix sont devenues des murmures. Je me suis étiré le cou pour mieux voir. Il la tenait par les bras, et l'a attirée contre lui jusqu'à ce que leurs fronts se touchent.

— Je te promets, je me sens aussi mal que toi, lui a-t-il assuré.

Et ils se sont embrassés.

OK, première nouvelle.

Ils étaient en couple, maintenant.

— On doit les rattraper, a dit Josie.

— Impossible. Nous devons continuer notre route. Tenter de rallier Denver.

— Mais Niko…

Tout à coup, il a été à deux doigts de crier :

— C'est toi qui disais qu'on pouvait le faire ! Que si quelqu'un était capable de nous conduire à Denver, c'était moi !

— Et je le pensais…

— Eh ben, maintenant il faut le faire. (Niko parlait d'un ton plat et bourru, sa voix sérieuse.) On a peut-être deux jours de nourriture et d'eau si on en prend soin, et Denver est à quarante kilomètres. Janet m'a parlé d'un camp de l'armée situé à une quinzaine de kilomètres d'ici en direction de Denver. Si on y arrive, ils nous aideront.

— Et les autres ? Les cadets font route vers Monument.

— Dean est malin. Et le Greenway est une vraie forteresse. Il ne laissera entrer personne. Et puis, qui dit que les cadets parviendront jusque là-bas ? Ils tomberont peut-être dans une embuscade…

Sa voix exprimait un mélange d'espoir et de malveillance. J'étais dans le même état d'esprit.

— Du coup, on reprend la route ? a demandé Josie. Tu penses qu'on va pouvoir trouver une voiture ?

Niko s'est détourné d'elle et s'est mis à ranger les affaires dans son sac à dos.

— C'est ça ton plan ?

— Non. Je pensais à la matière blanche. Celle qui bouffe les pneus. C'est à cause d'elle qu'on n'a croisé aucune voiture qui roulait jusqu'ici. Donc, à moins d'en trouver une qui ait été abritée depuis le début…

— On va y aller *à pied* ? s'est étouffée Josie d'une voix dure et incrédule.

— Ne t'en fais pas. Je peux te porter.

— Quoi ?

— Je vais te donner des sédatifs et te porter. Sauf si on trouve une brouette.

Josie s'est mise à rire.

— C'est absurde, Niko.

— Je peux le faire. Du moment que c'est pour te conduire en sécurité, je peux le faire, Josie ! lui a-t-il promis.

Elle lui a dit « Chut » et elle l'a embrassé, se serrant contre lui.

— Si tu y vas à pied, je veux marcher aussi, a-t-elle décidé. Je me scotcherai mon masque au visage, je sais pas. Je ferai super gaffe.

— Non, Josie, a-t-il protesté. Ça ne serait pas sûr…

Elle a dû le faire taire en l'embrassant sur la bouche.

Elle lui a murmuré trois mots. Je crois que c'était « Je t'aime », parce qu'ensuite Niko lui a répondu « Moi aussi je t'aime ».

J'ai essayé de me rendormir. Je ne tenais pas à jouer les voyeurs, et ils se galochaient sérieux.

— Josie ! a appelé Ulysses depuis la chambre. Josie !

Puis trois mots d'espagnol.

Il faisait peut-être un cauchemar.

Elle est allée le rassurer.

— On va conduire ces gosses en sécurité, Niko, a-t-elle affirmé d'une voix dans laquelle j'ai perçu un sourire. On peut le faire. Toi et moi.

Et moi ? me suis-je demandé.

C'est là que j'ai compris : si ça se trouve, elle parlait de moi. Elle me comptait avec les gosses.

CHAPITRE ONZE

DEAN

AU BOUT D'UN LONG, TRÈS LONG MOMENT, LA FUREUR S'EST CALMÉE.

J'ai pris conscience que j'étais couché à plat ventre sur le lino. J'ai voulu bouger, mais la douleur dans mes épaules et dans mes cuisses était insupportable.

J'ai compris qu'on m'avait ligoté les pieds et les poignets.

« On », c'était Jake.

J'étais groggy, alors je suis resté un moment allongé comme ça.

Le sang qui avait coulé de ma bouche avait collé ma joue au masque antipollution. Lentement, je me suis mis à défaire le nœud avec ma langue. J'ai cherché si j'avais des dents de cassées. Je confirme, il en manquait.

Mes lunettes avaient disparu. Sûrement en mille morceaux. Génial.

J'ai inspiré un grand coup l'air humide et filtré par le masque.

Jake et Astrid sont venus vers moi. Ils discutaient.

— Je te le redis, je faisais le tour du magasin. J'allais essayer l'interphone de derrière quand j'ai entendu le bruit.

— Et pourquoi tu revenais, au fait ? a demandé Astrid d'une voix étouffée par son masque.

JOUR 13

— Parce que tu me manquais. Qu'est-ce que tu crois ? Je me sentais trop mal d'être parti comme ça. Sérieux.

— T'étais sûrement à court de drogue, oui, a-t-elle persiflé.

— Pas vrai.

Ils remettaient les parpaings en place.

— Concentrons-nous sur le mur, a-t-elle fait.

— Et les autres, ils sont où ?

— Oh… Jake. Ils sont partis. Niko a redémarré le bus et ils tentent de rallier Denver.

— Sans déc ? J'aurais pas cru qu'il ait les *huevos* de faire ça.

Jake cherchait à paraître jovial, mais je le sentais épuisé.

J'ai bougé la tête, basculant le poids de mon corps sur une épaule. Le Scotch avec lequel ils m'avaient fixé ce putain de masque me sciait la joue.

J'ai grogné. Je me revigorais. Écouter Astrid et Jake m'aidait à reprendre conscience – surtout parce que j'avais l'impression de les espionner. Et je ne voulais plus jouer à ça !

— Tu veux dire qu'il n'y a que Dean et toi ? a demandé Jake.

— Je suis réveillé, ai-je lancé.

Ils n'ont pas paru m'entendre.

— Pas seulement, lui a répondu Astrid. Il y a aussi Chloe et les jumeaux.

— Et ils sont où, là ?

— Je leur ai dit de s'enfermer dans le train.

— Je suis réveillé, ai-je répété plus fort. Vous pouvez me détacher ?

— Hé, le tueur, m'a interpellé Jake en se penchant sur moi. Comment tu te sens ?

Il m'a tapoté du bout du pied.

J'avais les épaules en feu.

— Détache-moi ! ai-je exigé.

— Tu te comporteras en être humain ? T'as fini de jouer les monstres ?

— Je vais bien, ai-je grommelé. Et puis tu sors d'où, toi, dis ?

— Je me sentais mal d'être parti comme ça, alors je suis revenu. C'est là que j'ai vu qu'un type attaquait le magasin. Et puis que tu l'as attaqué. Mec, c'était quelque chose.

À ce souvenir, son teint a un peu verdi. En même temps, à travers un masque, les couleurs s'effacent. J'avais pu me tromper.

— Coup de bol que je sois arrivé à ce moment-là, a-t-il poursuivi. T'aurais pu faire du mal à ma chérie.

J'ai détourné la tête, écrasant ma joue contre le lino froid du Greenway.

Il avait raison.

C'est ce que je trouvais de pire dans ce qui venait de se passer.

J'aurais bel et bien fait du mal à Astrid.

Là, Jake lui a lancé son canif.

— Tiens, a-t-il dit. Détache donc Bouffe-papier pendant que je vais ouvrir aux petits.

Je me suis étiré le cou pour le voir partir.

Mais il n'a pas pris la direction du train.

Il est allé vers la pharmacie.

Après qu'Astrid m'a détaché, on s'est mis à réparer le mur ensemble.

Jake et elle avaient replacé la plupart des parpaings. On colmatait les fissures avec du mastic de plombier.

Ça n'empêcherait personne d'entrer, c'est clair. Mais ça pouvait tout à fait bloquer l'air extérieur.

Astrid m'a expliqué que Jake et elle avaient éloigné le cadavre de ma victime, et déplacé le chariot élévateur de sorte qu'il cache le gros du trou, et qu'on ne le voie pas trop de dehors. Elle m'a raconté que le chariot n'avait plus de pneus, qu'il roulait sur ses jantes. Ça semblait bizarre. Il y avait pénurie de caoutchouc, dehors, ou quoi ?

Jake avait aussi retiré la batterie du véhicule, comme ça personne ne pourrait s'en servir contre nous.

J'ai approuvé d'un signe de tête.

C'était bien. Ou pas. On allait quand même devoir monter la garde devant le trou au cas où quelqu'un tenterait de repasser par là…

Ce bordel.

— On pourrait mettre des planches contre, a proposé Astrid, comme si elle lisait dans mes pensées. Du contreplaqué. Pour sécuriser la zone.

Je n'arrivais pas à la regarder en face.

Je savais qu'elle avait envie de parler du retour de Jake, mais je me sentais vidé et en vrac.

J'avais tué un homme.

J'avais tué un homme.

Et failli faire du mal à Astrid.

Quant à Jake… Bon, je n'étais pas ravi de le revoir. Carrément pas.

C'était débile de penser que j'avais une chance avec Astrid. Mais depuis son retour, j'en avais vraiment zéro.

Et, au cas où j'aurais oublié de le dire, j'avais *tué* un homme.

Sur ce, Astrid a fait un bruit bizarre. Comme un étouffement.

Je me suis tourné vers elle. Elle agrippait son masque.

— Tu vas bien ? lui ai-je demandé.

— Peux plus respirer ! a-t-elle fait, les yeux écarquillés.

Elle faisait une espèce de crise de panique.

Elle tirait sur son masque, cherchait désespérément à respirer.

Je l'ai éloignée du mur, direction le rayon bricolage & maison.

— C'est bon, ici ça va, lui ai-je dit.

Je priais bien fort pour que l'air soit suffisamment propre, qu'on ait suffisamment colmaté la fuite. Là-dessus, j'ai arraché mon masque, le Scotch m'a déchiré la peau et un peu scalpé.

— C'est bon, l'air est OK.

Astrid a retiré son masque et pris une grande inspiration.

— Désolée, a-t-elle fait. Je me suis mise à penser à Jake, je me suis sentie prise au piège et je n'ai plus pu respirer…

— C'est bon, lui ai-je assuré.

Et je n'ai pas eu le temps d'écarter les bras qu'Astrid s'était déjà précipitée contre moi.

— Oh ! Dean, s'est-elle écriée en levant les yeux vers moi. Je me sens coupable envers lui, mais c'est pas le mec qu'il me faut.

Là, excusez-moi, mais je l'ai embrassée.

Ses lèvres avaient la douceur des pétales de rose. Puis elle les a écartées, sa bouche brûlante s'est fondue avec la mienne. C'était… aaaah… je n'avais jamais rien connu d'aussi bon.

Le souci, c'est ce que j'avais en moi. La fureur du groupe O. Elle était là. Je la sentais monter en puissance à chaque inspiration, comme si mon sang devenait plus fort dans mes veines. Pas autant que quand j'étais dehors, mais je sentais que ça montait. Tout à coup, j'ai compris que cette force allait gagner, qu'elle allait prendre le contrôle de mon être, alors j'ai voulu repousser Astrid.

Sauf qu'elle m'a agrippé à deux mains par les cheveux, a collé mon visage contre le sien et m'a embrassé.

Ses mains dansaient sur mon corps.

Mon cœur… mon cerveau… mon âme… tout en moi savait que c'était mal.

Mais ma bouche refusait de dire non et mes mains refusaient de laisser Astrid en paix. Son dos, son ventre, ses seins.

Ma soif de sang la voulait tout entière, et sa soif de sang me voulait tout autant.

Du coup, là, à même le sol du rayon bricolage & maison, on s'est pris.

C'était mieux que tout ce que j'avais jamais ressenti : bouger en elle, à travers elle. Mon âme et la sienne explosant l'une à l'intérieur de l'autre. Je ne sais pas comment décrire ça. Ni même si je devrais.

On s'est laissé submerger par la folie ensemble. Submerger ensemble.

Je suis quasi certain que Jake nous a vus.

En tout cas, le temps qu'on reprenne nos esprits – qu'on se rhabille, qu'on remette nos masques, que je redevienne moi-même –, lui il planait.

Il avait fait sortir les petits du train, et ils étaient hystériques de le revoir.

Ils étaient tous les quatre là à faire cuire des sandwichs biscuit-guimauve-choco sur le réchaud. J'ai repéré des restes de hot dogs et de haricots en boîte. Leur repas. Il y avait de la fumée et tout, comme dans un vrai barbecue.

Luna était assise aux pieds de Jake, agitant la queue de plaisir.

Astrid et moi, on était en nage et décoiffés.

On a retiré nos masques en arrivant près d'eux.

Un mensonge pathétique, je me dis. Comme quoi on aurait porté nos masques jusque-là. Comme quoi on n'aurait ni pété les plombs ni fait l'amour.

— Hé, vous deux ! a dit Jake. (Il nous tournait le dos et avait du mal à articuler.) J'avais les crocs, j'ai fait cuire des saucisses et des haricots. Ça vous dérange pas, j'espère ?

— Le mur est remonté, a annoncé Astrid en ôtant son sweat-shirt. (Elle l'a ensuite jeté, ainsi que son masque, sur le canapé futon.) Il faudrait le consolider, mais ça devrait quand même aller.

— Ça, c'est ma chérie, a prononcé Jake en s'adressant aux petits. Elle sait tout faire. Comment elle m'a manqué ! Vous m'avez tous manqué, hein, mais ma chérie surtout – Astrid !

— Toi aussi tu nous a manqué, Tonton Jake, a piaillé Caroline.

Henry et elle se faisaient chauffer des guimauves sur la flamme bleue.

— Regardez, a dit le garçon. Le mien, il est tout bien doré.

— C'est comme ça que notre maman elle les aime, tout bien dorés et pas brûlés, a ajouté Caroline.

— Faut être patient, hein, a fait remarquer son frère.

— Et avoir la main sûre.

— Moi, je préfère quand ils sont brûlés, est intervenue Chloe en poussant sa guimauve au centre de la flamme. Regardez-moi – je suis la statue de la Liberté !

Elle brandissait sa guimauve fièrement.

— Fais attention ! l'a calmée Astrid. Tu vas brûler quelqu'un.

— C'est toujours le risque ! a noté Jake.

Il a levé les yeux vers nous, sa tête est partie sur le côté et il s'est rattrapé en arborant un sourire encore plus large.

Je l'avais déjà vu agir ainsi. Il planait.

— L'air est bon, ici. Zéro symptôme. Pas vrai, les gosses ? Chloe va super bien. Je pense qu'on est suffisamment loin du trou.

La fumée aidait, bien sûr, mais à l'époque on l'ignorait.

— Bon allez, a repris Jake. On a des guimauves à gogo.

— Je vais me changer, a décidé Astrid. Je me sens sale.

Jake l'a regardée s'éloigner d'un œil vitreux.

Il avait manifestement pris les mêmes cachetons que précédemment. Là, il s'est tourné vers les jumeaux.

— Hé, Henry, tu sais pourquoi le pansement n'est pas honnête ?

— Hein ?

— Chloe, tu sais, toi ?

— Non. Dis.

— Parce que quand il pense, il ment !

Ils ont tous trouvé ça tordant.

— Dean, lui, il sait de quoi je parle, pas vrai, Dean ? a fait Jake en me donnant un coup de coude dans les côtes.

— Jake, de quoi tu parles ?

— Ben moi je reviens parmi vous, je *pense* que tout va être comme avant. Mais en fait c'est pas la vérité. C'est un mensonge. Je suis pourtant parti que deux jours. Deux jours, 'tain.

— C'est un gros mot, « 'tain » ? a voulu savoir Henry.

— Ouais, lui a répondu Jake. Grave.

— Je t'avais dit, a alors dit le garçon à sa sœur.

Celle-ci a de nouveau bâillé.

— Je crois que je ferais mieux de regarder ton bandage, Caroline, lui ai-je annoncé. C'est peut-être l'heure de ton médicament, aussi.

— Rôô, pars pas, m'a lancé Jake.

Il a voulu me donner une tape sur l'épaule, m'a raté et a valdingué.

Les petits n'avaient jamais rien vu d'aussi drôle.

— Tonton Jake, t'es trop rigolo ! a gloussé Caroline.

— Tonton Jake ? l'ai-je reprise. Pourquoi c'est un tonton, lui, maintenant ?

— On a décidé, m'a expliqué Henry. Astrid c'est la maman, toi t'es le papa et Jake c'est le tonton.

Purée. Pourquoi c'est tout le temps aussi perspicace, les mioches ?

Pour tout dire, j'aimais bien leur vision de notre parfaite petite famille. Mais là, c'était pas trop le moment.

— Ouais, s'est esclaffé Jake avec une pointe de désespoir. Ils ont pigé. Tout juste. Sérieux, quand on regarde bien, c'est ça.

Il s'est levé. Il bougeait tout doucement, comme un vieillard. Un vieillard bourré.

— Les jeunes, a-t-il annoncé, va falloir m'excuser. Je suis tellement crevé que je pourrais pleurer du sang.

Sur ce, il s'est dirigé vers les chambres en titubant.

CHAPITRE DOUZE

ALEX

TOUT LE MONDE S'EST LEVÉ VERS 7 HEURES (L'HABITUDE DU MAGASIN). On avait tous faim, alors Niko nous a accordé à chacun un tiers de boîte de thon et un quart de barre énergétique.

Ce geste a dû inciter Janet à la générosité : elle nous a offert une canette de soda à tous.

Soda tiède et thon sec. Miam.

Sahalia a révélé par mégarde qu'elle avait des chewing-gums, mais elle n'a pas voulu en donner. Pas la moindre tablette. Heureusement, Janet m'a autorisé à me frotter les gencives au dentifrice, histoire que je ne garde pas toute la journée mon haleine de phoque.

Je croyais qu'on aurait tous envie de rester dans ce mobile home le plus longtemps possible mais, surprise, ça n'a pas été le cas.

Le temps d'écrire ce passage et on était partis. Je me dis que c'est à cause de l'étroitesse des lieux. On était les uns sur les autres.

Et quand les petits ont su pour les militaires qui attendaient à une quinzaine de kilomètres, ils ont sauté au plafond.

— Quinze kilomètres, fastoche ! a fanfaronné Max. On les ferait même en dormant !

— Hé ma chérie, toi ma douce amie. Hé ma chérie, où donc es-tu partie ? a entonné Ulysses avec son accent mexicain.

Où il avait appris ça, aucune idée.

— Je suis pas trop sûr, a tempéré Batiste. Quinze kilomètres, c'est beaucoup.

— Ça ne sera pas facile, est intervenue Josie en lui donnant une tape sur le bras, mais je sais qu'on peut le faire.

Avec les petits, elle est toujours pleine d'entrain. Je me dis que, si on marchait vers le sommet d'un précipice, elle s'arrangerait pour mettre l'ambiance.

— Mais Max, lui, il reste, a affirmé Janet. Mon chou, t'es chez toi maintenant, et je vais te garder en sécurité. Tu restes. Pas vrai, mon grand ?

Max a cogité peut-être trois secondes.

— Le prends pas mal, Tata Janet, mais eux ils sont autant ma famille que toi.

— Attends, je suis une adulte, moi ! Et ton papa viendra peut-être me chercher !

Vu la grimace qu'il a faite, Max n'y croyait pas du tout.

Janet s'est accroupie devant lui et l'a regardé bien en face.

— C'est ta meilleure chance, mon chou. Tu restes !

— Tata Janet, t'as déjà vu mon chien, Lucky ? lui a alors demandé le garçon. J'avais ce chien, il s'appelait Lucky, c'était un bâtard qu'on avait trouvé derrière le Safeway et il lui manquait un œil. Mon papa il a dit : « Ils ont bien fait de le mettre avec les poubelles, mon grand. Ce clebs, il vaut rien. » Mais moi j'ai juré que j'allais en prendre soin s'ils me laissaient le garder alors ma maman elle a dit « Faudra me passer sur le corps ». Alors mon papa il a dit « C'est peut-être pas une si mauvaise idée que ça ». C'est à peu près à l'époque où mon papa il est parti de chez nous. Bref, j'ai amené Lucky à la clinique vétérinaire gratuite, ils lui ont mis du pschitt, ils m'ont donné des gouttes à lui mettre contre les vers et aussi ils lui ont coupé ses parties d'homme. Ils l'ont tout bien nettoyé. Mais ma maman elle le détestait toujours quand même. Je sais pas pourquoi.

— Écoute, mon chou, je dis juste que je veux te garder avec moi… a voulu l'interrompre Janet.

À croire qu'elle n'avait jamais entendu Max raconter une histoire. Il a continué comme si de rien n'était.

— Après, pour Noël, ma maman elle m'a acheté un petit chiot tout neuf dans une vraie boutique. Un chow-chow tout poilu, avec un nœud autour du cou. Et elle m'a dit : « Celui-là tu peux le garder, mon grand, mais il faudra amener Lucky à la fourrière. » Moi j'ai répondu « Pas question ». Là je vous jure elle a crié et elle a fait tout un cirque, comme quoi on pouvait pas préférer un sale bâtard immonde à un petit chow-chow mignon tout plein.

— Je dis juste que tu serais plus en sécurité ici…

— Après elle a offert le chow-chow à sa sœur Raylene, comme si c'était prévu depuis le départ. Et puis, le dernier jour des vacances, vous savez pas ce qui s'est passé ? nous a demandé Max. Je me baladais dans le terrain derrière l'usine de traitement des eaux usées, Lucky il se met à aboyer comme un fou, et moi qu'est-ce que je vois ? Que je suis à deux doigts de marcher sur un serpent à sonnettes endormi par terre bien au chaud. Là, Lucky, il se jette sur le serpent, il lui mord le cou et il le tue !

Il nous a tous regardés, comme si son histoire répondait aux inquiétudes de Janet.

Un instant plus tard, celle-ci reprenait :

— Je ne vois pas où tu veux en venir, mon chou. Qu'est-ce que ça veut dire, tout ça ?

— Ça veut dire, reste avec le chien que tu connais, Tata. Reste avec le chien que tu connais.

Niko veut qu'on boive tous beaucoup d'eau. Vu que tous ceux qui ne pourront pas retirer leur masque dehors ne pourront plus boire une fois sortis du mobile home. Ça, je l'oublie tout le temps, mais il a raison : s'ils enlèvent leur masque, ils vont respirer les produits chimiques et ils risquent de mourir.

Ou bien Josie se transformera en monstre et nous tuera tous.

Janet a eu l'idée de nous faire emporter des cigarettes. Comme ça, on n'aura qu'à monter dans une voiture, Sahalia et moi on fumera pour enfumer l'habitacle, et tout le monde pourra enlever son masque et boire.

Quelle histoire… Et juste pour boire. En plus, on n'a pas trop à s'en faire pour la toxicité du tabac en ce moment.

Janet a offert trois paquets à Niko – un cadeau très précieux.

Tout ce temps-là, elle pleurait, et elle a fait promettre à Niko d'envoyer quelqu'un la chercher si on trouvait de l'aide.

On a quitté le parc à mobile homes, et on a repris l'autoroute.

Niko nous faisait marcher dans cet ordre : lui en premier, puis Max et Ulysses se tenant la main, puis Sahalia, puis Batiste et moi main dans la main, et enfin Josie.

Ça m'embêtait de devoir donner la main au petit, mais je m'y suis fait. En plus, vu comment il flippait, c'était une bonne idée.

Niko était le seul à avoir droit à une lampe électrique. Et il avait raison, vu que quand les petits en avaient une, ils balayaient les environs. Et c'était pire que de ne rien voir : toutes les dix secondes, on repérait un cadavre et ils se mettaient à hurler et à pleurer.

Niko braquait le faisceau de sa lampe par terre. Un mètre devant nous. Régulier et mesuré.

Marcher dans le noir, c'est pas facile, mais là, ça allait encore : c'était comme si on avait des œillères. On ne pouvait voir ni à droite ni à gauche, mais juste là où la lampe éclairait.

On ne marchait pas sur la route. Niko craignait qu'on se fasse attaquer.

On longeait donc l'autoroute à six ou sept pas de distance.

L'autoroute était jonchée de voitures et de cadavres. Tous en train de pourrir. La matière blanche se répandait partout.

Ça m'a fait penser à M. Culleton, notre prof de sciences de la Terre, et à son cours sur le compost : dans un tas de compost, les choses retournent à leur forme la plus dense et la plus nutritive.

Si le soleil reparaît un jour, ces terres seront peut-être les plus riches de tous les temps.

C'est un peu tiré par les cheveux, je sais, mais c'est le seul truc positif que m'inspirait cette espèce de pourriture.

Bref, on marchait.

Et puis Batiste m'a annoncé qu'il avait des ampoules, et puis qu'il avait soif, et puis qu'il avait faim.

Chaque fois, je lui répondais « Désolé, Batiste », et ça lui faisait du bien, bizarrement. Après, je lui pressais la main et ça aussi ça l'aidait.

Pénible, le voyage. Bien pénible.

Pour finir, Niko nous a conduits sur la route. Il inspectait l'intérieur des voitures avec sa lampe.

— Je te parie qu'on va pouvoir boire un coup ! ai-je lancé à Batiste.

Il m'a souri et m'a pressé la main.

Niko a passé en revue plusieurs véhicules, mais il y avait toujours des cadavres dedans. Il nous disait de rester à l'écart et refusait qu'on regarde à l'intérieur.

Moi, ça m'allait. J'avais vu assez de cadavres comme ça, et les petits aussi.

Niko a tenté d'ouvrir plusieurs portières, mais elles étaient fermées.

Tout à coup il s'est accroupi et nous a fait signe de l'imiter. Il a éteint sa lampe.

Une moto arrivait.

Elle slalomait entre les voitures. Son phare brillait très fort – j'ai compris à quel point mes yeux s'étaient habitués à l'obscurité.

La moto se rapprochait.

Le pilote portait de grosses lunettes rondes – il avait aussi une longue barbe, une veste en cuir et tout le toutim. Derrière lui, un passager : un petit vieux. Lui, il avait un bonnet sur la tête, et une veste qui paraissait trois fois trop grande.

Ils sont passés sans nous repérer.

— C'est peut-être son papa, a estimé Batiste.

— Sûrement, ai-je acquiescé. Ou bien quelqu'un qu'il a croisé et qu'il a voulu sauver.

Sa moto, il avait dû la garer à l'abri de l'air, comme notre bus.

Je me demandais combien de temps les pneus du bus avaient tenu. J'espérais qu'ils avaient pourri bien vite.

Niko a déniché un 4 × 4. Un Nissan Murano argenté.

Il nous a fait signe, on a grimpé dedans fissa. Max et Ulysses se sont affalés derrière. Je me suis assis sur la banquette avec Sahalia et Batiste. Niko et Josie sont passés devant. Comme pour une balade en famille. Sauf que pas du tout.

Sahalia et moi, on a sorti les cigarettes et on a commencé à fumer.

Vous savez comment c'est dégueu, la clope ? La fumée vous rentre dans les poumons et vous fait tousser. Ça fait une sensation agréable dans le cerveau. Ça vous ouvre un peu l'esprit. Mais c'est tout.

Je recrachais ma fumée vers l'arrière ; Sahalia la sienne vers l'avant.

— Est-ce que fumer c'est péché ? a demandé Batiste à Niko.

— Non. Ça n'est pas sain, mais ça n'est pas un péché.

— Alors je crois que je vais fumer aussi.

— OK, a accepté Niko en haussant les épaules.

— C'est pas juste ! ont protesté Max et Ulysses.

Sahalia a allumé une cigarette pour Batiste et la lui a tendue.

— N'avale pas trop, lui a-t-elle recommandé, ou tu vas vomir.

Batiste tenait sa clope comme un vrai fumeur.

Sahalia l'a regardé deux secondes et s'est étranglée de rire.

Là, le petit a relevé un sourcil et demandé : « Quoi ? »

Quelque part, c'était trop marrant.

Ce gamin tout crade, emmitouflé sous Dieu sait combien de couches de vêtements, mais sa bouille ronde toute propre, et avec son bonnet sur la tête et sa clope au bec.

On s'est tous mis à rire.

Un rire incontrôlable. Du genre qui vous fait pleurer et vous laisse tout essoufflé.

Quand ça a été fini, j'ai remarqué que Max avait retiré son masque.

Il avait l'air d'aller. Il se poilait encore.

Niko a enlevé son masque à son tour. Puis ça a été Josie.

— On dirait que ça marche, a affirmé Niko. La fumée, je veux dire.

— On va tous choper le cancer, a annoncé Josie d'un ton sinistre.

Ça aussi, c'était trop marrant, et on s'est tous remis à rire.

Josie a roulé les yeux puis pris quelques gorgées d'eau.

Niko a sorti les barres protéinées.

— Merci Seigneur pour ce manger, amen, a déclamé à toute allure Batiste avant de croquer sa barre.

— Dis Niko, c'est vrai ce qu'il a dit, le cadet ? a demandé Max.

— Quoi, exactement ?

— Qu'ils tuent les gens à l'aéroport, a murmuré le petit.

— Sûrement pas. Soit il mentait, soit il était parano.

— C'est quoi, cette histoire ? s'est inquiétée Josie.

Niko lui a expliqué ce que Payton nous avait dit.

— Ce mec-là, si jamais je l'attrape ! a grondé Josie.

Elle a fait craquer son cou. Ulysses la regardait, à deux doigts de se mettre à gémir. Il avait les pupilles dilatées – mauvais signe.

— Oh non, a alors fait Josie. Non. Je sens que ça vient. La fumée ne marche pas !

Elle a remis son masque.

Max a toussé avant de pousser un cri.

Le gant dans lequel il avait toussé était maculé de sang.

— Remettez vos masques ! a lancé Niko.

Ulysses s'est écarté de Max en hurlant.

— Toi aussi, Ulysses ! Vous deux, vous l'aidez ! nous a ordonné Niko, à Sahalia et à moi.

On s'est donc retournés pour tenter d'aider le garçon, mais il s'est mis à taper les mains de Sahalia en beuglant des mots d'espagnol.

Quand enfin je l'ai agrippé par la nuque, Sahalia a pu lui remettre son masque.

Max est venu se coller à son copain, il lui plaquait les bras au sol.

— Tout va bien, Ulysses. C'est nous. C'est juste nous.

Ulysses s'est calmé au bout d'un petit moment.

Voiture + fumée = mauvaise idée.

Mais au moins on avait pu boire et manger un peu.

— Venez, on repart, a décidé Niko.

CHAPITRE TREIZE

DEAN

J'AVAIS RÊVÉ D'ASTRID TOUTE LA NUIT.

On ne s'était pas beaucoup parlé, après que Jake était allé se coucher.

Chaque fois que je la regardais, mon visage s'enflammait, alors j'essayais d'éviter au maximum.

Mais une fois que les petits ont été endormis, j'ai pensé à un truc.

— Eh, ai-je lancé à Astrid, je m'inquiète pour le flingue.

— Quel flingue ?

— Jake avait pris le second pistolet. De Robbie et M. Appleton, tu sais ? J'ai peur qu'il déprime à fond et que… et qu'il s'en serve.

— Mon Dieu, a fait Astrid en voyant où je voulais en venir. Tu as peur qu'il ait encore l'arme et qu'il se suicide ?

— Je le connais pas aussi bien que toi, c'est clair. Mais les cachets qu'il prend, c'est du costaud.

— Bon, ben le flingue, en tout cas, il l'a pas, m'a-t-elle avoué.

Elle contemplait ses pieds.

— Comment tu le sais ?

— C'est lui qui me l'a dit.

— Ah… ai-je soupiré, soudain frustré par le comportement de Jake. Et il est où ? Il en a fait quoi ?

Astrid a eu un petit rire dur.

— Il l'a filé à une fille.

Là, elle s'est écartée. Elle refusait toujours de me regarder dans les yeux.

Je commençais à culpabiliser grave pour ce qui s'était passé entre nous.

Sérieux, je l'avais forcée, oui ou non ? Elle m'avait paru en avoir envie autant que moi, mais en pleine crise, qui peut savoir ? Moi, j'avais tué un homme pendant une crise – j'étais certain de pouvoir faire des horreurs à une fille.

C'était le cas ?

J'en avais la nausée.

Et malgré la fatigue, j'ai eu du mal à m'endormir.

J'avais toujours cru que perdre ma virginité serait une expérience qui me métamorphoserait. Je me disais que, au minimum, j'éprouverais un soulagement.

Au lieu de ça, je ressentais de la culpabilité et de l'inquiétude.

En plus, il y avait le risque qu'on ait blessé le bébé d'Astrid ? Sérieux, baaah… Bref, tout ça me dépassait.

Dans mon rêve, je voyais Astrid, elle me chevauchait, nue, la peau et les cheveux dorés, trop belle pour être vraie. Son ventre luisait comme une étoile dans le ciel – il grossissait chaque seconde jusqu'à devenir énorme, et que les cris de plaisir se changent en cris de douleur. D'accouchement ?

Dans un autre rêve, j'ai vu le type du chariot élévateur. J'ai revu tous les détails qui m'avaient échappé dans la réalité. La peur dans ses yeux gris. Ses cris de « Pitié, non ! ».

Puis les deux scènes se sont emberlificotées : c'est Astrid que je découpais à la tronçonneuse, tandis que le type du chariot apparaissait dans son ventre rond.

Et là, Astrid m'a murmuré dans le cou : « Réveille-toi. »

Elle était dans ma couchette.

Je me suis secoué.

Je ne rêvais pas – elle était bien là.

— Qu'est-ce qu'il y a ? lui ai-je demandé.

Mon cœur cognait comme un sourd. Un problème avec le mur ? Purée, j'aurais dû aller monter la garde !

— J'ai juste envie de te parler, m'a-t-elle dit.

Elle braquait le faisceau d'une mini-lampe électrique par terre.

J'ai vu qu'elle était en pyjama rose et pieds nus. Elle grelottait et elle était si belle que j'ai cru faire un arrêt cardiaque.

On est allés discuter dans la cuisine.

J'ai pris une polaire pour moi et un pull que j'avais mis deux ou trois fois pour Astrid.

On s'est assis à une table dans la pizzeria.

J'ai repéré le brasero en cuivre qu'elle avait installé. Il était tout neuf et était chargé avec trois bûchettes de Duraflame. Quelque part, le voir m'a rendu triste. Il représentait tellement l'espoir.

— Astrid, je culpabilise pour ce qui s'est passé, ai-je avoué. C'était mal, et si j'avais été plus fort ça ne serait jamais arrivé.

— Non, a-t-elle répondu d'un ton sec. Je savais que tu culpabiliserais. Écoute, on n'avait pas prévu de le faire, mais ça n'est pas pour autant que c'est mal. Tu n'as même pas à t'en vouloir. Jake et moi, on a une relation plutôt ouverte – sans engagement. On est libres de faire ce qu'on veut.

— Oh… ai-je fait en me calant sur ma chaise. OK.

— Le seul truc que je regrette, c'est que je crois que Jake nous a vus et ça m'inquiète pour lui. Ton histoire de suicide, là… je sais pas. Il faut le surveiller.

Elle s'est mordillé la lèvre un instant.

Puis elle m'a regardé en souriant, tout en jetant de brefs coups d'œil de côté. Il m'a même semblé qu'elle rougissait.

— Par contre, a-t-elle repris, pour cet après-midi, j'ai trouvé ça… trop bon.

Mon cœur s'est comme figé.

— Mais euh… ai-je bredouillé. J'ai l'impression de t'avoir forcée. Je t'ai forcée ?

Pour le coup, c'est elle qui a paru choquée.

— Pas du tout ! Et moi, je t'ai forcé ?

— Non. Enfin. J'avais envie de faire ce qu'on a fait. Grave envie. C'est juste que…

Je ne savais pas quoi dire.

— Dean, je peux te poser une question ?

J'ai soufflé un bon coup. Je savais ce qu'elle allait me demander.

— C'était ta première fois ?

J'ai rougi comme aucune tomate ne rougira jamais. Je crois même m'être mis à bégayer.

Astrid m'a pris par le bras.

— T'en fais pas ! a-t-elle rigolé. Tout le monde est passé par là.

J'ai essayé de rire aussi, mais j'étais encore très gêné.

— Mais c'est vrai que tout le monde ne le fait pas sous l'influence d'une arme chimique mortelle, a-t-elle ajouté sèchement.

— Ouais, ai-je confirmé. Ça sera difficile de faire mieux.

On s'est marrés.

Je me suis gratté la tête. Je crois que je rougissais aussi du crâne.

Puis Astrid s'est penchée vers moi et m'a embrassé.

Un baiser tout doux. Ses lèvres se sont légèrement écartées quand elle les a pressées contre les miennes.

Je lui ai rendu son baiser, avec un peu plus de fougue. Elle m'a répondu avec sa bouche, et ça a été un « oui » à la fois doux et silencieux.

Ensuite, elle s'est retirée tout doucement.

— Ça aurait dû être celui-là notre premier baiser, a-t-elle murmuré.

Je suis resté assis un moment à digérer tout ça.

— Je ne vois pas ce qui nous empêche de le dire, ai-je fini par répondre. Ça serait un peu… le début officiel de notre histoire.

— Dean… a-t-elle commencé à protester.

— Astrid, tu connais mes sentiments. Je suis fou de toi…

— Dean, non. Pas maintenant.

— Pourquoi ? Je suis correct avec toi. Tu l'as dit toi-même, je suis un mec bien. Jamais je ne t'abandonnerais comme Jake…

— Dean ! Écoute-moi. Si Jake nous demande des comptes, je lui répondrai que ça a été une énorme erreur. Que c'est à cause des produits chimiques.

— Mais pourquoi ?

— Bon… peut-être que je craque un peu pour toi en ce moment. Mais Jake est le père de mon bébé. Et il va trop mal. Il a besoin de moi. Tu l'as dit toi-même, il déprime. Il pourrait même se suicider ! Il a sûrement besoin d'une promesse… la promesse qu'on reste ensemble… pour surmonter cette catastrophe.

— Ça ne tient pas debout.

— Pour moi, si.

— C'est pas juste ! me suis-je exclamé comme un gosse buté.

Elle a eu un rire amer.

— Qu'est-ce qui est juste, dans tout ça, Dean ?

Elle m'a pressé la main.

— Je suis désolée.

Et elle s'est levée pour s'en aller.

Je me suis calé sur ma chaise.

— C'est tout ? Fin de la discussion ?

— Pour l'instant, a-t-elle confirmé.

Ça me semblait *grave* injuste. Quand Jake était le roi du lycée – le plus populaire, le plus beau –, il sortait avec Astrid. Et maintenant, il devrait rester avec elle juste parce qu'il était en vrac total ?

Alors que c'est *moi* qu'elle appréciait ?

Moi.

Je me suis levé et me suis dirigé vers les chambres.

Pas question de lui laisser cette victoire. J'ignorais comment ça allait se goupiller, mais je n'allais pas abandonner Astrid à Jake sans me battre. Et vous savez quoi ? C'était bon, d'avoir une raison de se battre – en plus de la simple question de la survie.

Vu que je n'arrivais pas à m'endormir, j'ai préparé un petit déj' costaud pour tout le monde.

Elle craquait un peu pour moi.

Astrid craquait un peu pour moi.

Était-ce vraiment mal, d'éprouver une pointe de bonheur au beau milieu de l'Apocalypse ?

J'ai apporté les assiettes à la cuisine, allumé le brasero d'Astrid.

Les gosses sont partis en live quand ils ont découvert le brasero. C'était une nouveauté.

Ils ne nous demandaient plus quand les secours allaient venir, j'avais remarqué. Moi-même, je n'y pensais plus. On vivait l'instant.

Jake s'est pointé, la démarche « gueule de bois ».

Il s'est pris un grand bol de flocons d'avoine et un grand mug de café crème.

Puis Astrid est arrivée – elle portait mon pull bleu et un jean. Est-ce qu'elle cherchait à me faire passer un message, avec ce pull ?

C'était censé m'amadouer ?

Les petits aussi ont pris des flocons d'avoine.

— À la cannelle ? a râlé Chloe. On en a plus des « goût pêche à la crème » ?

— Si tu en trouves, tu peux te les préparer toute seule, lui ai-je dit.

— Nan, ça va, je mange ceux-là, a-t-elle soufflé.

— T'es mignonne.

— Jake, j'ai un truc à te dire, a alors annoncé Astrid.

Elle s'est assise en face de lui.

Jake a saisi le tisonnier et s'est mis à triturer les bûchettes qui brûlaient dans le brasero.

— T'embête pas, a-t-il grondé. Je sais déjà. J'ai vu.

— T'as vu quoi ? a demandé Caroline.

— C'est pas ça, a repris Astrid. Ça, c'était juste un accident. On est du groupe O. C'est arrivé, point barre.

— Qu'est-ce qui est arrivé ?

(Toujours Caroline.)

— J'ai une nouvelle à t'apprendre. Une bonne nouvelle.

Jake a posé sa cuillère en plastique et a levé les yeux vers Astrid.

— On va venir nous chercher ? a-t-il demandé d'un ton amer.

— Je suis enceinte, a avoué Astrid.

Jake a bloqué sur elle.

— De quoi ?

— Je vais avoir ton bébé, Jake.

Là, elle a relevé son pull – mon pull – et lui a montré son ventre.

Jake a remarqué la bosse.

Une fois qu'on l'avait vue, impossible de la rater.

— T'en es à combien ?

— Quatre mois.

— Tu vas avoir un bébé ? a halluciné Caroline.

Astrid a acquiescé. Sourire aux lèvres.

Les petits se sont mis à pousser des cris perçants. Ils sautaient de joie. Ils étaient aux anges. Ils ont serré Astrid dans leurs bras et ont dansé la farandole.

Astrid riait ; elle les a laissés profiter du moment ; mais elle adressait sans arrêt des coups d'œil à Jake.

Lui, il a rugi de bonheur et s'est levé d'un bond. Il a serré Astrid bien fort dans ses bras et l'a embrassée.

J'avais eu ma dose.

Je me suis éclipsé.

— Il a un problème, Dean ? ai-je entendu Henry demander.

— Ça va aller, lui a répondu Astrid assez fort pour que je l'entende.

Mais oui, mais oui, ça allait aller.

La fille que j'aimais, qui m'aimait aussi, ou ne serait-ce qu'un peu, allait retourner dans les bras de son copain manipulateur, déprimé et toxico.

Sans compter que le monde tel qu'on le connaissait était mort, et qu'en plus, moi, j'avais tué un homme. Cette pensée ne me lâchait pas.

Je suis allé inspecter le trou. Je voulais récupérer des planches à étagères dans le rayon meubles et les utiliser comme protection supplémentaire.

C'est là que j'ai entendu le bruit.

Un grattement dans la réserve.

— Ohé ! ai-je lancé dans le noir.

Je balayais l'endroit avec ma lampe.

Il y avait les décombres du centre d'opérations, avec les tableaux de contrôle de l'air, de l'eau et de l'électricité – à présent inutiles.

Il y avait deux cadavres près du mur, dans leurs linceuls à fleurs assortis.

Des cartons de marchandises éventrés çà et là.

Des palettes vides empilées en vrac contre la grille, à côté de l'interphone.

Rien n'avait bougé.

Le grattement a de nouveau retenti, mais il ne venait pas de la grille.

Il venait de la trappe.

J'ai foncé à la cuisine. Ils étaient tous là à profiter du petit déj' que je leur avais préparé.

— Jake ! ai-je crié. Est-ce que t'as laissé l'échelle accrochée au toit ?

— Hein ? m'a-t-il fait, l'air perdu.

— Est-ce que tu as laissé l'échelle suspendue au toit quand tu es parti, il y a trois jours ?

— Non, a-t-il protesté. Alex l'a remontée quand je suis arrivé en bas. Je suis pas débile, et ton frère non plus.

— Ben en tout cas, il y a du monde sur le toit. Et ils veulent entrer.

— Vous êtes qui ? a gueulé Jake à travers la trappe.

Il avait insisté pour qu'Astrid ramène les petits au train. À ma grande surprise, elle avait accepté.

Dieu merci, on avait mis un cadenas à la trappe. J'avais vérifié la veille qu'il était fermé.

— On est juste un groupe de jeunes, a répondu la voix.

Voix de jeune, en effet.

— Laissez-nous entrer, pitié. Ça fout les jetons, dehors.

J'ai perçu comme un sarcasme. Jake et moi avons échangé un regard. On était collés l'un à l'autre sur les marches métalliques montant vers la trappe.

— Comment vous avez fait pour monter ? leur a crié Jake.

— Hein ? a répondu la voix. On t'entend pas.

J'ignore qui parlait, mais on aurait quasiment dit qu'il riait.

Jake et moi, on s'est de nouveau regardés – malaise.

— Comment ils ont fait pour grimper là-haut ? m'a-t-il murmuré.

— Il faut qu'on se parle. On a un message de vos copains.

— Quels copains ? ai-je hurlé.

J'avais mis mon masque, forcément, au cas où on déciderait d'ouvrir la trappe.

— Quels copains ? a répété Jake.

— Ceux du bus.

Je regardais Jake, incrédule.

— Faut nous laisser entrer ! a exigé la voix. On a Brayden avec nous !

Jake et moi avons grimpé les dernières marches.

Pas une seule seconde on a pensé que ça pouvait être un piège.

— Brayden ! s'est exclamé Jake. Comment vous l'avez trouvé ?

On a ouvert la trappe ; trois mecs dans le faisceau de notre lampe ; ils étaient armés.

Ils portaient des uniformes foncés. Sales et déchirés. Ils étaient visage nu. L'un d'eux avait un béret sur la tête, et des cordelettes dorées qui lui passaient sous le bras. C'était clairement leur chef.

— Salut ! a-t-il lancé. Merci de nous avoir laissés entrer !

Et aussitôt, il a balancé un coup de pied en pleine poitrine à Jake.

CHAPITRE QUATORZE

ALEX

ON EST REPARTIS.

Il a fallu porter Max. Ses ampoules aux pieds avaient éclaté. Niko lui avait passé des chaussettes supplémentaires mais, apparemment, les pieds du petit lui faisaient encore trop mal pour marcher.

Les pleurs et les gémissements, j'en pouvais plus.

Moi aussi, j'avais des ampoules. Et elles avaient éclaté aussi. À chaque pas, ça faisait comme des coups de poignard dans mes chevilles, et en plus je suais à fond à cause des habits de protection. Il m'est venu l'idée de les enlever. Mais à ce moment-là, les petits auraient encore plus chialé, comme quoi c'était pas juste, etc.

J'avais déjà payé les conséquences du groupe sanguin auquel j'appartenais. Jamais je n'aurais d'enfants et, si ça se trouve, je ne pourrais même jamais faire l'amour. C'était pas suffisant, ça ?

J'étais furax.

On avançait péniblement.

Un kilomètre à l'heure ? Un poil plus vite ?

J'étais bien furax, oui.

Il faisait moins noir que d'habitude, et j'ai pensé qu'il devait être midi. On voyait quasiment comme par une nuit de pleine lune. Ou bien c'étaient nos yeux qui s'étaient habitués. Bref, j'y voyais plus ou moins. Tout était verdâtre, mais j'y voyais.

Sauf que là, on s'est arrêtés.

Niko s'est accroupi, laissant Max descendre de son dos.

Il nous a fait signe de nous accroupir aussi et, tandis que Sahalia et Ulysses lui obéissaient, j'ai vu pourquoi on s'arrêtait.

Devant nous, sous la lumière d'un projecteur, se tenait un soldat.

Il portait tout son barda, mitraillette comprise.

J'ai repéré deux masques antipollution orange qui pendaient à sa ceinture, et des trucs en forme de fiole dans un étui. Des fusées de détresse, peut-être.

Niko nous a murmuré de rester immobiles, mais Sahalia s'est aussitôt relevée et a foncé vers le type.

— Aidez-nous ! lui a-t-elle lancé. Hé, monsieur, aidez-nous, pitié ! Notre copain est dans un bus !

— Attends ! a sifflé Niko.

Mais Ulysses et Max s'étaient déjà élancés après la fille.

— Attendez !

Le soldat s'est retourné et, dans un premier temps, j'ai cru qu'il nous souriait. Il a retiré son bonnet, l'a jeté et a écarté les bras.

Là-dessus, il a empoigné son arme et je me suis mis à courir aussi.

Il tirait sur Sahalia !

La mitraillette a fait *CLIC-CLIC-CLIC*.

Alors le type a rugi.

Il était du groupe O. Pas de doute.

Sahalia s'est figée. Elle a voulu reculer, mais Ulysses l'a percutée par-derrière et ils se sont retrouvés à reculer. Le soldat a passé la sangle de son arme par-dessus sa tête et l'a brandie comme une hache.

Il a dit un truc. C'est sorti comme un grognement sec.

Sur ce, il a abattu sa mitraillette.

Puis répété le même mot.

Niko a agrippé Sahalia et l'a entraînée à l'abri. Josie faisait pareil avec Max. Ulysses et moi, on courait.

En doublant Batiste, je l'ai empoigné par le bras et lui ai crié de courir.

Le soldat du groupe O était sur nos talons.

Il grognait encore le même mot. Des fois, il avait un rire atroce, un bruit grave qui résonnait comme un cri de douleur, mais qui était tout de même son rire.

Et là, j'ai compris ce qu'il disait : « Gamins. »

Moi, je ne pensais qu'à une chose : m'enfuir. J'ai un peu honte de ne pas avoir mieux pris soin des petits, mais j'étais à fond dans la course.

Du coup, mon cerveau ne fonctionnait pas en mode logique. Ma théorie, avec le recul, c'est que les gens du groupe O qui étaient restés dehors depuis le début des émanations chimiques étaient épuisés. Que leur rage les avait vidés.

Le soldat, là, il était encore vicieux, toqué et plein de force, mais il avait aussi l'air amaigri et assoiffé. Sa soif de sang devait lui retirer des neurones – c'est ma théorie. Il était trop en colère pour penser à s'alimenter et à boire correctement.

À un moment, il a trébuché sur des broussailles. Ça l'a ralenti.

Tant mieux, on a pu prendre de l'avance.

De grandes silhouettes longilignes s'élevaient dans l'air assombri devant nous, j'ai compris qu'on était dans une tremblaie. Le blanc des troncs maigres ressortait. De loin en loin, c'était le calme plat.

On a tous pris des directions différentes, comme des lapins, et le soldat, ça l'a bien frustré.

Josie m'a alpagué et m'a attiré avec elle derrière un bosquet de trois arbres.

Les garçons suivaient Niko, qui a alors fait grimper Ulysses sur une branche.

Bonne idée, j'ai trouvé.

Le soldat avançait vers Max.

Cachée derrière un autre arbre, Sahalia a crié : « Par ici, ducon ! » en lui faisant des signes. Il a aussitôt foncé vers elle.

— Max ! a alors lancé Niko tout en aidant Batiste à grimper dans un autre arbre.

Max s'est approché de lui, mais son pied s'est pris dans une racine, à ce que j'ai cru comprendre, et ça lui a à moitié arraché sa chaussure. Le gamin a hurlé, je me suis aperçu que ses ampoules étaient pires que ce que je croyais. Il avait les chaussettes pleines de sang. Le soldat est retourné vers lui. Max n'arrivait pas à se décoincer.

— Par ici ! a alors hurlé Josie en agitant les bras. Par ici, connard !

Elle lui a jeté un bâton, mais le type ne s'est même pas retourné.

— GAMIN, GAMIN, GAMIN ! répétait-il d'une voix dégoûtante, de cinglé fou de joie.

Il approchait de Max qui poussait des cris, recroquevillé sur lui-même.

Alors Josie est sortie de notre cachette, s'est avancée vers le soldat, a retiré son masque.

Juste comme ça, elle l'a enlevé et l'a jeté par terre comme si ça n'était rien.

Puis elle s'est mise à courir en inspirant à pleins poumons.

Elle s'est ensuite propulsée en l'air et a atterri sur le dos du soldat.

Le cri qu'elle a poussé pendant son vol plané, c'était horrible.

Quelque chose de puissant, de ravagé et de guttural. Mêlé de joie, aussi. Comme libéré. De la rage pure : « RÂÂÂÂÂÂÂÂÂ ! »

On aurait dit un truc qu'elle retenait en elle depuis longtemps.

Bref, elle a atterri sur le dos du mec et il m'a semblé qu'elle le mordait à la nuque. Lui, il a fait un geste pour se dégager, sauf que dans le mouvement il est tombé par terre.

Max a alors pu filer se mettre à l'abri.

Le soldat a envoyé Josie valser. Elle a valdingué dans les feuilles mortes jusqu'à se cogner la tête contre un arbre.

— Tu veux nous tuer ? a-t-elle grondé en se relevant. (Sa voix était chargée de haine.) Une bande de gosses ?

Ils tournaient en rond, face à face. Pendant ce temps, Niko cherchait le pistolet dans son sac. Sahalia m'avait rejoint. Elle m'a attiré contre elle. Elle s'accrochait à moi, me serrait fort.

Josie s'est jetée sur le soldat. On aurait dit qu'elle volait. Elle l'a percuté. Lui, il a voulu la frapper, mais il l'a ratée.

— Je peux pas viser. Je peux pas viser ! hurlait Niko.

Ses mains tremblaient.

Là-dessus, Josie s'est retrouvée à cheval sur le soldat. Ses jambes sur les épaules du type. Elle s'est mise à le rouer de coups des deux côtés de la tête en alternance. Une grosse raclée.

— T'es un dur ?

Le soldat agitait les jambes – de moins en moins fort.

— Tu butes des gosses ?

Elle lui a pris la tête à deux mains et l'a écrasée par terre. Sur un caillou, je crois, vu le bruit atroce que ça a fait.

— T'es un dur ?

Nouveau coup. Nouveau bruit sourd.

Et encore une fois.

Josie a ensuite agrippé le soldat par les cheveux et lui a beuglé en pleine figure :

— Tu butes les gosses, c'est ça ?

Sauf qu'il était déjà mort. Ses jambes ne bougeaient plus, sa figure était éclaboussée de noir. Sa tête, pour tout dire, elle n'avait plus vraiment la bonne forme.

— Tu veux nous buter ? lui a encore demandé Josie.

Nouveau bruit sourd.

— Il est mort, a annoncé Niko.

Elle lui a écrasé une dernière fois la tête par terre.

— Josie, il est mort !

Il a laissé tomber son flingue et s'est précipité vers elle.

— Non ! a-t-elle répliqué d'une voix perçante. Laisse-moi !

— Ça va aller, Jo. Tu vas te remettre, cherchait-il à la rassurer.

Il levait les mains comme pour signifier qu'il ne lui voulait aucun mal.

Il s'est ensuite accroupi à côté du cadavre. Il l'a retourné pour lui prendre ses masques antipollution.

— Mets un masque ! a-t-il ensuite imploré Josie. Je vais t'en passer un ! Ça ira mieux après.

Sahalia est alors venue aider Niko à décrocher les masques.

— Non, a sangloté Josie en s'éloignant.

Batiste s'est approché d'elle.

— Josie, tu nous as sauvés. C'est fini maintenant.

— Aaaaargh ! s'est alors écriée la fille.

Elle s'est essuyé ses mains ensanglantées sur son visage.

Puis elle a fait demi-tour et s'est enfuie.

— Josie ! l'a rappelée Niko. Pars pas !

— Josie ! avons-nous tous crié en chœur.

Mais elle refusait d'entendre.

Je pense qu'elle nous aurait tués si elle était restée.

Niko s'est mis à sangloter.

Il n'y a pas d'autre mot.

Il s'est écroulé sur les jambes du cadavre et a sangloté.

Je ne savais pas quoi faire. Je me suis assis.

Sahalia est venue lui passer une main dans le dos.

Batiste appelait toujours Josie à s'en casser la voix.

Max gémissait. Il souffrait.

Ulysses est descendu de son arbre et est allé récupérer la chaussure de Max coincée sous une racine. Pendant un bon moment, ça a été le seul mouvement alentour.

Le gros Ulysses qui aidait son copain à remettre sa chaussure.

Puis Niko s'est relevé.

De façon très méthodique, il a retiré sa ceinture militaire au soldat. Il a récupéré le premier masque orange et l'a mis à la place du sien.

Maintenant, on l'entendait respirer. Il sanglotait encore un peu. C'était plus sporadique. On entendait tout parce que le masque avait une espèce de micro intégré.

Niko a donné le second masque à Max.

Il bougeait lentement, mais il savait ce qu'il faisait – comme un mec atteint de dépression chronique, ou très très fatigué.

— Retiens ta respiration, a-t-il demandé au petit.

Je n'en revenais pas, de l'entendre si bien. Encore mieux que s'il avait été sans masque.

Là, il a enlevé son masque à Max et lui a collé le second orange à la place.

On a entendu le garçon inspirer un grand coup. Il avait le souffle humide.

Tout gêné, il a ensuite dit : « Je suis désolé, Niko. »

Moi, je me disais qu'on l'était tous, désolés.

Niko lui a répondu : « Je sais. »

Ensuite, il a déshabillé le soldat. Il l'a laissé en slip.

Ses chaussettes, il les a données à Max, puis ses bottes et son manteau.

C'est tout à leur honneur : ni Batiste ni Ulysses n'ont trouvé ça injuste.

Niko a alors enfilé le pantalon du mort par-dessus ceux qu'il portait. Il devait se dire qu'il était trop grand pour Max.

Les fioles, c'étaient bien des fusées de détresse. Et c'est moi qui ai hérité de la ceinture.

— J'ai faim, a fait Max d'une voix soudain toute petite. Il y a rien à manger ?

— Nous devons nous mettre à l'abri, a décidé Niko. Ensuite nous pourrons boire et manger.

— Où tu veux qu'on aille, a grommelé Sahalia.

— On se trouve une voiture ? a proposé Niko.

Il avait une telle tristesse dans la voix que Sahalia elle-même a compris qu'il ne fallait pas insister.

Il s'est mis en marche, on l'a suivi.

Il y avait des bruits, derrière nous. Des bruits secs dans les buissons. Des brindilles qui cassaient. C'était Josie. J'en étais sûr.

Sûr et certain.

J'ai vu Niko se ragaillardir quand il les a perçus.

— T'as remarqué, lui ai-je demandé, que Josie arrivait à former des phrases même quand elle était sous l'emprise des produits ?

— Non, je n'avais pas fait attention. Mais je crois que tu as raison.

— Dean en était incapable quand il m'a attaqué. Si ça se trouve, Josie…

Niko m'a fait signe de me taire. Puis il a chuchoté :

— Ne parlons plus d'elle. Elle risquerait de prendre peur et de fuir.

Sur ce, il a accéléré légèrement.

Ce qu'il a fait ensuite, je ne m'y attendais carrément pas.

Il nous a raconté une histoire.

— Vous savez, a-t-il commencé, on ne va sûrement plus devoir marcher longtemps.

— Pourquoi ? a voulu savoir Max (sa voix était épaisse).

— À cause de Mme Wooly.

— De quoi tu parles ? a fait Sahalia.

— Elle nous recherche, évidemment.

Sahalia a ricané.

— Vraiment ? l'a relancé Batiste.

— Mais bien sûr. Elle a pris un autre bus, à tous les coups. Ou peut-être un monospace. Et elle nous cherche.

— Il y a quoi, dans le bus ? C'est Ulysses qui demande, a expliqué Max.

— Ben déjà, c'est un bus trop génial. Dedans, il y a une cuisine avec plein de choses à manger et à boire.

— Quoi, par exemple ? l'a pressé Batiste.

— Euh… a hésité Niko.

J'ai compris que son imagination avait du mal à suivre.

— Un plateau de sandwichs, suis-je intervenu. Avec du film transparent par-dessus. Comme pour les plats à emporter. Une salade de patates, une salade de pâtes avec des cornichons. Pour boire, il y a des sodas, mais aussi des jus d'oranges fraîchement pressées.

— Et vous savez ce qu'il a de cool, son bus ? a embrayé Sahalia.

Je pensais qu'elle allait ajouter : « Rien. »

Au lieu de ça, elle a dit :

— Dedans, il y a des lits. Sérieux. Des lits tout blancs avec des draps propres et des couettes douillettes.

— C'est quoi des couettes ? a demandé Max.

— Ces grosses couvertures remplies de plumes, là. C'est tout doux et tout chaud. Comme si tu dormais sous un nuage.

— Et elle va nous conduire où ? a insisté Max.

— Je vais vous le dire… a repris Niko.

On a attendu qu'il trouve sa réponse.

— En Alaska, a-t-il fini par déclarer. On partira tous pour l'Alaska.

Ça faisait du bien de parler d'un truc réel.

Je sais que ça paraît débile, vu que, bien sûr, tout ça n'était que du rêve.

Mais un mois plus tôt, qu'est-ce qui aurait paru plus ridicule : une balade en monospace avec plateaux de sandwichs et lits confortables, ou une série de catastrophes écologiques qui nous plongent dans un monde obscur rempli de cadavres et de monstres ?

On a parlé de Mme Wooly un bon moment.

Personne n'est venu nous chercher des noises ou nous attaquer.

De temps en temps, j'entendais les bruits de quelqu'un qui nous suivait.

Ça me faisait plaisir – je savais que c'était Josie.

Niko le savait aussi.

CHAPITRE QUINZE

DEAN

LES CADETS NOUS SONT TOMBÉS DESSUS, NOUS FORÇANT À REDESCENDRE LES MARCHES À RECULONS.

Ils poussaient des cris de guerre et riaient avec toute l'euphorie que seules des petites terreurs peuvent éprouver.

Coups de poing, coups de pied, bousculade – ils nous ont tabassés jusqu'au pied des marches.

Je me suis écroulé sur le sol en béton – ma tête et mon épaule ont pris sévère. Un truc s'est déchiré dans mon épaule. J'avais envie de hurler. La douleur me figeait sur place et me brouillait les idées.

Je suis resté couché par terre.

— Zarember, va chercher Anna et les autres, a ordonné le chef. Dis-leur que ces gentilles mauviettes nous ont ouvert.

Un des deux autres cadets est reparti vers le toit.

J'ai alors vu Jake se rasseoir, secouer la tête pour rassembler ses esprits, essayer de se remettre.

— Mickey ? a-t-il demandé ensuite. Mickey Zarember ?

Le gars qui remontait s'est arrêté et s'est retourné.

— T'es qui ? a-t-il voulu savoir.

Il avait les cheveux bruns coupés court et un énorme bleu sur un côté du visage.

— Jake Simonsen. Tu te rappelles ? J'étais venu visiter l'Académie… Avec Jamie…

— Oh, putain, Payton, l'a interrompu Zarember tout en redescendant vers nous. Je le connais, ce Jake. Il était avec Jamie Delgado. Je peux te dire qu'il tient l'alcool !

Mickey voulait aller voir Jake, ça sautait aux yeux, mais il attendait un signal de Payton. Signal qui n'est pas venu.

Par contre, Payton s'est approché de Jake.

— Alors comme ça on te connaît, mec ? T'as de la chance. 'Tain ça oui.

Payton a tendu la main à Jake pour l'aider à se relever. Ce faisant, il l'a attiré tout contre lui.

— Cadet lieutenant-colonel Bradley Payton, s'est-il présenté. Commandant des Fightin' Fourth. Et toi ?

— Jake Simonsen… chef, a répondu Jake en reprenant l'équilibre.

— Ravi de faire ta connaissance, Jake.

Là, il l'a relâché. Jake s'est reculé d'un pas et a baissé les yeux.

— J'espère que vous avez de la bouffe, mec. Nous, on crève la dalle.

— Ouais, carrément, tout ce qu'on a est à vous, lui a souri Jake, tout jovial. On a plus qu'il nous en faut.

Je l'ai regardé.

Il m'a souri, et j'ai lu de la pure terreur derrière son sourire.

Ils étaient cinq, Payton compris, et il y avait une petite fille. Bizarrement, elle portait une veste blanche même pas sale. Elle avait l'air ailleurs, étrange.

— Elle, c'est Anna. Ma nièce. Notre petit appât. Notre porte-bonheur. (Payton lui ébouriffait les cheveux.) Comme une patte de lapin. Sauf que personne la touche. Personne. Ça fait partie des règles. Vu qu'elle est ma nièce.

La fille semblait ne pas être avec nous. Elle se lissait les cheveux avec le plus grand détachement.

Ni elle ni aucun des cadets ne portait de masque ou d'habits de protection – ils devaient donc être du groupe AB (paranoïa) ou B (problèmes sexuels). Par contre, ils étaient armés. Fusils et pistolets. Et pas des petits calibres.

Ils descendaient les marches, moi j'avais le cerveau qui turbinait à deux mille à l'heure.

Est-ce que j'allais pouvoir prévenir Astrid ?

Est-ce qu'elle aurait l'idée de rester cachée et de ne pas venir demander ce qui se passe en criant ?

Mais surtout : comment allait-on se débarrasser des intrus ?

Payton était parano, ça se voyait. Cinglé et hyper agressif.

Après avoir aidé Jake à se relever, il a repéré les cadavres rangés dans un coin et est allé les mater. Je me suis maudit de ne pas les avoir cachés.

Payton les a tâtés avec le canon de son arme.

— Oh le vilain, a-t-il fait en agitant l'index en direction de Jake. J'en connais qui ont tué des adultes, par ici ! Va falloir te tenir à l'œil, toi. Et ton pote aussi.

« Tu t'appelles comment, au fait, mon chou ? m'a-t-il alors demandé.

Il est venu me regarder à travers la visière de mon masque.

— Dean.

— Dean. Trop fort ! Justement, c'est l'heure de dîner !

Payton avait au moins vingt ans, voire vingt-deux ou vingt-trois. Carrure carrée. Cheveux bruns en brosse. Éclaboussures de sang séché sur la figure. Mais pas du sien.

Yeux couleur boue jaune.

— Hé, Deano ! a-t-il enchaîné en tapotant mon masque avec son arme. T'es de quel groupe, O, A, AB ? C'est toi, le massacre, là ? (D'un geste de la tête, il indiquait les cadavres.)

— Groupe A, ai-je menti.

— Ben alors on ferait mieux de te mettre à l'abri avant que tu commences à peler, mon gars.

Clin d'œil.

Puis il s'est tourné vers Jake. Les derniers membres de son groupe descendaient l'escalier.

— Allez ! À table ! a lancé Payton. Jake Simonsen et Dean, vous passez devant !

Un cadet m'a soulevé de terre, et j'ai crié à cause de ma douleur à l'épaule.

— Rââ, putain chiale pas, m'a repris Payton. J'aime pas les chialeurs !

— Minute, ai-je croassé alors que l'autre cadet me poussait vers les doubles portes.

— De quoi ? a crié Payton. T'as dit quoi ?

— Hé, cool, Dean, m'a fait Jake d'une voix faussement légère qui cachait mal son stress.

— La trappe, ai-je lancé aussi fort que j'ai pu avec mon masque. Faut refermer la trappe.

Payton m'a regardé comme s'il me voyait pour la première fois.

— Génial ! Oui ! Bien sûr qu'il faut fermer la trappe. Je l'adore, ce mec. Ils me plaisent, ces deux-là, Zarember ! Bien joué !

Là-dessus, il m'a passé le bras autour des épaules.

Douleur atroce, mais j'ai serré les dents.

Jake et moi, on les a conduits au rayon alimentation (loin de la maison).

À chacun de mes pas, je souffrais, et je priais pour qu'Astrid aille se cacher avec les petits.

Les cadets criaient de joie et ont commencé à éventrer les sachets de cookies, de chips et de biscuits apéro.

Jake et moi, on se disait qu'ils allaient nous oublier un moment. J'ai retiré mon masque et je me suis frotté la figure. J'avais le corps couvert de sueur froide.

C'était débile, mais j'en étais presque à me réjouir d'avoir cassé et perdu mes lunettes dehors, vers le chariot élévateur. Ça me donnait peut-être un air un peu plus cool et dangereux.

Mon instinct me disait que ces deux qualités étaient désormais indispensables à ma survie.

Un cadet est venu monter la garde devant nous.

— T'as pas faim, mec ? lui a dit Jake.

L'autre avait clairement les crocs, mais les ordres passaient en premier.

— Ta gueule ! a-t-il répliqué à Jake.

— On n'ira nulle part, a enchaîné ce dernier de sa voix la plus amicale.

— Boucle-la avant que je te la boucle avec mon Smith & Wesson ! a ricané le cadet.

Il était plus petit que nous. Il avait la figure et les cheveux frottés à la graisse de camouflage. Il avait aussi une moustache qui faisait pitié.

Je l'ai surnommé Le Graisseux.

On les a regardés se gaver : manger, boire, s'arroser les uns les autres de soda.

Si on n'avait pas encore aperçu les petits, il y avait de bonnes chances pour qu'Astrid les ait mis en sécurité, non ?

Jake et moi, on se regardait de temps en temps, et j'ai cru comprendre qu'il se disait la même chose. Moi en tout cas, c'est le message que j'essayais de lui faire passer.

Et comment elle s'y était prise, Astrid, pour faire taire Luna ? Je me suis rappelé avoir lu que, pendant la Seconde Guerre mondiale, des mères avaient étouffé leurs bébés pour éviter que la Gestapo ne repère la famille. Ça m'a rendu malade. Comment elle faisait, avec Luna ?

— Vous vous êtes débrouillés comme des pros ! est venu nous complimenter Payton.

Il apportait un sachet de biscuits apéro et nous en a offert :

— Ça vous dit ?

— Non merci, ai-je répondu.

— Non merci…

— Non merci, chef.

— J'aime mieux ça. Écoutez, vous êtes dans le noir, alors je vous fais le topo. Je suis un cadet de seconde classe. Les autres, c'est mes bleus. Quatrième année. Je suis donc leur supérieur. Conséquence, ils font ce que je dis et personne ne se prend de coups !

Il m'a aussitôt serré dans ses bras et j'ai vu des étoiles. J'ai un peu gémi et Jake m'a adressé un regard.

— Hé, je viens de penser, est-il alors intervenu. Je vous ai même pas demandé comment vous aviez rencontré Brayden.

Payton a bloqué deux secondes avant d'éclater de rire.

— Brayden, le petit saligaud. Oh, putain. Il veut savoir comment on a rencontré Brayden ! a-t-il lancé aux bleus. On l'a rencontré dans le bus.

J'ai senti mes tripes se congeler.

— Quel bus ? a bluffé Jake.

— Celui qu'on a pris dans une embuscade, joue pas au con. On les a chopés et c'est comme ça qu'on a su pour ici. Un des chiards a craché le morceau.

Oh, mon Dieu, il allait avouer qu'il avait tué mon frère ? Comment je réagirais ? Qu'est-ce que je ferais s'il avouait ?

— On leur avait dit de pas partir, a menti Jake.

Il suait. Il tremblait et il suait.

— Faut vraiment être con pour se barrer d'ici, a confirmé Payton en enfournant une nouvelle poignée de biscuits. Ah, mais oui, je sais. Ils voulaient sauver Brayden. Ben il est mort.

— Ah ouais ?

— Pour tout te dire, on l'a tué. Il arrêtait pas de gémir. 'Tain, ça me rendait *dingue*. Bref, j'ai dû demander à un de mes gars de l'étouffer. J'en pouvais plus de l'entendre. Je déteste les chialeurs.

Payton a adressé un regard oblique à Jake, pour observer sa réaction en douce.

— Moi aussi, a acquiescé Jake.

Il avait le teint grisâtre.

— Toute façon, ils auraient jamais trouvé d'hosto, a repris Payton. Bref, on a dégagé ces minables du bus. Je crois qu'ils voulaient essayer de rejoindre Denver à pied. Les cons.

Mon frère, Niko, Josie et les autres étaient à présent à pied. J'en avais la nausée.

— Mais tu sais quoi, a enchaîné Payton, j'ai fait une connerie en les laissant filer. (Promenant son regard dans le rayon, il a repéré Anna qui s'éloignait vers les sachets de fruits secs – elle ne pouvait plus l'entendre.) J'aurais dû garder la petite bombe avec nous !

Là, il a donné un coup de coude à Jake.

— Je parie que tu te l'es tapée aussi, hein ? Un bon petit coup avant le départ.

Il parlait de Josie ou de Sahalia.

Donc il ne les avait pas tuées, ni ne leur avait fait de mal.

Tant mieux.

OK, OK, Astrid avait forcément mis les petits en sécurité, maintenant. Elle était fortiche pour les cachettes. Mieux valait qu'ils restent à l'écart de ce taré. Je commençais à me dire que les produits chimiques n'y étaient pour rien. Il devait être ravagé à la base.

— Monsieur Payton, chef, ai-je bégayé.

— Cadet lieutenant-colonel, m'a-t-il corrigé. Quoi ?

— Je voulais vous demander. Comment vous avez fait pour grimper sur le toit ?

— À l'ancienne, Dean, avec un grappin. Zarember est un pro de l'escalade. Après, il a trouvé une échelle et nous l'a envoyée. Trop sympa de votre part de l'avoir laissée là-haut, a-t-il conclu en me donnant une tape sur l'épaule.

J'aurais mieux fait de me taire. J'ai failli m'évanouir de douleur.

— OK, les bleus, a ensuite lancé Payton à son groupe. Inspection et rapport. Je veux un topo complet sur ce Greenway. Sorties, entrées, stock, soucis, armes…

Clin d'œil dans notre direction.

Je détestais ces sales clins d'œil vicelards.

— Et n'oubliez pas l'alcool ! Papa Payton a besoin d'un remontant !

Les cadets ont rugi.

— Hé, a alors fait Jake, comme s'il se rappelait soudain un truc. Je manque à mes devoirs. Ça vous dirait de planer un coup, les gars ?

CHAPITRE SEIZE

ALEX

ON A FINI PAR APERCEVOIR UN LOTISSEMENT. La plupart des maisons étaient dans le noir, mais certaines avaient des lampes allumées.

— On en essaie une ? a proposé Sahalia. Ils auront peut-être à manger.

Niko n'a pas répondu. Il s'apprêtait à contourner le lotissement.

— Niko, s'il te plaît, on peut se reposer ? a commencé à pleurnicher Max.

— Steuplé ?

— OK, OK, on essaie celle-là, nous a-t-il murmuré en indiquant une maison à l'écart.

Deux fenêtres étaient éclairées au rez-de-chaussée. La lumière était diffuse, comme si elle était filtrée par du plastique transparent.

— Restez près de moi, nous a ordonné Niko.

On s'est tous collés à lui.

Erreur fatale. Devant nous, on croyait avoir un bout de pelouse. Un gazon bien entretenu avec çà et là des feuilles mortes et des débris de je sais pas quoi. Erreur, donc.

J'étais juste derrière Niko, et tout à coup il est tombé en avant, le sol s'est dérobé sous mes pieds, je suis parti en arrière, je me suis rétamé contre Sahalia qui me suivait et on s'est retrouvés au fond du trou.

Une espèce de fosse, en haut de laquelle je voyais Ulysses accroché à des racines ou des cailloux.

Mais il n'a pas tenu longtemps et a très vite atterri avec nous.

C'était un piège.

Dean, on était tombés dans un piège.

Ils avaient tendu une bâche par-dessus les fondations d'un chantier.

Le trou avait été creusé par une machine : les parois étaient comme tassées, avec des pierres et des racines qui ressortaient par endroits. Le fond, c'était une épaisse couche de boue. Mélange d'eau, d'argile et d'une masse de feuilles mortes en train de pourrir. Sans parler de la mousse blanche qui poussait contre les parois.

On était dans l'angle d'un L.

Si Niko était passé cinquante centimètres à gauche, on l'aurait raté.

Là, on pleurait, on hurlait, je sais plus trop, on réagissait sous la terreur et la surprise.

— On se calme, on se calme ! nous a ordonné Niko.

On a tous essayé d'arrêter de pleurer. Moi le premier.

— On peut s'en sortir, a poursuivi notre chef. On peut s'en sortir à condition de rester calmes et de se serrer les coudes.

C'est là que le faisceau d'une lampe a balayé le bord de la fosse.

Oui, une lampe électrique qui allait et venait.

— Ohé ? a appelé Niko.

On s'y est tous mis : « Ohé ! », « Au secours ! », etc.

— Oh, mon Dieu, papa ! Ça a marché ! s'est alors exclamé un gamin. Je savais qu'on choperait quelqu'un ! Je le savais !

— Du calme, Eddie, on ne sait même pas qui est là-dedans.

— Aidez-nous ! a hurlé Batiste.

La lampe nous a alors tous éclairés.

— Seigneur Jésus, a fait l'homme. Des gosses.

— On cherche à rallier Denver. On ne veut pas vous cambrioler ni quoi que ce soit, lui a assuré Niko.

— Ah ouais ? Ben nous on n'y va pas, à Denver. Nous on attend ici que tout ça se termine, pas vrai, papa ? a répondu Eddie.

Sans même l'avoir vu, je le détestais déjà.

C'est le pire individu que j'aie jamais rencontré.

1. Il nous avait tendu un piège.
2. On était tombés dans son piège.
3. Il avait encore son père.

— Ouais, ouais, a fait le père. Bon, euh…

— Donnez-nous tout ce que vous avez à manger et à boire et on vous laisse partir ! a crié le garçon.

— Impossible ! lui a rétorqué Sahalia. Sans ça on mourra !

— Donnez tout ou vous restez là-dedans, a répété l'autre.

— Bon, écoute, Eddie, je sais pas trop… a marmonné son père.

On ne les voyait pas – ils braquaient leurs lampes dans nos yeux.

Max s'est mis à gémir :

— L'eau me rentre dans les chaussures.

— Écoutez, a repris Niko (sa voix sortait claire et numérisée par le micro de son masque). Tout ça n'est peut-être qu'un jeu pour vous. Essayer de piéger des gens et de les détrousser.

Mais nous, on mourra si vous nous prenez nos réserves. Vous tenez vraiment à être responsables de la mort de six gosses ? Max et Ulysses ont sept ans, nom de Dieu !

Ils devaient nous aider à ressortir.

Les lumières se sont détournées de nos figures, et on a entendu le père et le fils discuter.

— Mais on a besoin d'eau, p'pa !

— Je m'attendais pas à ce que ce soient des gamins…

— Pense à maman. Elle a besoin d'eau ! Papa ! Je meurs de soif !

Le chef de famille, clairement, c'était Eddie. La pire raclure du monde.

Après ça, on a eu du mal à suivre la discussion parce que Max pleurait trop fort. L'eau lui brûlait les chevilles et les pieds.

— Je comprends ton point de vue, fiston, a annoncé l'homme. L'ennui, c'est que si on ne récupère pas vos vivres, nous aussi, on va mourir.

Max vagissait à présent, mais tout à coup j'ai entendu un cri aigu et vicieux. Ça m'a à la fois rempli de joie et rendu malade.

C'était le cri de guerre de Josie.

Les lumières se sont détournées de nous, on a entendu la bagarre.

Elle a attaqué le père en premier et l'a projeté au sol – je pense qu'elle l'a tabassé. Après, le fils a voulu frapper Josie avec un truc. Il y a eu un *SCHLACK* et le gamin s'est mis à chialer.

— Non, pitié, non.

Là-dessus, Josie a littéralement rugi :

— ALORS BARRE-TOI ! (Elle avait une voix de monstre, mais elle a laissé Eddie filer.) BARRE-TOI !!!

J'avais beau haïr Eddie, je ne voulais quand même pas qu'il meure. Et surtout, je ne voulais pas que ce soit Josie qui le tue.

Et le père ? Était-il… ?

J'ai alors entendu des sanglots. La voix de Josie, cassée et désespérée.

Le bruit qu'elle a fait en se relevant dans la boue.

— Josie ! Josie, c'est pas ta faute ! lui a crié Niko. Tu peux rester, Jo. Tu peux rester avec nous.

— Non, a répondu la fille d'un ton sombre et torturé.

— Josie ! l'a rappelée Niko. Je t'aime, ne pars pas !

Puis plus rien.

Elle était partie.

Au bout de quelques minutes, le gamin est revenu.

— Papa ? a-t-il fait. Papa… Papa ?

Il a de nouveau braqué sa lampe sur nous.

— Filez-moi un masque ! a-t-il hurlé. Exécution !

Là, il s'est mis à nous bombarder de cailloux et de boue.

— Magnez-vous !

En fait, c'est vrai, on en avait un de trop. Trois, même.

Niko ne parlait plus, ne bougeait plus.

— Attends ! ai-je crié. Attends deux secondes !

— Rien du tout j'attends ! Vous m'envoyez un masque pour que ma mère et moi on puisse partir, ou *je vous enterre vivants* !

La menace n'était pas super crédible. Eddie n'avait sûrement pas plus de onze ans, comment allait-il s'y prendre pour charrier la terre ? Mais je ne lui en veux pas de ce manque de logique. Son père était mort.

— On t'en envoie un si tu nous laisses sortir ! ai-je répondu.

— Quoi ?

Je m'efforçais de penser comme Niko.

— On t'envoie un masque si tu nous envoies une corde.

— D'accord, a craché Eddie. Lancez-m'en deux, alors.

— OK. Mais d'abord la corde.

— Sûrement pas. D'abord les masques.

— Bon, je te propose un truc : je lance un masque, tu nous passes la corde et ensuite j'envoie le second.

Le garçon a hésité.

— OK, a-t-il fini par accepter à contrecœur.

— Il va pas nous envoyer la corde, a estimé Sahalia d'un ton moqueur.

— On n'a pas besoin de ce masque, lui ai-je fait remarquer.

— On va tous mourir là-dedans.

Niko restait immobile.

Je lui ai pris son ancien masque, celui qu'il portait avant de mettre un de ceux du soldat, et je l'ai lancé à Eddie.

— Maintenant la corde ! ai-je crié.

Le garçon s'est penché par-dessus le rebord du trou, braquant le faisceau de sa lampe sur son visage pour qu'on le voie bien.

— J'espère que vous irez tous pourrir en enfer ! (Il avait la figure couverte de larmes et de morve.) Votre copine a tué mon père !

Sur ce, il est parti en sanglotant.

Niko a sorti le pistolet de son sac à dos.

— Niko ? l'ai-je interpellé.

Il m'a regardé d'un air absent.

— Niko ? ai-je répété.

Il faisait peur à voir.

Pointant l'arme en l'air, il a crié « AU SECOURS ! » puis il a tiré.

— Arrête ! lui ai-je hurlé.

Il me foutait les jetons. À moi et à tout le monde.

— AU SECOURS ! *BANG.*

Les gosses hurlaient.

— AU SECOURS ! *BANG. BANG. BANG.*

— Niko, non !

Il ne m'écoutait pas. Il a tiré notre dernière balle avant de balancer le flingue vers le sommet de la fosse. Il a atterri dans les herbes.

Pendant ce temps-là, Sahalia s'était couchée dans la boue et pleurait.

— Debout, lui a ordonné Niko.

— Ça sert à rien. On va tous crever.

— Sûrement pas. Debout, lui a-t-il répété les mâchoires serrées. Je vais te porter, tu vas remonter nous chercher une échelle.

— Je pourrai pas, a gémi la fille.

Mais Niko a réussi à la faire se relever.

Dans un premier temps, il a tenté de lui faire la courte échelle. Sahalia était encore à plus d'un mètre du sommet.

Ensuite, il a voulu la porter sur son dos. Toujours trop court.

Après, ils ont remis ça, mais cette fois j'étais censé grimper sur les épaules de Sahalia – ça a foiré. Je n'ai déjà pas réussi à monter sur Niko. J'empoignais ses habits, mais ça le tirait en arrière et Sahalia a fini par tomber à la renverse.

— Ça sert à rien ! a-t-elle encore crié. On va tous crever !

— Et les fusées de détresse ! ai-je alors proposé. On pourrait en envoyer deux ou trois, quelqu'un viendra peut-être nous sauver ?

— Ou nous tuer ! a craché Sahalia.

— Ça vaut le coup, a décidé Niko après réflexion.

J'ai retiré une fusée de la ceinture. Elle était enveloppée dans du plastique, avec un cordon blanc qui pendouillait. J'ai tiré sur le cordon, le plastique s'est déchiré en son milieu.

La fusée était en carton, avec un bouchon rugueux.

Je l'ai étudiée. Une espèce de grosse allumette avec une bande en papier de verre fixée au bouchon.

Mais avant que j'aie pu l'allumer, Sahalia m'a fait signe de la lui donner.

— Je m'en charge, a-t-elle affirmé. Je l'ai déjà fait. Et si tu te goures trop de fois, ça s'allume pas.

Je lui ai passé la fusée. Je voulais la lancer, mais si Sahalia s'intéressait de nouveau à notre survie, je me disais qu'il fallait l'encourager.

Elle a frotté le bouchon contre la bande en papier de verre.

Ça a fait des étincelles rouges, puis la lumière a jailli du bout de la fusée. Sahalia la tenait le plus loin possible d'elle.

Une lumière orange fluo l'éclairait. Je n'oublierai jamais cette vision, son passe-montagne retiré, ses longs cheveux qui dépassaient. Elle portait un imper jaune par-dessus ses cinq couches d'habits. Ulysses et Max se sont blottis derrière elle, s'accrochant de toutes leurs forces, leur visage obscurci par leur masque. Dans leur dos, je devinais la silhouette de Batiste, penché en avant, en train de sangloter. Sahalia et les petits étaient tout couverts de boue et de crasse. Des racines et des cailloux ressortaient des parois de la fosse.

— Je la jette ou pas ? Vous en dites quoi ? a demandé Sahalia.

Niko la lui a prise et l'a jetée en l'air, par-dessus le bord du trou, jusqu'aux herbes.

Niko a enveloppé Max dans la bâche en plastique pour éviter qu'il se mouille encore. L'humidité lui brûlait les jambes et les pieds, il n'arrêtait pas de gémir comme une bête blessée.

Là, Ulysses a commencé à prier en espagnol, et Batiste l'a imité dans notre langue.

Puis il s'est mis à pleuvoir.

C'est là que Sahalia m'a demandé mon cahier.

Voici ce qu'elle y a noté :

Mon nom est Sahalia Wenner.

Tout indique que nous allons mourir et je tenais à écrire ces mots au cas où quelqu'un les trouverait. Si vous les trouvez, merci de remettre ma lettre à Patrick Wenner, 106 McShane Place, Monument, CO.

Papa, je suis désolée de ne pas avoir été une meilleure fille. Si je pouvais remonter dans le temps, je me lèverais tôt le matin, je t'aiderais à préparer le petit déjeuner et je ferais la vaisselle quand tu me le demanderais. Je ne connaissais pas mon bonheur, c'est la vérité.

J'ignore pourquoi on devait tout le temps se battre. Je ne sais même plus ce qui me mettait autant en colère. Vraiment, je ne m'en souviens plus.

Je veux que tu saches que, après l'orage de grêle, j'étais réfugiée dans le Greenway. Celui de notre ville. Je ne sais pas où tu es allé, ni même si tu es en vie. Mais moi, tout ce temps-là, j'étais dans le Greenway avec d'autres jeunes, et maintenant je les aime tous comme s'ils étaient mes frères et sœurs.

Je suis tombée amoureuse d'un garçon et là il est sûrement mort. Je crois qu'il t'aurait plu, mais j'en sais rien. Il s'appelait Brayden Cutlass, et il avait les plus beaux yeux marron du monde.

J'aurais voulu devenir styliste ou chanteuse. J'aurais voulu partir vivre à L.A., réaliser mes rêves. Mais ce monde-là n'existe plus – ces rêves-là sont morts. Surtout, je prie pour que tu trouves cette lettre, papa, et que tu saches combien je t'aime – rien ne compte davantage à mes yeux. Je me dis que tu es peut-être mort à l'heure qu'il est mais que tu sais ce que je ressens dans mon cœur – je le souhaite.

Ou peut-être que tu le savais depuis le début. Ça serait trop bien. Mieux que ce que je mérite. Si seulement tu savais depuis le début ce que je ressens réellement pour toi.

Ta fille qui t'aime,

Sahalia

Et voici ce que les autres ont voulu dire :

Batiste : « Maman et papa, si je meurs, je me réveillerai au paradis et peut-être qu'on s'y reverra. Batiste, qui vous aime. »

Max : « Maman et papa, je suis triste de pas vous avoir trouvés. Soyez gentils, vous battez plus. »

Ulysses : « Je suis Ulysses Dominguez. »

Niko, lui, ne m'a rien dicté.

— Arrête d'écrire ! m'a-t-il au contraire hurlé. On va s'en sortir. Prenons d'autres fusées. Il y a forcément quelqu'un dans le coin.

Il a allumé puis projeté deux autres fusées rouges, et une blanche.

Il a attendu. La pluie s'infiltrait à travers nos habits.

Quelques minutes plus tard, Max a vomi.

À l'intérieur de son masque. Et il y avait pas mal de sang.

— À l'aide ! s'est alors mise à crier Sahalia. Quelqu'un, au secours !

On avait toujours l'ancien masque de Max, alors on a essayé de lui faire changer.

Niko n'a pas eu besoin de m'appeler. Je me suis agenouillé à côté du petit, prêt à aider.

Sahalia gueulait toujours de toutes ses forces, sa voix commençait à casser.

— Retiens ta respiration, mon grand, a dit Niko à Max qui sanglotait, tout essoufflé.

Il lui a retiré son masque. Le petit avait la figure en vrac : des cloques rouges éclatées tout autour de sa bouche, de son nez et de ses yeux, et du sang qui coulait de son menton.

Je lui ai appliqué le masque propre contre le visage et il a aussitôt inspiré.

Le bruit était étouffé.

Atroce.

Max allait mourir.

Niko a poussé un cri de frustration et d'angoisse. Puis il a bondi, comme piqué par une guêpe.

Il s'est tourné vers moi.

— Voilà ce qu'on va faire. Je vais te projeter en l'air, tu vas t'accrocher au bord du trou et te débrouiller pour regagner la surface.

— OK, ai-je accepté en haussant les épaules.

Je pleurais.

Max allait mourir.

Niko s'est mis en position pour la courte échelle, j'ai appuyé un pied sur ses mains et il a tenté de me soulever. Il nous a fallu plusieurs essais pour trouver le bon angle.

Au cinquième ou sixième, j'étais pas loin du but.

J'ai agrippé des brins d'herbe du rebord, mais j'avais les mains qui glissaient.

J'ai insisté, mais une racine m'a griffé la figure et j'ai saigné.

Niko s'est mis à prier.

Je ne voulais pas voir ça.

— Seigneur. Pitié, Seigneur, envoyez-nous de l'aide, je n'y arriverai jamais tout seul !

Sahalia est venue le serrer dans ses bras. Moi aussi. Il y avait deux groupes : d'un côté Sahalia, Niko et moi, de l'autre Batiste, Ulysses et Max.

Là-dessus… un petit « Ohé ! ».

Une voix de personne âgée. Énervée.

— Qui a lancé les fusées ? Ohé !

On a aussitôt gueulé en chœur. Je me suis relevé d'un bond.

On beuglait comme des malades, mais Niko est intervenu :

— Taisez-vous ! TAISEZ-VOUS ! SI VOUS VOULEZ VIVRE, FERMEZ-LA !

Puis il s'est adressé à l'inconnu :

— On est tombés dans une fosse. N'approchez pas trop ou vous tomberez aussi !

— Je tomberai pas ! Je suis pas si bête.

Puis une lumière aveuglante nous a passés en revue.

— Seigneur Dieu, a fait la voix. Vous êtes tombés dans les fondations ?

— Une famille les avait transformées en piège ! a ricané Sahalia. Ils avaient tendu une bâche sur le trou, ils nous ont eus.

Niko lui a fait « Chut ».

— S'il vous plaît, si vous pouviez juste nous aider à sortir. On est des gamins et l'un de nous est mal en point.

— Les Mandry. C'est eux qui ont tendu ce piège. Et j'ai l'impression qu'il y en a un qui a bien morflé.

— Oui, une fille qui s'appelle Josie l'a attaqué, a expliqué Niko.

— Elle est du groupe O, ai-je ajouté.

— Tad Mandry m'a l'air mort, là.

— S'il vous plaît, monsieur, vous pouvez nous aider à sortir ? a repris Niko.

— Je ne suis pas un sauvage, tout de même. Bien sûr que je vais vous aider. Laissez-moi deux minutes. Il ne faudrait pas qu'on se fasse remarquer. Dieu sait quels cinglés rôdent dans les parages.

On s'est tous blottis les uns contre les autres, à la fois excités, soulagés et encore terrifiés. Les seuls bruits qu'on entendait, c'étaient les gémissements et les pleurs de Max. Et les reniflements d'Ulysses et de Batiste, sûrement.

Ensuite, on a entendu comme un glissement humide. C'était l'homme qui nous faisait descendre une échelle.

— Par ici, lui a dit doucement Niko.

— Je sais ! a grogné l'homme.

Centimètre par centimètre, on a regardé l'échelle pénétrer notre espace.

— Ça prend du temps parce que je suis vieux, a expliqué l'homme. Bien trop vieux pour toutes ces conneries.

L'échelle s'est inclinée.

— Attention, je la laisse tomber.

— On est prêts, lui a assuré Niko.

L'échelle a hésité un moment avant de s'écrouler.

L'homme était tout petit. Pas plus grand qu'Ulysses.

Je ne voyais pas son visage parce qu'il s'était noué une écharpe à carreaux rouges et noirs devant le nez. Mais à le voir se déplacer, on devinait qu'il était super vieux.

Il a d'abord aidé Sahalia à sortir, ensuite c'est elle qui nous a tendu la main.

Niko est remonté le dernier, il portait Max.

Arrivé à la surface, il l'a couché sur le sol boueux.

Le cadavre du père était là. Allongé sur un gros caillou. Il était tombé dessus pendant sa bagarre avec Josie et il avait dû se casser le cou, vu l'angle que faisait sa tête. Il regardait le ciel, la bouche grande ouverte, comme fasciné par le spectacle.

Sauf que non, il n'admirait pas le ciel. Il était mort.

La terre était remuée par endroits, un méli-mélo d'empreintes et de flaques marron-noir – sans doute du sang.

— Bon, a voulu conclure l'homme. Eh ben, bonne chance à vous.

Et il allait pour s'éloigner.

— S'il vous plaît, l'a rappelé Niko. Il nous faudrait un abri, où on pourrait soigner notre ami. On a besoin d'un endroit sûr où dormir.

— Je peux rien pour vous ! a craché l'homme.

— Mais on a trooop soif, a gémi Batiste.

— Et Max est grave malade, a ajouté Sahalia. S'il vous plaît, monsieur. Par pitié.

On s'y est tous mis : « Pitié, pitié, pitié. »

— Je savais que j'aurais pas dû venir ! a grondé l'homme. Je sortais juste les poubelles, voyez ? Là, j'aperçois les fusées et je me dis : « Ignore-les, Mario. Tu vas te retrouver obligé d'aider quelqu'un et ça va diminuer tes réserves. » Mais je suis venu.

On a dû lui faire pitié. Avec tous nos habits cradingues. Sahalia, Batiste et moi, le visage à découvert, maculé de boue sauf là où les larmes avaient coulé. Niko debout mais tête basse. Max qui gémissait, couché par terre, son masque ensanglanté en place. Ulysse agrippé à Max dans la boue.

— Je vous donne un jour et une nuit. Pas plus ! a grondé l'homme. Quelques soins de base pour vous retaper de mon mieux. Trois repas et une nuit de sommeil. Mais c'est tout. Vous devez me jurer que vous partirez après.

Niko a tendu la main et déclaré :

— Nous le jurons.

Ils se sont serré la main.

Tout le monde s'est mis à remercier l'homme, et Sahalia l'a même pris dans ses bras.

— Bon allez, suivez-moi, mais pas un bruit.

Il nous a fait traverser la rue, direction un lotissement plus petit devant lequel on était passés en arrivant.

— Il a quoi, des brûlures ? a demandé l'homme à Niko, qui portait Max.

Le petit gémissait à chaque mouvement de Niko.

— Des cloques.

Le vieil homme marchait aussi vite qu'il pouvait. Mais les vieux sont lents. Il nous a conduits à une maison. Style pseudo-anglais, avec poutres apparentes. Pour faire ambiance Shakespeare.

Je pensais qu'on allait entrer dedans, mais au lieu de ça le type a continué.

Au fond du jardin de derrière, il y avait une petite construction. Comme un abri de jardin. Un peu trop grand, mais c'est l'impression que ça donnait.

On est entrés, il y avait des outils suspendus aux murs.

— Entrez, entrez, nous a pressés l'homme. Et refermez derrière vous, nom de Dieu. Ici, c'est secret.

Je n'arrivais pas à lire l'expression de Niko sous son masque, mais je flippais. Ce vieil homme pensait-il qu'on serait en sécurité dans un abri de jardin ?

Là, Mario s'est penché et a soulevé une espèce de vieille paillasse en caoutchouc posée par terre.

Dessous, il y avait une poignée métallique. Une trappe.

Il tirait dessus, mais il avait le souffle court.

Sahalia et moi, on est allés l'aider.

— 'Tendez, minute, nous a dit Mario. Dès que la porte s'ouvre, vous descendez les marches. Elles sont raides, faites attention. Ne vous arrêtez pas, pour ne pas gêner ceux qui suivent. Bon.

Puis, s'adressant à Sahalia et moi :

— Allez-y.

On a tiré sur la poignée.

Au départ, c'était super lourd, mais ensuite un levier hydraulique s'est enclenché et la trappe s'est relevée toute seule.

Là où on était, tout était sombre et crasseux, mais une lumière blanche et pure montait par cette trappe.

Ça nous aveuglait, tellement on était habitués à l'obscurité.

— Allez ! nous a ordonné Mario. Tout le monde descend.

On ne s'est pas dit une seule seconde qu'il pouvait vouloir nous blouser ou nous enfermer. Vu comment il ne voulait pas nous aider à la base. Pourquoi aurait-il cherché à nous piéger ensuite ?

Il était réglo.

Il avait beau être râleur et grognon, je lui ai fait confiance d'emblée. Les autres aussi, je pense.

Et on a eu raison.

Cet homme nous a sauvé la vie, il s'appelait Mario Scietto.

CHAPITRE DIX-SEPT

DEAN

— J'ai une pharmacie remplie de Robitussin, a fanfaronné Jake devant Payton. On avait aussi du whisky, mais j'ai tout bu.

— Je t'aime de plus en plus, Jake. Ça me fait plaisir que tu veuilles intégrer l'Académie. Tu devrais le faire. Je te prendrais dans mon escadrille. Ça te plairait ?

— Chef, oui, chef !

Payton s'est alors tourné vers les cadets, qui attendaient ses ordres.

— Bon, vous avez entendu ce que j'ai dit ? Déploiement. Servez-vous de vos lampes et ouvrez l'œil.

Est-ce que j'éprouvais du respect pour Jake ? Avant ça... hmpf. Pas plus. Je l'aimais bien. Comme tout le monde, vu qu'il était tout en sourires et en charme. Même quand je le haïssais à mort et avais envie de le tuer, je l'aimais bien.

Mais entre son histoire de drogue, sa déprime et le fait qu'il nous avait abandonnés... Il avait sacrément chuté dans mon estime.

Là, à le voir jouer son petit jeu avec Payton, à le regarder bluffer et manœuvrer pour se sortir de ce cauchemar – il devenait mon héros.

J'avais une épaule démise. Marcher était un calvaire. Jamais je ne pourrais me battre contre ces mecs. Si on devait survivre, c'est Jake qui allait devoir nous sauver.

— Dommage que vous ayez pas d'éclairage, a dit Payton. Ça fait lugubre, comme ça, dans le noir.

— Ouais. Mais on a des tas de lampes électriques. Au fait, vous avez pas vu notre feu de camp.

Sur ce, il a conduit Payton à la cuisine.

Je pigeais sa stratégie. Le feu donnait un côté guilleret et douillet. On pouvait croire que c'est là qu'on campait. Du moment qu'on ne cherchait pas nos lits.

Les cadets revenaient les uns après les autres, donnaient la liste de ce qu'ils avaient trouvé. Le Graisseux avait déniché les tronçonneuses et le trou rafistolé dans le mur. Un maigrichon tout nerveux, Jimmy (dit « Mimines »), a indiqué avoir repéré de l'eau et des restes de boisson près du rayon alimentation (je confirme, il avait de toutes petites mains). Ils avaient bien bossé. Zarember n'avait pas loupé la tache d'huile sur le lino et les traces de pneus qu'avait laissées le bus.

Mais bizarrement, ils étaient passés à côté de la maison.

Le dernier cadet à se présenter au rapport était un grand Noir baraqué : Kildow. C'était le plus menaçant du lot, et il avait un semi-automatique sur lui. Du moins à ce qu'il m'a semblé. Des semi-automatiques, je n'en avais jamais vu que dans les films d'action.

Allait-il annoncer qu'il avait trouvé la maison ? Dans ce cas, Jake pouvait encore rattraper le coup, dire à Payton qu'il comptait lui en parler mais n'en avait pas eu le temps.

Astrid et les petits se cachaient-ils là-bas ?

J'espérais plutôt qu'ils étaient dans les combles…

— Quelque chose à rapporter ? a demandé Payton à Kildow.

— Nan. Mais il y a des Tupperware pleins de merde dans un coin. Pleins de *merde*.

— Ah oui, euh, désolé, est intervenu Jake. C'est la décharge.

— T'es sûr que vous avez pas une ou deux nanas ? l'a interrogé Payton.

— Nos nanas, tu les as vues... Elles nous ont plantés.

— Mouais, OK, a soupiré l'autre en s'affalant sur une banquette. Y a plus qu'à faire la fête.

Faire la fête pour cinq cadets mabouls et la fillette qui leur sert de mascotte, dans un supermarché sans électricité ? Pas facile.

On a ravivé le feu dans le brasero.

Préparé du pop-corn sur la flamme.

Ouvert une vingtaine de flacons de Robitussin.

Et fiesta !

— T'as le bras en vrac, a remarqué Payton en me matant à travers le feu.

— Je me suis fait mal en tombant, ai-je expliqué.

— Fais-moi voir. (Il s'est levé, s'est approché de moi. J'étais assis sur une banquette, dos au mur.) Je peux te la remettre.

— Non, non, merci, c'est bon.

J'ai tenté d'accrocher le regard de Jake. Il était occupé à raconter au Graisseux et à Zarember l'épisode du séisme dans le Greenway.

— Fais pas ta chochotte, m'a dit Payton. J'en ai pour deux secondes.

— C'est bon, ai-je menti.

Seigneur Dieu, ai-je prié, faites que ce salaud me fiche la paix.

J'avais trop peur qu'il aggrave la situation ; déjà que je souffrais comme jamais.

— Allez, ce sera juste un petit coup. Zarember, Kildow, ramenez-vous.

— Pitié, non, pitié ! ai-je hurlé.

Payton m'a agrippé par les cheveux et a collé son front au mien.

— 'Coute, Dean, je sais que tu flippes. Ça, je respecte. Et tu crois que je vais te faire mal. Tu te goures. Je vais t'aider. Et quand ton épaule sera remise en place, tu me remercieras. Après ça, tu seras avec moi, m'a-t-il murmuré.

« Tu piges ? Ça n'a même rien à voir avec toi, en fait. C'est pour le gang. Mon petit gang de cadets. On recrute, tu vois !

Là, il a ouvert les bras en grand, comme s'il annonçait un jour férié. Les cadets ont approuvé bruyamment.

— Bref, je vais te recruter en te remettant ton épaule, Deano. Je vais prendre soin de toi et de Jake. Vous êtes mes bleus, maintenant !

Puis, à Kildow et Zarember :

— Mettez-le debout.

Ils m'ont relevé.

— Non, pitié, ai-je supplié. Pas besoin de toucher à mon épaule ! Tu m'as recruté, c'est bon ! Pitié !

Sauf que là, il a tiré mon bras de sorte que l'épaule se torde à quatre-vingt-dix degrés. Puis il a ramené ma main vers mon autre bras, en passant sur ma poitrine, il l'a écartée, puis rapprochée encore. Moi, je hurlais, j'avais des flashes devant les yeux, après quoi Dieu a eu pitié de moi, je suis tombé dans les pommes en entendant un *POP*.

CHAPITRE DIX-HUIT

ALEX

LES MARCHES ÉTAIENT BLANCHES, AVEC DES BANDES ANTIDÉRAPANTES NOIRES. Sahalia est descendue la première, suivie par moi. Au bas de l'escalier, il y avait une série de bandes plastiques qui pendaient du plafond. Ça faisait comme un rideau. On est passés derrière. La lumière s'est allumée automatiquement.

On était dans un abri antiaérien souterrain.

Un espace tout en longueur, comme un wagon de train. On se tenait à un bout, dans une sorte de salon, avec deux canapés de part et d'autre, et une table basse au milieu. Un vieux fauteuil miteux attendait de l'autre côté d'un canapé. Contre le mur opposé, une étagère croulait sous les romans, les livres de référence et les jeux de société.

Après le salon, il y avait une kitchenette : un évier, un brûleur électrique et des placards en bois fermés.

On avait du mal à voir au-delà, mais j'étais quasi sûr de distinguer des couchettes.

J'ai appuyé une main contre le mur – métal froid. Ce bunker était en acier ; seuls quelques meubles étaient en bois.

Batiste et Ulysses sont entrés après nous.

— Oh, merci mon Dieu, a murmuré Batiste, et j'étais bien d'accord avec lui.

Tout à coup, une machine s'est mise en marche, on a entendu un bruit de succion à nos pieds. On a tous sursauté.

— C'est quoi ? m'a demandé Batiste.

J'ai humé l'air. Ça sentait bizarre. Comme de l'ozone.

Je me suis accroupi et j'ai senti un mince courant d'air au niveau du sol. L'air était aspiré.

— C'est un système de filtrage de l'air, ai-je supposé. Il doit se déclencher automatiquement quand il repère des impuretés.

Batiste et Ulysses se sont allongés sur les canapés. Niko descendait avec Max dans ses bras.

— Vous deux, relevez-vous de là, a ordonné Mario.

Batiste et Ulysses se sont affalés par terre.

— Le blessé, tu le mets là.

Mario a ensuite défait et retiré sa combinaison, puis l'a roulée en boule dans un sac caoutchouté. Il l'a fait vachement vite, pour un homme de son âge.

— Bon, là, faut réfléchir, marmonnait-il. Trouver les priorités.

Il a traversé la cuisine, s'est dirigé vers un placard encastré.

— Je peux faire quelque chose ? a proposé Niko.

Il était plié en deux, à côté des canapés, l'air d'avoir vieilli d'un million d'années.

— Enlève-lui ses chaussures, si tu peux.

Niko s'est mis à tirer sur les chaussures de Max, mais le petit a hurlé.

— C'est bon, c'est bon, laisse-le pour le moment, est intervenu Mario.

Il rapportait deux espèces de chariots en plastique, le genre qu'utilisent les femmes de ménage. Ils débordaient de produits médicaux. S'appuyant d'une main sur le canapé, Mario s'est assis à côté de Max.

— Bon, ça devrait aller maintenant. Les petits, vous me retirez vos habits de protection. Ils sont pleins de produits chimiques.

« Toi, a-t-il ajouté en montrant Sahalia du doigt. Il y a des sacs-poubelle sous le comptoir. Prends-en un et récupère toutes les affaires.

Sahalia a grogné, mais elle s'est mise à quatre pattes pour attraper le sac.

Nous autres, sûrement qu'on n'allait pas assez vite.

— Bougez-vous ! Enlevez-moi ces habits ! Vous pouvez pas être déjà aussi fatigués !

Erreur. Plus crevés que ce qu'on était, ça se pouvait pas. On était vidés.

On a commencé à retirer nos habits, à deux à l'heure, comme des zombies.

— Faut vous magner, les gosses ! Le filtrage de l'air est automatique. Il fonctionnera tant que vous serez pas propres. Et ça n'arrivera jamais si vous gardez vos habits crasseux.

Mario est allé aider Ulysses à retirer son sweat-shirt.

— J'ai pas l'impression que vous compreniez. Le filtrage est automatique. Il tournera tant qu'on aura des réserves solaires. Après, il pompera la génératrice. Or, du gaz, je n'en ai que pour quelques jours. Donc vous allez vous bouger, vous déshabiller et me fourrer tous vos habits dans un sac.

Ulysses s'est mis à pleurer. Mario lui faisait peur.

Le petit avait le tour de la figure rouge à cause de son masque. Ses larmes coulaient sur sa figure toute sale.

— Oh ! bon Dieu. Chiale pas. (La voix de Mario s'adoucissait un peu. Il a lâché la manche du garçon.) On va te faire tout propre, fiston. Mais commence par enlever tes habits.

Au fur et à mesure, on reprenait nos silhouettes de gosses.

Batiste, avec ses cheveux raides collés à sa tête.

Le ventre tout rond d'Ulysses débordait sous son tee-shirt Monster Truck. Le tee-shirt avait des taches sur le devant. Du vomi, sûrement.

Niko maigrissait à chaque couche d'habits qu'il ôtait. Est-ce qu'il était si maigre avant ? On aurait dit un squelette. Maigrissime. Dans mon souvenir, il était grand et adulte. Là, on aurait dit un ado souffreteux.

Ça me faisait drôle, d'enlever les habits de protection. Je les ressentais comme une partie de moi-même. Sans eux, je me sentais limite nu.

Mais au final, je me suis retrouvé juste en caleçon long bleu marine. Ma couche de base.

Je me suis rappelé l'avoir choisi au Greenway. J'étais plein d'espoir, à l'époque.

Dean, si un jour tu me lis, tu avais raison. Si j'avais su ce qui allait se passer, les horreurs et les difficultés qu'on rencontrerait, si j'avais su que Brayden allait mourir de toute façon, et que Josie se transformerait en monstre et nous abandonnerait – jamais je n'aurais soutenu la décision de Niko.

Est-ce que c'était vraiment débile, de penser qu'on pourrait atteindre Denver ? Faut croire.

Qu'est-ce qu'on en sait ? On n'est qu'une bande de petits cons...

Quand Sahalia a retiré son dernier sweat-shirt, le tee-shirt qu'elle portait dessous s'est soulevé, comme ça arrive parfois. J'ai vu ses nichons dans son soutif en dentelle. Youpi !

On a jeté nos affaires par terre, Sahalia les a ramassées. Puis elle les a mises dans le sac-poubelle. Ensuite elle en a pris un autre pour nos chaussures et nos masques.

Mario avait enlevé le sien à Max, et il ouvrait une petite boîte de pilules.

C'était pas beau à voir. Max avait la figure constellée de cloques. Le pire, c'était autour de sa bouche. On aurait dit qu'il s'était planté à vélo. Comme si son visage avait frotté contre le trottoir. Il fermait les yeux bien fort et étouffait ses pleurs.

Mario lui a délicatement ouvert la bouche et lui a fait prendre une pilule.

Presque aussitôt, le petit a eu l'air mieux, son corps s'est détendu.

— Je lui ai donné un truc costaud. Mais ça devrait nous permettre de le laver.

— Vous avez du Benadryl ? a demandé Niko. On en a déjà utilisé, ça a marché.

Là, il a titubé en arrière et s'est rattrapé juste avant de tomber. Il tenait tout juste sur ses pieds.

— Assieds-toi, lui a ordonné Mario. Si tu me tombes sur le râble, tu me casses en deux.

Niko s'est écroulé dans le fauteuil.

— C'est ma place, a grondé le vieil homme.

Mais là, il a mieux regardé Niko, et a repris sur un autre ton :

— Non, c'est bon, reste là deux secondes.

Mario a ensuite sorti une plaquette de pilules de son chariot et l'a lancée à Niko.

— Benadryl. Prends-en quatre.

Promenant son regard autour de lui, il s'est arrêté sur moi et m'a dit :

— Toi, là. Va chercher de l'eau pour ton copain.

— OK, ai-je obéi.

— Les verres sont dans le premier placard, là. L'eau dans le coin. Ne buvez pas trop, pour commencer, les petits. Deux gorgées, puis vous attendez. Après ça deux autres et ainsi de suite. Autrement vous auriez des haut-le-cœur.

J'ai ouvert les placards. J'avais l'impression de ne plus avoir fait ça depuis des années : ouvrir un placard, inspecter des piles d'assiettes et des rangées de verres.

J'ai pris un verre fantaisie avec des cerises peintes dessus et un liseré jaune sur le bord.

Contre le mur, il y avait une grosse bouteille d'eau minérale sur un meuble.

— Je peux en avoir aussi ? a demandé Sahalia. S'il vous plaît ?

Sa voix était toute drôle, et j'ai remarqué qu'elle pleurait.

— Bien sûr. Vous avez tous besoin de boire tout de suite. Et puis de manger. On va s'en occuper. Mais je dois d'abord aider ce petit gars. Et il va falloir tous vous laver.

J'ai rempli le verre ; mes mains tremblaient. J'ai bu deux gorgées.

Elle était tellement propre, cette eau. Je l'ai sentie couler dans mon œsophage et à travers mon corps asséché.

Sahalia s'est approchée de moi, je lui ai passé le verre. Elle l'a bu d'une traite.

— On peut en avoir aussi ? a fait Batiste.

Je suis allé lui donner le verre. Puis ça a été au tour d'Ulysses, et il ne restait plus rien quand ça a été à Niko.

— Il y a assez de verres pour tout le monde, les jeunes, a grondé Mario.

Sauf qu'on était habitués à partager. On s'en moquait.

J'ai rempli le verre et bu deux nouvelles gorgées. Puis je l'ai passé à Niko. Il avait les mains couvertes de sang et de cloques. Il m'a remercié d'une voix râpeuse.

— Hé, toi, m'a interpellé Mario. Comment tu t'appelles ?

— Alex Grieder.

— Moi, c'est Mario Scietto. Tu m'as l'air d'avoir la tête sur les épaules. Tu veux m'aider, pour le petit ?

D'un geste de la main, il me montra Max.

— Il s'appelle Max. Oui, bien sûr.

— Bon. Et toi, la miss ! s'est-il alors tourné vers Sahalia. La douche, c'est au fond.

— Oh mon Dieu, c'est vrai ? a failli s'étouffer Sahalia.

— Il y a une minuterie. Vous aurez deux minutes chacun. Eau chaude et tout ce qu'il faut, mais deux minutes seulement, compris ? L'eau vient du puits, et il est très profond, mais le chauffe-eau consomme trop.

— Bien, monsieur.

— Et pas de blague, hein. Frotte partout ; savon et shampooing. Mais ne gaspille pas l'eau, tu n'auras pas droit à une autre douche.

— Bien, monsieur.

— Et tu mettras tes affaires dans un sac, aussi. Vous puez tous comme c'est pas permis. Les petits passent en premier et tu les surveilles. Quand ils sortent, tu leur trouves des vêtements propres dans la commode, là-bas. Donne-leur mes pyjamas, tu m'entends ? Il y a aussi des habits de femme, tu peux en prendre.

— Venez, les jeunes, a alors fait Sahalia en aidant Batiste et Ulysses à se relever.

Ils ont filé à la douche sans discuter ; ils titubaient de fatigue, mais ils étaient tout excités à l'idée de se faire propres.

J'ai jeté un coup d'œil à Niko. Il dormait déjà.

— Bon, a repris Mario, on va déshabiller le petit, lui nettoyer ses plaies et les soigner. Tu crois que tu pourras m'aider ?

J'ai acquiescé.

— Bon petit gars.

J'ai failli tomber de sommeil deux ou trois fois, mais j'ai malgré tout aidé Mario à laver et bander les pieds de Max.

Il avait du Troxoidal dans un de ses chariots. Je me suis souvenu que c'était le demi-stéroïde que Jake t'avait donné, Dean, pour accélérer ta guérison.

— Ça peut l'aider, ai-je indiqué à Mario en lui montrant la boîte.

J'ai prononcé ça comme une affirmation, mais c'était plutôt une question.

— Bonne idée, m'a répondu Mario en lisant les instructions. Pour les adultes, c'est deux comprimés toutes les six heures. On va lui donner la moitié.

J'ai donc pris une pilule et l'ai glissée sous la langue de Max. Elle a fondu presque aussitôt. Il avait encore un peu de sang mélangé à sa salive.

Sahalia, Batiste et Ulysses étaient sortis de la douche le temps qu'on soigne Max.

— Dommage que je n'aie pas de baignoire, a marmonné Mario en finissant de passer une gaze autour des pieds du garçon.

— Pourquoi ? lui ai-je demandé.

— Je dois encore laver Max. Sinon il va déclencher le système de filtrage, tellement il est crasseux.

Là, il a relevé le siège du canapé derrière nous. Il y avait un espace de rangement, dessous.

Trop cool. Dans un abri antiaérien, chaque centimètre carré compte, je me dis.

Bref, l'espace de rangement était rempli de couvertures. Mario en a sorti une métallique. Comme celle que Niko t'avait apportée, Dean, dans le Greenway, après la grêle. Tu te rappelles ?

Il a enveloppé Max dedans.

— Ça lui fera peut-être du bien, a-t-il pensé tout haut.

Ensuite il en a passé une autre sur Niko, qui dormait toujours.

J'ai eu l'impression qu'il cherchait plus à économiser son système de filtrage qu'à réchauffer Max et Niko, mais je ne lui en ai pas voulu.

— Je pourrais jeter un œil à votre filtrage d'air, lui ai-je proposé. Je m'y connais, en systèmes électriques.

— Non, je ne veux pas que tu ailles fouiner là-dedans, a-t-il répondu en indiquant une porte métallique au fond du bunker.

Elle donnait sûrement sur une espèce de salle des machines.

Là-dessus, mon ventre a grogné. Super fort.

— T'as dit quoi ? m'a demandé Mario.

— Rien.

— Mais si, enfin.

— Non, c'était juste...

Mon ventre m'a « interrompu ».

— C'est comme ça que tu me parles, maintenant ? Tu trouves ça gentil, après tout ce que j'ai fait pour vous ?

Je l'ai regardé. Était-il sérieux ? Mario était-il réellement en colère après moi ?

Non, il plaisantait. Ses yeux pétillaient. Il m'a donné une tape sur le genou.

Je suis plus fortiche pour comprendre les machines que les gens.

— File à la douche. Le temps que tu te laves, je prépare à manger.

Ça a été un festin. Pour nous, en tout cas.

Soupe de lentilles, riz complet, biscuits et compote de pommes.

Batiste et Ulysses portaient des pyjamas de Mario. Sahalia avait enfilé une ample robe traditionnelle hawaïenne. Elle avait réussi à lui donner de l'allure.

Moi, j'avais un tee-shirt blanc et un bas de jogging gris.

On s'est assis à table (pile entre la cuisine et l'espace couchette). On se souriait les uns aux autres.

Mario s'affairait en cuisine tout en nous répétant de ne pas manger trop vite… et en nous incitant à nous resservir.

Nous, on lui offrait sans arrêt de la soupe, mais il refusait.

— Je déteste ça, la soupe de lentilles, a-t-il grogné. Je suis bien content de vous la donner. Comme ça, je n'aurai pas à la manger.

— J'en reveux, s'il te plaît, a fait Ulysses en tendant son bol.

Mario lui a ébouriffé les cheveux.

Il savait être gentil, quand il ne nous aboyait pas des ordres ou ne nous engueulait pas pour l'eau chaude.

On finissait de manger quand Niko s'est réveillé.

Mario l'a envoyé se doucher.

Pendant ce temps, il a décidé qu'il fallait aussi nettoyer Max. Je l'ai aidé à mettre le petit en sous-vêtements ; ça faisait bizarre, vu qu'il comatait. Mais il avait trop besoin de se laver.

Il était couvert de cloques, pas mal avaient éclaté – je savais qu'il y avait risque d'infection.

Sahalia m'a aidé à porter Max jusqu'à la douche, où on l'a passé à Niko, qui était en train de se rincer.

Niko tenait Max pendant que je le savonnais.

Mario avait scotché des sacs-plastique autour des pieds du petit, mais il avait quand même du sang qui lui coulait du visage et de toutes ses plaies et se mélangeait à l'eau crasseuse. Ça m'avait fait pareil, quand je m'étais douché.

L'eau a fini par rester claire, mais on avait dépassé les deux minutes réglementaires. Mario a fermé les yeux.

— Mettez-le sur la couchette du fond, nous a-t-il indiqué ensuite.

Il avait fourré les affaires de Max et de Niko dans un sac.

Niko est sorti de la douche tout nu et tout mouillé, et il est allé coucher Max là où Mario avait dit.

Je l'admire, Niko. Des fois, je ne sais pas comment il s'y prend. Là, c'est comme s'il se moquait que Sahalia le voie à poil. Moi, j'aurais préféré mourir.

Le système de filtrage de l'air s'est enfin arrêté.

— Ça soulage, a fait Mario.

Les couchettes étaient longues et étroites. On pouvait y entrer à deux en se mettant pieds contre pieds. Sahalia a pris la première avec Ulysses. Je me suis installé au-dessus d'eux.

Je me suis glissé dans le lit : le bonheur total. Cette sensation de chaleur et de sécurité, il n'y avait rien de mieux au monde.

M. Scietto est venu me border. C'était gentil. J'ai bien aimé.

— Monsieur Scietto ? lui ai-je demandé à voix basse.

— Oui ?

— On est vraiment obligés de repartir demain ? Juste pour savoir.

— On verra, Alex. Je ne sais pas. Ça dépendra de l'alimentation électrique.

— Si on pouvait rester deux ou trois jours encore, je sais que Max se remettrait…

M. Scietto a fait semblant de m'arracher le nez avec deux doigts – cette blague un peu vieillotte.

— Tu es un bon petit gars. Poli et obéissant. Peut-être bien que tu devrais rester avec moi. J'ai assez de provisions pour deux, ça nous durera pas loin de sept semaines si on se rationne. Je pense que le bazar en surface devrait être réglé d'ici-là.

C'était sympa de sa part. J'ai répondu que j'allais y réfléchir.

Sauf que je n'y ai pas réellement réfléchi. C'est vrai, j'aimais bien l'idée de bidouiller son système électrique. Et je ne tenais pas à retourner dans la violence horrible du monde extérieur.

Mais je n'y ai pas réellement réfléchi. En tout cas, pas longtemps.

CHAPITRE DIX-NEUF

ALEX

J'AI TOUT FOUTU EN L'AIR. Pour nous, je veux dire.

Le système de filtrage de l'air s'est déclenché. Et voilà.

C'était en pleine nuit, tout le monde dormait et je savais que M. Scietto serait en pétard s'il entendait la soufflerie, alors je me suis dit que j'allais jeter un œil à son système. Il y avait sûrement un moyen de l'arrêter manuellement.

Je me suis approché de la salle des machines en silence et la porte s'est ouverte.

J'ai entendu la voix de Mario : « Stop ! Non ! »

Trop tard.

J'avais vu ce qu'il y avait à l'intérieur.

Là, il est en train de faire nos bagages. Je l'entends marmonner et jurer tout seul dans le noir. Il s'affaire, il ouvre des tiroirs. Il y a cinq minutes, il est revenu dans l'espace couchettes et a sorti des habits d'un tiroir.

Il nous aurait permis de rester deux, trois jours de plus, je le sais.

Il nous aurait permis d'attendre que Max puisse marcher.

Mais il a fallu que j'aille regarder dans la salle des machines. Et que je voie ce corps.

Enveloppé comme une momie.

Sa femme. Obligé.

La silhouette d'un corps, ça ne se confond avec rien d'autre. On ne peut pas faire semblant de ne pas l'avoir vu, ni de ne pas l'avoir reconnu pour ce que c'est. Même si on le veut vraiment.

Mario avait foncé refermer la porte.

— Petit curieux ! avait-il chuchoté. T'as pas pu t'empêcher de fureter !

— Qu'est-ce qui se passe ? a demandé Niko, tout de suite aux aguets.

— Un problème ? a renchéri Sahalia.

— Non, rien, ai-je répondu. J'ai juste ouvert une porte qu'il fallait pas. Rendormez-vous.

Ils sont restés quelques instants sans rien dire.

Mario m'a fait signe de le suivre à la cuisine. Il m'a dévisagé un long moment. J'ai remarqué qu'il tremblait.

Et puis il m'a chuchoté :

— J'ai construit cet abri pour Judy et moi. Je n'allais pas y rester sans elle. Elle n'a pas pu me faire promettre de l'abandonner et je ne le ferai pas !

J'ai bien tenté de lui parler, de lui faire comprendre que je ne dirais rien à personne pour… Judy.

Mais lui, il s'est contenté de me montrer ma couchette.

Le lendemain matin, il nous avait préparé des affaires à emporter. Un lot d'habits chacun. Trois nouveaux sacs à dos remplis d'eau et de ces gourdes de boissons protéinées avec une paille (comme ça, Max et Niko pourraient s'alimenter sans retirer leurs masques).

Et puis il avait nettoyé nos chaussures et nos masques.

Il tient à nous, mais il nous demande de partir.

Niko a très bien pris la nouvelle.

Il a acquiescé et déclaré :

— Vous nous avez donné plus que ce que vous aviez promis et nous vous en sommes reconnaissants.

Pendant qu'on se préparait, j'ai vu qu'il donnait une lettre à Mario. Je n'ai pas entendu ce qu'ils se disaient, mais je parie que la lettre était pour Josie. Je ne voyais pas comment il pensait que Mario allait pouvoir tomber sur elle. On avait plus de chances, nous, qu'elle nous retrouve sur la route. Mais je me dis que, être prêt, ça ne peut pas faire de mal.

Quand Mario a fini de montrer à Niko tout ce qu'il nous donnait, Niko l'a de nouveau remercié.

— Est-ce que vous auriez de la corde ? lui a-t-il ensuite demandé.

— Pour quoi faire ?

— Je voudrais fabriquer une espèce de traîneau pour Max. Je me disais que je pourrais peut-être l'accrocher à mon dos.

Là, Mario est resté muet.

— C'est que… a-t-il fini par dire, je pensais que Max devrait peut-être rester avec moi.

On a mis quelques instants à digérer la nouvelle, puis on s'est tous reculés dans un même mouvement, comme si Mario puait.

Ulysses s'est mis à hurler, Batiste criait « non » et Sahalia est devenue folle.

— Je sais que vous ne voulez pas l'abandonner, a tenté de se faire entendre Mario (en vain). CALMEZ-VOUS ! Je sais que vous n'aimez pas l'idée, mais peut-être que Max voudrait rester. Pourquoi on ne lui poserait pas la question ?

Derrière nous, Max a crié d'une voix faible :

— Même pas en rêve.

Alors Mario Scietto a fini par comprendre que nous formions un groupe inséparable.

Nous avons marché.

C'était mieux que la fois d'avant. Déjà, la route était bien plate et droite. En plus, on s'était reposés, on avait mangé et on s'était changés. Mêmes chaussures mais nouvelles fringues.

Mario avait indiqué à Niko dans quelles maisons du lotissement on avait des chances de trouver une poussette. Niko en avait déniché une d'enfer. De celles pour mamans joggeuses. Si ça gênait Max de se faire balader comme un bébé, il n'en a rien dit. Il était emmitouflé dans un poncho orange et bleu à l'effigie des Denver Broncos. Cadeau de Mario.

On suivait la Gun Club Road – comme un présage. Sauf que l'endroit était tout plat et désert. Des kilomètres et des kilomètres de rien du tout. Ni maisons, ni bâtiments, ni pauses.

Bon, il y avait toujours des voitures – sur la route et à côté – et elles nous foutaient les jetons. Quelqu'un pouvait se cacher à l'intérieur, donc on approchait chaque fois avec précaution. Mais la plupart étaient recouvertes de mousse et tout était calme. Le désert, donc.

La Gun Club Road passe tout près de l'autoroute 470 et, quand on était suffisamment près, on voyait des grappes de voitures sur le bas-côté. Mais on restait zen.

On a marché, marché, marché. Au début, je pensais à des trucs, mais après, la cadence de mes pas m'a pour ainsi dire éteint le cerveau.

Un pied devant l'autre, et c'est marre.

Peut-être qu'on allait vivre ; ou bien mourir. Mais cette marche semblait ne jamais devoir finir.

Après plusieurs heures, Ulysses a demandé à Niko de raconter une histoire avec Mme Wooly.

— Peux pas.

— Pourquoi ? a insisté Max.

— Ça me rend trop triste.

— Moi, je sais pourquoi, est intervenu Batiste, le souffle un peu court. Tu penses qu'elle est morte.

— Non ! a protesté Ulysses. Mme Wooly ?

— Steuplé, Niko, steuplé ? Je suis trop crevé… s'est plaint Max.

— D'où t'es fatigué, toi ? lui ai-je rétorqué. Tu voyages en poussette !

— Râââ, d'accord, a cédé Niko. Tout le monde se tait.

Sa voix sortait toute froide du haut-parleur de son masque.

— Mme Wooly voyage sur notre route, a-t-il commencé.

— Dans une voiture ? l'a interrogé Max.

— Un monospace.

— Quel genre ?

— Oh, Seigneur… Elle conduit un… Kia Sport.

— Un rouge ? l'a relancé Max. Avec toit ouvrant ?

— Rouge, avec toit ouvrant. Et elle va nous dire : « J'allais justement chez M. Scietto pour vous récupérer. Je savais qu'il s'occuperait bien de vous le temps que je trouve ce monospace. »

— Où elle l'a trouvé, au fait ? a insisté Max.

— C'est précisément ça qui l'a retardée.

— Comment ça ? s'est immiscé Batiste.

— Ben, il a fallu qu'elle gagne des sous pour l'acheter.

— Elle a fait quoi, comme travail ? a voulu savoir Max.

— Aucune idée.

Niko devait faire un plus gros effort, vu que la route montait et qu'on marchait sur le bas-côté boueux.

— Si ça se trouve, elle a cambriolé chez des gens, a proposé Max.

— Ou bien elle a creusé un trou pour faire un piège, a ajouté Batiste.

— Rmm, bref, les a coupés Niko.

Un petit silence s'est installé.

Moi, je pensais juste à mettre un pied devant l'autre.

— C'est encore loin ? demandaient à tour de rôle Batiste, Max ou Ulysses.

— Pas mal, leur répondait Niko.

Ils ont dû poser la question une vingtaine de fois.

Un pied devant l'autre.

Ulysses s'est mis à pleurer sans bruit.

Pas comme s'il réclamait de l'attention. Juste le malheur.

Et tout à coup, la voix de Sahalia a résonné.

Elle avait une belle voix, à la fois aiguë et râpeuse, genre punkette.

Je crois qu'elle chantait un morceau rock, mais c'était dur à dire, vu qu'il n'y avait que sa voix et le vent.

Les paroles :

Là je suis assis
Par terre dans le pub.
Le sol est cradingue
Là où je suis assis.

Et ma vieille amie
Est venue près de moi.
Elle s'est accroupie
Là tout près de moi.

Elle est repartie
J'ai crié fort.
C'est sûr je suis
Un cas désespéré.

Un autre ami
A maudit son nom
Puis il m'a giflé
Puis il m'a giflé.

Il m'a dit : « Debout, lève-toi,
« Debout, lève-toi, mon gars !
« Elle est partie, tu l'as dit.
« Mais tu ne mourras pas aujourd'hui.
« Non pas aujourd'hui. »

Il m'a fait sortir.
Dans la rue.
L'air glacial
Me brûlait la gorge.

Je lui ai dit : « Laisse-moi souffrir. »
Ça l'a fait rire.
Puis il m'a saisi
Par le col de mon manteau.

Et il m'a dit :
« Souffrir, c'est bon ;
« La douleur se consume
« Et te rend fort.

« Mais souffrir sans raison,
« Laisse ça aux faibles. »
Et il m'a fait
Chanter cette chanson.

J'ai dit : « Debout, je vais me lever !
« Debout, je me lève.
« Elle est partie, c'est triste à dire.
« Mais je ne mourrai pas aujourd'hui.
« Non, pas aujourd'hui. »

Sahalia a répété le refrain et je l'ai chanté avec elle, ainsi que deux ou trois autres du groupe. On ne chantait pas fort, l'air noir ne devait pas porter nos voix très loin.

C'était un morceau entraînant. À la fois il vous requinquait et il vous rendait triste.

Sahalia avait visiblement un don pour choisir la bonne chanson au bon moment. Moi, j'en aurais été incapable.

J'y ai pensé un bon moment pendant qu'on marchait. Je pensais à Sahalia. Elle avait pas mal changé. Surtout en si peu de temps. Si ça se trouve, moi aussi j'avais changé. Carrément possible. Reste que je préférais la nouvelle Sahalia à l'ancienne.

— C'est encore loin ? demandaient toujours régulièrement Max, Batiste ou Ulysses.

— Pas mal, répondait Niko.

Au bout de la cinquantième fois, Sahalia a fini par siffler : « Niko... »

— Quoi ?

— Derrière nous.

Il y avait un petit point lumineux derrière nous. À quatre cents mètres, peut-être.

Quelqu'un d'autre sur la route.

— Tu surveilles, OK ? a demandé Niko à Sahalia.

Sauf que, une dizaine de minutes plus tard, on repérait un autre groupe de voyageurs, devant nous. Ils arrivaient de l'autoroute et rejoignaient notre route.

Ils avaient trois lampes électriques avec lesquelles ils balayaient les environs. Pas super discret. Plutôt débile.

Par contre, ils avaient l'air d'avancer rapidement, et ils ont vite pris pas mal d'avance sur nous.

— C'est qui ? a chuchoté Max.

— Des voyageurs, a répondu Niko. Comme nous.

J'ai regardé Sahalia, on a échangé un sourire.

— Ils essaient de rallier l'aéroport. Comme nous, a répété Niko.

Je ne saurais pas dire quelle distance a fait cette dernière marche. Si on avait été plus près de l'autoroute, j'aurais pu calculer avec les bornes. Je pense qu'on devait parcourir un kilomètre en une vingtaine de minutes.

On était partis de chez Mario à 8 h 32. On avait fait une pause boissons protéinées et eau à 11 h 15. Puis on avait marché jusqu'à 13 h 30.

Huit kilomètres ?

Bon, disons que, après huit kilomètres (avec une marge de plus ou moins trois kilomètres), on a repéré une lumière au loin. Beaucoup plus forte que les projecteurs de secours de l'autoroute. Cette lumière dessinait un cercle, comme le faisceau d'un phare.

C'était un signal.

— Qu'est-ce que c'est ? a demandé Max. On est arrivés ? C'est l'aéroport ? On y est ?

— Aucune idée, a répondu Niko.

On a accéléré un peu.

Sahalia m'a souri. Un vrai grand sourire.

Batiste me pressait la main.

On entendait une voix d'homme dans un haut-parleur. Sans comprendre les mots, on devinait qu'il lisait un message, vu comment c'était répétitif.

En approchant, on a vu des gens qui se regroupaient autour de la lumière. Ils restaient un peu à l'écart les uns des autres. Des groupes d'une dizaine de personnes, parfois juste des couples. La plupart portaient des couches d'habits de protection et des masques. Il y en avait qui gesticulaient et avaient l'air mal – ils devaient être du groupe AB.

On s'est avancés lentement. Niko avait confié la poussette de Max à Sahalia. Je me dis qu'il voulait avoir les mains libres au cas où il faudrait se battre. Il regrettait sans doute de ne plus avoir de pistolet ; moi, je ne lui avais rien dit.

Personne n'est venu vers nous, ni quoi que ce soit.

Ces gens-là avaient l'air aussi crasseux et miteux qu'on l'était avant que Mario nous recueille. On avait plus fière allure que tout le monde. On était relativement propres et on avait deux masques orange de l'armée (chose que personne d'autre ne possédait ici).

J'avais le sentiment que, si Mario avait pu nous voir, il aurait été fier.

Le message a retenti de nouveau : « Vous avez atteint un point de rassemblement pour l'évacuation d'urgence de la zone de Four Points. Restez ici jusqu'à l'arrivée de la prochaine navette. Les navettes arrivent à l'heure juste. »

J'en ai eu le vertige.

On avait réussi.

Sahalia a poussé un gros cri de joie. Elle m'a pris dans ses bras et m'a embrassé sur la bouche !

Ulysses est allé se serrer contre Max et ils ont pleuré ensemble. Batiste, lui, m'a agrippé par-derrière tandis que Sahalia, un bras autour de mes épaules, poussait un nouveau cri de joie.

Les autres personnes présentes l'ont imitée. Ils avaient peut-être besoin de l'entendre pour se lâcher, mais d'un coup tout le monde s'est mis à rire, à pleurer, à se serrer dans les bras. Alors que jusque-là ils restaient sur la réserve et la défensive.

C'est là que j'ai vu Niko. Il était tombé à genoux et se tenait le visage à deux mains.

Je me suis approché de lui.

— Tu as réussi, lui ai-je dit. Tu nous as sauvés.

— Ouais, a-t-il gémi. Mais je l'ai perdue.

La navette est arrivée comme prévu. Avec douze minutes de retard, mais on s'en foutait !

C'était un bus scolaire. Repeint aux couleurs de l'armée.

La portière s'est ouverte, et le chauffeur (pas Mme Wooly, hein, forcément) était un soldat équipé d'un masque militaire.

— Bienvenue à bord, a-t-il lancé d'une voix métallique. On va vous conduire en sûreté en un rien de temps.

On est montés dans le bus. Sahalia avait réussi à briser la glace, et les gens de différents groupes se parlaient à présent.

Un homme barbu m'a demandé d'où on venait. Quand je lui ai répondu : « De Monument », ça l'a scié.

— Pas loin de cent bornes ! s'est-il exclamé. Nous, on a bien galéré, et on vient juste de Castle Rock.

J'ai haussé les épaules. Mais au fond de moi j'étais heureux.

— Comment vous avez fait ? a-t-il voulu savoir.

— C'est grâce à Niko, ai-je expliqué en lui montrant notre chef.

Niko était assis de l'autre côté de l'allée centrale, il tenait Max sur ses genoux.

— Non, m'a interrompu Batiste, assis à côté de moi. C'est grâce à Dieu.

La navette fonçait, je te jure, Dean ! La route était entièrement dégagée. On était dans une zone militaire, plus rien n'était pareil.

Quand on traversait des quartiers avec grands magasins et immeubles de bureau, on aurait cru que c'était la guerre. Il y avait des impacts de balles sur les murs, des jeeps calcinées et même quelques bâtiments en feu.

J'ai vu des cadavres entassés dans une grande et longue file. Attendant d'être enterrés, j'espère, et pas juste brûlés. En même temps, à ce moment-là, tout le monde s'en foutait.

Plus on approchait de l'aéroport, plus il y avait de voitures. Tous les champs environnants regorgeaient de voitures. Garées dans tous les sens : moins comme un parking que comme un puzzle.

Des grandes bandes de moisissure blanche enveloppaient ces véhicules. Elles poussaient par vagues. On aurait dit une installation artistique, en fait. Un océan de carrosseries et de moisissure.

Et puis l'aéroport international de Denver. Les cônes blancs de sa toiture éclairés de l'intérieur. Ils s'élevaient au-dessus des voitures comme un château.

Tout le monde s'est exclamé. Enfin, presque. Il y en avait qui, comme Niko, avaient l'air hyper triste ou trop choqué. Mais Sahalia, les gosses et moi, on a crié de joie, et pas mal de gens nous ont imités.

On s'est arrêtés devant des doubles portes en verre. On avait réussi, Dean. On avait atteint l'aéroport international de Denver.

CHAPITRE VINGT

DEAN

JE ME SUIS RÉVEILLÉ SUR UN DESSUS-DE-LIT SATINÉ, PAR TERRE. Entouré par les ronflements des cadets.

J'ai tenté de me rasseoir, mais mon corps a protesté à fond ; par contre, la douleur perçante que j'avais à l'épaule la veille avait disparu.

Je n'avais aucune idée de l'heure. Était-ce le matin ? La nuit ?

À l'autre bout de l'espace « chambre », il y avait une lumière. J'ai plissé les yeux. Sans doute Kildow. Il avait l'air d'être en train de lire.

J'ai fermé les yeux pour les reposer une seconde.

À ce moment-là, un petit coup de botte a fini de me réveiller.

Payton était penché sur moi. Un mug d'eau à la main, il se brossait les dents.

— Comment va l'épaule, Deano ?

— Mieux.

— Mieux, chef !

— Mieux, chef ! ai-je répété.

Je me suis levé en grognant, mais ça allait effectivement mieux.

Les cadets prenaient un petit déj' à base de tartelettes réchauffées et de thé glacé.

— Fais-nous voir où il y a les batteries et les lampes. On voudrait plus de lumière. Ils ont pas des génératrices, ici ? Des trucs portables, tu vois le genre ?

— En tout cas, on n'en a pas trouvé, ai-je répondu.

Si je les conduisais au rayon luminaires, ils constateraient qu'il manquait des guirlandes de Noël et des lanternes. Aargh.

— Je crois que j'ai repéré une génératrice, est intervenu Jake.

— Non, ai-je rétorqué. Y en a pas.

— Si, à côté des souffleurs de feuilles, là.

— De quoi tu parles ?

— Bon, mesdemoiselles, mettez-vous d'accord, nous a coupés Payton. On a exercices physiques dans trente minutes, et j'ai besoin du meilleur éclairage possible. Ensuite on fera l'inventaire complet. Vous me listerez tout, y compris les tampons hygiéniques.

— Chef, oui chef ! a crié Jake.

— Chef, oui chef ! lui ai-je fait écho, mais en décalé et d'une voix naze.

— Rompez, les bleus, s'est alors esclaffé Payton.

Jake m'a entraîné vers le rayon bricolage & maison.

— Pourquoi tu leur as dit qu'on avait une génératrice ? ai-je crisé sitôt qu'ils n'ont plus pu nous entendre. Ils vont être déçus !

— Je voulais juste pouvoir te parler seul à seul. Écoute, on va devoir les tuer… C'est le seul moyen pour qu'Astrid et les petits soient en sécurité.

— On peut pas tuer cinq mecs, Jake, ai-je protesté.

— On a juste à récupérer le semi-automatique du Noir.

— Je veux pas buter cinq mecs, Jake ! Tu sais pas ce que ça fait !

Il m'a regardé en fronçant les sourcils.

— Ils ont tué Brayden. Mon meilleur ami. Ils l'ont *buté* ! Tu penses qu'on devrait passer l'éponge ?

— Jake, t'as pas les idées claires...

— Ils l'ont tué, et je vais les faire payer.

— Ça ne changera rien pour toi.

— Non, je sais. Rien ne me rendra le sourire.

Il a haussé les épaules avant d'ajouter :

— Mais je dois protéger Astrid. Conclusion, on bute les cadets.

— Non, Jake. On n'a qu'à prendre Anna en otage. Comme ça, on pourra peut-être les forcer à partir !

Jake se mâchonnait l'intérieur des joues.

— OK. 'Tain, oui. Ton plan est mieux.

— Hé ! nous a alors lancé Zarember en arrivant en courant. Faites pas attendre Payton ! Règle numéro un !

À l'endroit où notre bus avait stationné, Payton avait ordonné à ses cadets d'installer une espèce de gymnase.

Ils avaient rapporté du rayon sport des poids et des matelas en caoutchouc – de ceux qui s'emboîtent.

Jake, lui, avait récupéré des lanternes dans notre maison.

On aurait mieux fait de leur en parler dès le départ. C'était comme une bombe à retardement – quand Payton découvrirait la maison cachée, il allait piquer une crise.

Jake a installé ses lanternes et j'ai apporté des batteries de voiture et des lampes de bureau dans leurs cartons. J'ai expliqué à Payton que, pour moi, il devait y avoir un moyen de relier les lampes aux batteries.

— Ça, c'est de l'initiative. Regardez-moi ça ! a-t-il dit à ses cadets.

— Merci, chef ! ai-je crié.

Chaque fois, je me faisais l'effet d'être un gros hypocrite.

Vu l'état de mon bras (mon bras « boiteux », dixit Payton), j'ai été exempté d'exercices.

Je me suis donc occupé des lampes pendant que Payton faisait soulever des poids et travailler le foncier à Jake et aux autres.

— Comme ça, Simonsen ! hurlait-il. Du nerf. Allez, Zarember, on pousse, on pousse, on pousse !

Jake avait l'air d'apprécier, en fait.

J'ai repéré Anna qui se dirigeait vers le rayon vêtements filles.

J'ai éteint la lumière.

Je comptais la suivre et la kidnapper.

Ça m'a filé la nausée.

Mais bon, pour sauver Astrid…

Je pouvais le faire.

— Tu vas où ? m'a rappelé Payton.

— N… nulle part, ai-je bégayé.

Il a été sur moi en trois enjambées. M'a chopé par les pans de ma chemise.

— Anna, c'est zone interdite, vu ? Personne la touche. Même pas en pensée. Pigé ?

Il me collait de si près que ses postillons m'éclaboussaient la figure. Il avait les dents jaunes et l'haleine mentholée.

— Oui, ai-je répondu. Oui, chef !

— Je vais te dire, vu que t'as du temps devant toi, pourquoi tu nous ferais pas à manger ?!

J'avais un autocollant « cuistot » sur le front, ou quoi ?

Je suis donc allé au rayon alimentation, soit l'exact opposé de la direction prise par Anna.

Qu'est-ce que je pouvais bien leur préparer, à ces cons ? Sur un brasero…

De la soupe, ai-je décidé. Avec des morceaux dedans. Payton allait adorer.

On avait aussi des biscuits salés.

Je ne l'ai même pas entendue arriver.

Elle m'a touché l'épaule, je me suis retourné et Astrid était dans mes bras, elle m'embrassait fort, s'accrochait à moi.

— Où tu te caches ? lui ai-je murmuré quand notre baiser a pris fin. C'est pas sécurisé.

Astrid m'a montré le plafond.

— Je voulais juste… te donner ça.

Elle m'a mis dans la main trois tablettes de cachets. Les somnifères. Les fameux EZ. Ceux qui avaient séché Chloe pendant un jour et demi.

— On en a donné un à Luna et je me suis dit…

Évidemment. Des somnifères.

— C'est génial, l'ai-je félicitée. Maintenant, file.

Elle m'a pris par la main et m'a entraîné dans le rayon d'à côté : j'ai repéré la plaque du plafond déplacée.

J'apercevais Caroline, Henry et Chloe qui m'observaient. Ils avaient l'air épuisés, effrayés et crasseux.

Caroline m'a fait un petit coucou.

Astrid a collé sa bouche à mon oreille et a murmuré : « Écoute, je voulais que tu saches… C'est toi qu'il me faut. Au cas où on meure. Je voulais que tu saches. »

Là-dessus, avec l'agilité d'un chat, elle a escaladé une gondole pour regagner son nid dans le plafond.

Je suis retourné au rayon alimentation illico.

Il fallait que je mélange les cachets à un truc. Et vite. Mais pas dans la soupe. Déjà parce qu'elle serait chaude, et puis parce qu'ils n'en mangeraient pas forcément tous.

Du jus de fruits.

Voilà.

Un mélange avec carottes et autres légumes. Oui, oui, oui.

À la fois c'était super sucré, mais les légumes lui donnaient un goût bizarroïde…

J'en ai pris deux grosses bouteilles. Et suis retourné à mon poste.

J'espérais avoir le temps de cacher les somnifères avant qu'on vienne me chercher.

J'ai débouché les deux bouteilles et me suis mis à verser les cachets dedans. Huit cachets par plaquette ; trois plaquettes. Il en manquait deux dans une, mais ça n'était pas grave, j'avais un bon stock.

Mon cœur martelait ma poitrine pendant l'opération.

Vingt-deux cachets. Onze par bouteille.

Vingt-deux cachets pour sécher cinq cadets et nous sauver la vie.

CHAPITRE VINGT ET UN

ALEX

L'AMPLEUR DES OPÉRATIONS À L'AÉROPORT EST DIFFICILE À DÉCRIRE.

D'abord, on est passés par la salle d'attente des nouveaux arrivants. Il devait y avoir dans les deux cents personnes et, toutes les dix minutes environ, un bus en déposait entre cinq et dix de plus.

L'armée avait récupéré les sièges des salles d'embarquement et les avait installés là. Vu qu'ils n'étaient pas vissés au sol, ils étaient bancals, mais ça formait une grande salle d'attente.

Partout on voyait des pancartes : port du masque obligatoire en permanence.

Des masques étaient d'ailleurs empilés sur les tables. Certains usagés, d'autres neufs. Il n'y avait pas de modèle militaire comme les deux nôtres, mais l'armée avait prévu un masque spécial pour les civils. J'en ai pris un pour moi et deux autres pour Sahalia et Batiste. Quand j'ai passé le mien, il sentait le fruit. Je déteste cette odeur, mais je n'ai pas réussi à identifier de quel fruit elle venait.

— Beurk, a grogné Sahalia. Et à quoi ça sert ? Le mal est déjà fait, merde.

Mais on les a mis quand même. Comme tout le monde.

Dans le cas contraire, un soldat venait, mitraillette au poing, vous en fourrer un entre les mains.

Je pense qu'ils faisaient ça par rapport aux gens du groupe AB. Ceux des groupes O et A, pas besoin de leur dire.

Par contre, dans la navette, j'avais repéré deux ou trois AB qui avaient l'air parano et le regard fou. Ils devaient avoir assez de bon sens pour chercher à se mettre en sécurité, mais pas assez pour porter un masque. Une fois qu'ils passaient un masque, ils semblaient calmes. Épuisés et vidés, mais calmes.

Ça n'était pas très raisonnable, mais j'avais dans l'idée que, sitôt qu'on arriverait à l'aéroport, je retrouverais mes parents. Genre, ils m'attendraient à la porte.

J'étudiais tous les visages masqués de la salle d'attente. On le faisait tous, mis à part Max qui dormait dans sa poussette.

— Ils sont pas là, a affirmé Batiste, exprimant ma pensée.

— Je sais, ai-je répondu. Peut-être à l'intérieur. Peut-être…

Nous restions groupés.

Un groupe de soldats en tenue de protection, et équipés (je vous le donne en mille) *de carnets et de papiers*, sont venus prendre nos nom, adresse et numéro de Sécurité sociale – pour ceux qui le connaissaient.

— Vous auriez pas une liste ? ai-je demandé à celui qui m'interrogeait. Une liste des survivants ? De ceux qui sont ici ?

— On s'en occupe, petit.

Je n'arrivais pas bien à voir sa figure, mais à sa voix il paraissait exténué.

Il m'a mis un bracelet au poignet. Avec un numéro. Numéro qu'il a noté sur son carnet, à côté de mon nom, avant de scanner le code-barres du bracelet avec un vieil appareil portable.

C'était bien. J'étais dans le système. *On* était dans le système. Ça allait aider nos parents à nous retrouver – obligé.

— Le réseau est toujours en panne ? ai-je demandé au soldat.

Me montrant son carnet jaune, il m'a fait : « D'après toi ? »

Il allait passer au suivant, mais je l'ai retenu. Il a dégagé son bras.

— Mon frère et quatre autres jeunes sont restés dans le Greenway de Monument, lui ai-je dit. Il faut aller les sauver.

Il a ricané.

— Faut faire une demande. Mais les chances sont minces.

— Pourquoi ?

— On n'est pas franchement nombreux, si tu as remarqué.

— Mais ils ne peuvent pas sortir du magasin parce qu'ils sont du groupe O. Et c'est des jeunes. Ils ont besoin d'aide.

Le soldat s'est penché, a collé son masque au mien.

Il avait la peau marron et les yeux foncés. Le visage bienveillant mais fatigué.

— Tu sais combien de réfugiés sont passés entre nos mains ? m'a-t-il demandé. Moi non plus. Personne n'en a idée. On a arrêté de compter. Mais plus de huit cent mille. Huit cent mille, petit. On a déjà du mal à s'occuper de ceux qu'on a ici. Pas besoin d'aller en chercher d'autres.

Après ça, j'ai fondu en larmes. Je savais qu'il avait raison, et qu'on n'arriverait jamais à monter une expédition pour aller te chercher, Dean.

J'ai pleuré un bon moment. Sahalia me tenait dans ses bras comme si j'étais un gosse, mais je m'en moquais.

On ne pourrait pas aller te chercher.

Toutes les quarante-cinq minutes, un soldat venait donner des ordres.

Les gens consultaient leur bracelet pour voir si on appelait leur numéro.

Ceux qu'on appelait se levaient, ramassaient leurs affaires et se dirigeaient vers les grandes doubles portes.

Trente hommes et trente femmes – chaque fois. On nous avait annoncé qu'on se ferait décontaminer dans une douche collective, puis qu'on nous donnerait des habits propres et un paquetage.

Enfin, ça a été notre tour.

On s'est levés, on est allés à la porte avec tous ceux dont le numéro avait été appelé.

Sahalia m'a pris par la main, et elle me la serrait fort.

Niko poussait toujours Max. Il avait l'air apeuré.

Deux soldats (en tenue de protection) vérifiaient les noms sur une liste (papier).

Quand ça a été notre tour, ils ont bloqué Niko.

— Le petit a besoin de soins, a affirmé un des soldats en montrant Max.

Mais on avait vu comment ça se passait. Les gens se retrouvaient séparés de leur famille et devaient partir seuls aux soins. Max a refusé tout net.

— Il va bien, lui a assuré Niko. Je peux m'occuper de lui.

— Comme tu veux, lui a répondu l'homme.

Niko a pris Max dans ses bras, laissant la poussette boueuse et ensanglantée à l'écart.

On se trouvait à présent dans un hall « flexible ». Une espèce de grand ovale, comme un tuyau d'aspirateur. On pouvait y marcher à trois de front sans problème.

Quelques mètres plus loin, le hall s'ouvrait en deux : les hommes et les garçons d'un côté, les femmes et les filles de l'autre.

Sahalia s'est mise à paniquer.

— Relax, lui ai-je dit. On se revoit de l'autre côté.

— Promis ?

— Promis.

— Vraiment ?

Ses doigts s'agrippaient à ma veste.

— On te retrouvera, Sahalia, lui ai-je juré.

Elle a acquiescé, les larmes aux yeux, avant de se diriger du côté femmes/filles.

On nous a conduits dans une énorme salle toute ronde. Comme une mandarine géante, avec des parois souples pour séparer les « quartiers », et des tuyaux en plastique blanc. Ils étaient disposés en cercle autour de la pièce, chacun relié au centre, d'où ils pendaient avec un pommeau.

Cinq grands conteneurs à couvercle attendaient dans un coin, à côté d'une série d'outils en plastique.

Quatre soldats en tenue de protection se tenaient là.

L'un d'eux a déposé un tabouret en plastique devant Niko pour que Max puisse s'asseoir. Sympa. Il a fait pareil pour deux ou trois autres personnes qui avaient l'air mal en point.

— Ne retirez pas vos masques, a ordonné un autre soldat.

Est-ce qu'on aurait le droit de les enlever un jour ?

Puis cet homme nous a remis à chacun un sac plastique avec fermeture Éclair.

— Rangez à l'intérieur tout objet de valeur et pièce d'identité, puis notez votre nom sur le sac. Vous le récupérerez de l'autre côté.

J'ai rangé mon carnet, la montre digitale prise au Greenway, et mon stylo. Je n'avais aucun autre objet de valeur. Le soldat est venu inscrire mon nom sur le sac pour moi, puis l'a jeté dans un panier métallique avec les autres.

— Mis à part les masques, vous retirez tous vos vêtements et les jetez dans ces poubelles. Tous les tissus vont à la poubelle pour destruction. C'est la règle.

Certains hommes ont voulu protester, mais le chef parlait plus fort qu'eux :

— De l'autre côté de cette pièce, vous trouverez d'autres habits et un paquetage. Vous aurez des vêtements propres et neufs de l'autre côté. Tout ce dont vous avez besoin vous sera fourni. En avant.

Ulysses s'est mis à pleurer. Ça fichait la trouille. Tout était si blanc, si lumineux, et maintenant ce type qui nous aboyait dessus pour qu'on se déshabille.

— Tout va bien, Ulysses, lui a très calmement dit Niko à travers son micro. On va être tout propres. C'est bien.

On formait un groupe assez macabre, je peux vous le dire.

On était tous là, debout, à grelotter, vêtus de nos seuls… masques. Le chef des soldats a alors fait signe à ses trois hommes. Chacun a empoigné un tuyau relié au pied des parois. Je ne les avais pas repérés jusque-là.

— Vous n'allez pas aimer, nous a-t-il annoncé. Toutes mes excuses. Allez-y, les gars !

Les trois hommes ont ouvert les tuyaux, et des jets d'une eau mousseuse et orange en ont jailli. Ils nous ont nettoyés comme ça.

Il y a eu des cris de protestation et de désarroi.

Puis la « douche » a cessé.

— Vous pouvez à présent ôter vos masques, a indiqué le chef.

Il nous a alors montré une poubelle dans laquelle nous les avons jetés.

La plupart d'entre nous avaient les bords du visage striés par le caoutchouc. On avait tous l'air désorienté.

Ensuite, le chef a de nouveau fait signe à ses hommes, qui nous ont encore aspergés avec leur mixture dégoûtante.

— C'est dégueulasse ! a crié un type.

— L'est pas bon, savon ! a renchéri Ulysses.

Le chef des soldats s'est marré :

— Je sais, petit. Mais c'est le prix d'entrée.

Puis il a appuyé sur un gros bouton rouge du boîtier métallique fixé au mur.

Aussitôt, de l'eau chaude s'est déversée par les pommeaux, et aussi par les tuyaux qui faisaient le tour des murs.

Le paradis.

Ils nous ont remis des serviettes fines et rêches pour qu'on se sèche, et des blouses d'hôpital en papier bleu. Le papier était cireux. Moi, je les trouvais trop cool, mais plusieurs adultes ont râlé.

Les soldats nous ont alors fait sortir des douches et nous ont reconduits dans le hall.

Niko a dû porter Max. Les pieds du petit saignaient de nouveau, il avait le teint pâle, il n'en pouvait plus.

— Emmène-le voir un docteur, nom de Dieu ! lui a ordonné le chef.

— Oui, monsieur, a répondu Niko.

Au bout du hall, on a débouché dans une grande salle.

Un soldat en uniforme (ni tenue de protection ni masque) nous a salués.

— Vous pouvez respirer, messieurs, vous êtes en zone sécurisée. Bienvenue.

Sur les côtés de la pièce, il y avait des tables. Chacune surmontée par une pancarte, genre « Hommes – Medium » ou « Garçons 5T ». Dans un coin, des cabines d'essayage.

Derrière chaque table se tenaient deux civils – deux femmes, en fait. Des dames de tous âges, portant chacune une tenue différente, mais partageant toutes un point commun. Ça n'est pas facile à décrire – au début, je prenais ça pour de l'efficacité. Ou peut-être de l'agitation, comme si elles s'étaient portées volontaires histoire de ne pas perdre la tête à rester sans rien faire. Elles étaient stressées et lessivées, mais elles gardaient espoir.

C'est là que j'ai compris qui elles étaient : des mamans.

On était dans une espèce de grand magasin géré par des mamans.

Et je vous garantis que leurs visages se sont illuminés quand elles ont vu qu'on était des gosses.

Une dame d'une quarantaine d'années en jogging s'est précipitée vers nous en disant : « Mes pauvres chéris ! » Elle a pris Batiste et Ulysses dans ses bras. Ça semblait totalement déplacé et en même temps parfait.

Une autre maman m'a fait pareil, en récitant une prière dans une langue slave – j'ignore laquelle.

Une Noire aux cheveux teints en rouge et aux tempes blanches a quitté sa table GARÇONS – 10-12 pour aller prendre Max des bras de Niko. Ensuite elle a retiré toutes les affaires qu'il y avait sur sa table et l'a couché délicatement dessus. Elle s'est mise à aboyer des ordres aux autres tout en inspectant le petit :

— Il a besoin de sous-vêtements, de chaussettes et d'un bas de jogging. Rien qui comprime, rien qui gêne. Et des Thermolactyl. Quelqu'un a des pantoufles ? Nanette, apporte-moi des pantoufles !

Les mamans s'affairaient autour de nous. Elles nous fournissaient en jeans, pulls et tennis. Tout ça neuf. Elles nous donnaient des dessous en coton tout doux et des chaussettes sans couture. Ce qu'elles avaient de mieux.

Les hommes de notre groupe étaient pour ainsi dire livrés à eux-mêmes.

Et tout à coup, une voix puissante a recouvert tous les bruits.

— Woo Sung-ah ? Oori Woo Sung-ee maja ? Woo Sung-ah !

Une petite Asiatique s'est frayé un chemin parmi les femmes.

— *Omma ! Omma !* s'est exclamé Batiste en s'élançant vers elle.

C'était sa mère.

Il avait retrouvé sa maman, Dean.

Tout ce qu'on avait vécu, toutes ces horreurs. Ça ne comptait plus. Elles avaient servi à ce que Batiste retrouve sa maman.

Elle lui a pris le visage à deux mains et l'a regardé. Elle s'est mise à pleurer sans même s'en rendre compte. Juste elle contemplait la figure de son fils.

Puis elle l'a serré bien fort et l'a tenu à bout de bras, de nouveau absorbée dans sa contemplation. On aurait dit qu'elle essayait d'absorber son image.

— Woo Sung-ah ! Woo Sung-ah !

C'était comme ça qu'il s'appelait, j'ai compris. Son nom coréen. Woo Sung-ah était notre Batiste.

Là, ils se sont mis à parler en coréen.

Batiste, roulement de tambour, est à moitié coréen. Je l'avais reconnu à la forme de son visage et à ses cheveux, tout ça, mais il n'avait pas d'accent. Je n'aurais jamais cru qu'il sache si bien parler le coréen.

Ça faisait des mamours, ça riait, ça pleurait. Je veux dire : *toutes* les mamans se sont mises à pleurer et à nous faire des mamours, mais aussi à se prendre dans les bras tour à tour. Si bien que tout le monde ou presque s'est retrouvé en larmes. Un grand moment.

Après, la maman de Batiste a voulu nous l'enlever. Sûrement pour le ramener auprès des siens.

Là, Batiste s'est raidi et a refusé.

— An dwei-yo ! Omoni, a-t-il dit.

Il parlait à cent à l'heure, dans son coréen parfait, et cherchait à convaincre sa mère de quelque chose. Elle a acquiescé.

Il avait dû lui dire qu'il voulait nous la présenter.

Batiste a prononcé nos noms au milieu de ses phrases en coréen. J'ai reconnu « Alex », et sa mère m'a regardé en inclinant légèrement la tête. J'ai fait une espèce de révérence, c'était débile et je l'ai aussitôt regretté, mais personne n'a relevé. Batiste est passé à « Ulysses », et sa maman a souri au petit. La figure et les pieds de Max lui ont valu un examen minutieux, après quoi la dame s'est tournée vers Batiste et lui a sorti une mini-harangue.

Batiste l'a calmée, il acquiesçait et lui disait en substance « Oui, oui. On va s'occuper de lui tout de suite ». Je ne comprenais pas ses mots, mais je voyais où il voulait en venir. Il apaisait sa mère en souriant.

Puis il lui a présenté Niko. Elle a écouté ce que son fils lui expliquait. Elle a alors appris, sans doute, que ce mec épuisé, au regard sérieux, aux traits tirés et à la mine égarée, avait sauvé la vie à son petit.

— *Niko-ya*... a-t-elle dit, les yeux à nouveau pleins de larmes. *Gompata. Nomu nomu gompata, Niko-ya.*

Elle a passé une main sous son pull et a retiré son collier. Une chaîne en or avec une croix en or aussi. Il y avait même un tout petit Jésus dessus.

La maman de Batiste a pressé son collier dans la paume de Niko et lui a refermé les doigts. Puis elle lui a levé la main, et la lui a baisée plusieurs fois sur le revers.

CHAPITRE VINGT-DEUX

DEAN

J'AI BIEN REFERMÉ LES DEUX BOUTEILLES ET LES AI AGITÉES. Du jus avait un peu goutté de l'une. Je l'ai essuyé à mon tee-shirt. Il fallait qu'elles aient l'air *parfait.*

Puis je les ai rangées dans mon chariot avec la soupe et les biscuits. J'ai ensuite foncé prendre des gobelets en carton bleu dans le rayon concerné.

Je retournais à la cuisine quand les garçons terminaient leurs séries de sauts de grenouille. Position de départ accroupie, puis petit saut, claquement de talons, atterrissage, et on remet ça.

Ça avait l'air grave dur, et les cadets, Jake compris, semblaient tous sur le point de vomir.

— Encore trente secondes ! Vous pouvez le faire !

J'ai posé les jus sur la table et ai placé une bûchette de Duraflame dans le brasero.

— Quinze secondes, lâchez pas l'affaire !

Puis j'ai aligné les boîtes de soupe sur le comptoir et j'ai pris une casserole.

— Terminé ! Bravo, les gars !

Les cadets se sont écroulés par terre en grognant et en jurant.

— Maintenant, on s'hydrate ! leur a ordonné Payton.

Il est venu me trouver à la cuisine, a récupéré une bouteille de jus de fruits et l'a examinée.

Je me suis efforcé de ne pas me raidir.

— Buvez de l'eau, a-t-il lancé par-dessus son épaule. Hydratez-vous à l'eau pure.

Il a reposé la bouteille de jus, ça m'a fiché un coup.

J'avais balancé tous les cachets dedans.

Oh, bordel, et si jamais Payton n'aimait pas ce jus ?

Il est parti en direction du rayon alimentation. Peut-être pour y récupérer de l'eau.

Je me suis maudit. J'aurais dû garder quelques cachets de côté. Est-ce qu'on en avait d'autres ? Peut-être à la pharmacie...

Mais là, Kildow et le Graisseux se sont ramenés. En nage et morts de soif, apparemment.

Kildow a ouvert la bouteille et s'est rempli un gobelet. Sans remarquer que le bouchon était décoincé. Ou alors il s'en moquait.

Le Graisseux a attrapé l'autre bouteille et a bu au goulot.

— T'es dégueulasse, mec, lui a fait Kildow.

— On s'en tape. Y en a plein les rayons.

Il a regardé la bouteille.

— Pouah, c'est quoi ça ?

— Du jus, euh, mais avec des légumes dedans aussi, suis-je intervenu.

— Du jus, euh, mais avec des légumes dedans aussi, m'a refait le Graisseux.

J'ai haussé les épaules.

Zarember nous a rejoints, s'est servi un gobelet de la première bouteille.

— Moi j'aime bien, a-t-il dit en m'adressant un clin d'œil.

J'ai culpabilisé : Zarember était de loin le plus sympa du lot. Là, il prenait ma défense alors que je venais de le droguer.

Jake s'est ramené.

— C'est quoi, ça ?

J'ai tenté de le prévenir avec mon regard, mais il ne m'a pas vu. Il faisait trop noir.

— Du jus, ai-je répondu. Celui que Chloe aimait bien.

J'essayais de lui faire comprendre que j'avais mis dans ces bouteilles les somnifères que Niko avait fait prendre à Chloe – mais je me suis rappelé que Jake n'avait pas assisté à la scène. Il était encore dehors à ce moment-là.

Il a pris une bouteille et s'est mis à boire au goulot.

— Jake ! me suis-je écrié.

Tous les cadets se sont tournés vers moi.

J'ai cherché à la jouer cool.

— Il va gerber s'il boit comme ça…

Et quelque part, j'avais raison. Jake a reposé la bouteille (à moitié vide), s'est éloigné de deux pas et a vomi.

Les autres se marraient et se tapaient dans le dos.

Moi, j'avais l'impression de frôler la crise cardiaque.

Payton s'est ramené avec deux bidons d'eau.

— Crétins, nous a-t-il engueulés pour de faux. J'avais dit, on s'hydrate avec de l'eau.

Il a posé ses bidons à côté de Jake.

— Bienvenue dans l'aviation, mon gars ! T'as gagné tes premiers galons de gerbeur !

Toujours mort de rire, Payton a ensuite reniflé le jus dans la bouteille.

— M'a l'air passé de date, a-t-il estimé.

Il n'en a pas bu ; pas plus que le grand dégingandé surnommé Mimines.

C'est là qu'Anna nous a rejoints.

— Il y a une chambre, a-t-elle annoncé de sa plus belle voix d'ado gavée. Avec un réchaud et des couchettes. C'était bien caché.

— De quoi ? a fait Payton.

— Ils nous ont caché ça, a précisé Anna. Et il y a des tonnes d'habits et d'affaires.

Payton s'est précipité vers moi – je touillais la soupe dans la cuisine.

Il m'a chopé par mon épaule blessée.

Ça m'a transpercé de douleur et j'ai hurlé.

— Un *secret* ? On vous accepte parmi nous, on vous prend dans notre escadrille et vous, vous nous faites des *secrets* ?

Il m'a projeté au sol, ma tête a cogné contre un côté du brasero. Des étincelles ont jailli en l'air.

Payton s'est ensuite dirigé vers Jake.

Il l'a empoigné par les cheveux et l'a forcé à se relever.

— T'AS ENCORE DES TRUCS À ME DIRE, JAKEY ?

— Pitié, Payton ! l'a imploré Jake. Je suis désolé !

— T'es désolé ?

— On voulait t'en parler, et puis ça a été trop tard !

— Je confirme : trop tard ! (Là, il lui a mis un direct en pleine tronche.) Frappe-moi ! Défends-toi, bon à rien, qu'on voie un peu ce qui se passe !

Jake saignait du nez. Il avait la tête basse. L'air vaincu.

— T'oses pas me frapper parce que tu sais que je te détruirais !

Payton lui a donné un coup de pied dans les côtes, Jake s'est écroulé. Il ne bougeait plus. Dans les pommes.

Puis il y a eu un gros bruit sourd – le Graisseux venait de s'évanouir.

Zarember a grogné avant de tomber à genoux, puis face contre terre.

— C'est quoi ce bordel ? a beuglé Payton. Qu'est-ce que vous avez fait à mes hommes ?

Il a relevé les yeux, m'a regardé.

— Ça devait être dans le jus, a bégayé Jimmy. Toi et moi on n'en a pas bu !

— Chope-le ! lui a ordonné Payton.

J'ai bien tenté de m'échapper, mais Jimmy m'a attrapé par une jambe et m'a fait tomber.

Payton a récupéré un pistolet dans un tas d'affaires des cadets.

Puis il m'a empoigné et m'a projeté sur une des tables de la pizzeria.

La même sous laquelle je m'étais caché avec Astrid pendant le séisme, un million d'années auparavant.

Il appuyait le canon de son arme contre mon orbite.

— J'aurais jamais dû te faire confiance, Deano. T'as une dégaine d'intello, tu sais ça ? Qu'est-ce que t'as fait à mes gars, et pourquoi vous m'avez caché des trucs ?

Et là, deux bruits délicieux ont retenti.

D'abord un cri – « Oncle *Payton* ! » C'était Anna.

Puis le rugissement d'une tronçonneuse.

Astrid, au milieu des cadets évanouis, dans l'espace gymnase. D'une main elle tenait la tronçonneuse, de l'autre Anna par les cheveux. Dans le noir, derrière elle, je distinguais les petits.

— Tu t'écartes de Dean, a-t-elle ordonné.

CHAPITRE VINGT-TROIS

ALEX

– **MAIS VOUS ÉTIEZ OÙ ?!** s'est écriée Sahalia. Ça fait une heure que je poireaute ! Je croyais vous avoir perdus.

Elle avait l'air d'une gamine apeurée. Je l'avais toujours considérée très mature. Mais là, elle faisait son âge. Le même que le mien, en fait. Treize ans.

Elle portait un jean bleu et un pull ample. Les cheveux en arrière. Ça se voyait qu'elle s'était lavée.

Elle nous a pardonnés quand on lui a dit pour Batiste, et comment il paraissait ravi de repartir avec sa mère.

Quand on a tous été rhabillés, on nous a remis un sac à dos chacun.

Ils étaient blancs, sans logo. À l'intérieur, une trousse avec brosse à dents, dentifrice, rasoir et savon. Plus quelques articles de premiers secours – produit pour nettoyer les plaies, pansements, pommade antibiotique, boîte de calmants.

Tous les stands de restauration (Wolfgang's, Burger King, Pizza Shack, etc.) avaient été transformés en réfectoires. Le menu de chaque repas ne variait pas d'un jour à l'autre (à ce qu'on m'a dit). Petit déjeuner : flocons d'avoine et fruits (à condition d'arriver tôt). Midi : ragoût de bœuf (il ne devait pas y avoir de végétariens parmi les survivants…). Dîner :

ragoût de poulet. Avec riz. Oranges au dessert. Parfois des pommes.

Il y avait des cartons et des cartons d'eau en bouteille.

On restait là, un peu perdus. Des gens s'affairaient dans toutes les directions.

J'étudiais les visages qui passaient, dans l'espoir d'y reconnaître papa ou maman. Dean, si j'arrivais à les trouver à temps, ils enverraient quelqu'un te chercher.

Mais c'était inutile. Il y avait là des milliers de personnes.

— Regardez ! nous a lancé Sahalia en indiquant un grand panneau.

Dessus, des groupes de numéros étaient inscrits, à côté d'heures de départ et de repères de portes. Genre 7 989-8 425 Porte B7 11 h 45.

Nos numéros n'apparaissaient même pas encore sur le tableau.

— Allons manger, a décidé Niko (il portait Max à cheval sur son dos). Ensuite je vous emmène à la porte.

— Et après, tu comptes faire quoi ? lui a demandé Sahalia, un peu stressée.

— Je vais trouver quelqu'un pour organiser une mission de sauvetage.

Je me suis tourné vers lui, sans parvenir à lire la moindre émotion sur son visage.

— T'es sérieux ? ai-je voulu m'assurer.

— Bien sûr.

Mais je n'ai pas eu le temps de m'exciter, que Max a vomi. De la bile – mais d'un vert fluo bizarre. Ses yeux ont roulé en arrière et il s'est mis à trembler.

Autour de nous, les gens hurlaient, ça faisait du grabuge.

Un grand gaillard a aidé Niko à allonger Max par terre, mais le petit tremblait toujours.

— On a besoin d'un docteur ! s'est écrié quelqu'un. Un docteur, tout de suite !

Les adultes nous entouraient à présent, et on nous séparait les uns des autres.

— On se pousse ! a ordonné une femme. POUSSEZ-VOUS !

C'était une réserviste – on en avait croisé pas mal, dans l'aéroport. Leurs uniformes n'étaient pas tout à fait les mêmes que ceux des soldats réguliers.

Elle écartait les adultes d'un bras et de l'autre escortait un docteur obèse. Celui-ci transportait une mallette de soins et avait une croix rouge peinte sur son uniforme.

Il a sorti une seringue et a fait une injection à Max dans le bras – les tremblements ont cessé.

— Il va se remettre, a déclaré le docteur.

— Très bien, a enchaîné la réserviste. Le petit va se remettre. Tout le monde retourne à sa porte. Nous devons vous évacuer le plus vite possible. On n'est pas au spectacle !

Elle avait des cheveux gris coiffés en chignon, et était plus petite que l'autre soldat, mais c'était clairement elle la chef. Elle portait une tenue de camouflage et trois galons de sergent à un bras.

C'est là qu'Ulysses a demandé un truc avec son accent à couper au couteau.

Il avait les yeux comme des soucoupes et montrait la dame du doigt.

Je n'en croyais pas mes oreilles, d'entendre ce qu'il disait, alors je me suis retourné pour voir le visage de la réserviste.

Ulysses a répété : « Madame Wooly ? »

C'était bien elle.

Mme Wooly, Dean !

C'était marqué sur son uniforme : WOOLY.

Elle est restée deux secondes bloquée devant Ulysses. Son visage s'est vidé de toute émotion, puis elle a crié : « Ulysses Dominguez ? »

Elle l'a regardé, puis a regardé Niko, puis moi, puis Max, puis Sahalia et elle a poussé une espèce de cri suraigu. Un vrai cri de triomphe !

Aussitôt après, elle a pris Sahalia dans ses bras, la soulevant presque du sol. Puis ça a été mon tour, puis Niko, puis Ulysses.

— C'est mes petits, Goldsmith ! a-t-elle lancé au docteur. Les gamins dont je te parlais !

— Sans blague ? a répondu l'homme, qui s'occupait déjà de bander les pieds de Max. Ceux de Monument ?

Ulysses est allé essayer de réveiller Max pour lui montrer qu'on avait retrouvé Mme Wooly.

Le garçon a entrouvert les yeux.

— Regarde ! a croassé Ulysses. Mme Wooly !

Max a tourné la tête vers elle. Il s'est mis à pleurer.

— Pourquoi vous êtes pas revenue nous chercher ?

— Oh ! Max… J'ai bien essayé.

— Nous tout le temps on a attendu !

Mme Wooly lui a posé une main sur le front.

— J'ai essayé de revenir vous chercher, mon petit. J'ai fait une demande auprès de mon chef, mais ça partait mal. Alors ensuite j'ai demandé à tous les pilotes d'hélico que j'ai pu croiser s'ils voulaient bien m'emmener en douce, mais aucun n'a accepté.

Le docteur a terminé de bander les pieds de Max. Il a donné à Mme Wooly une petite tape sur l'épaule puis s'en est allé.

Sahalia regardait notre ancienne conductrice de bus avec une émotion que je n'arrivais pas à déchiffrer. La colère ? Le mépris ?

— On avait besoin de vous ! lui a-t-elle assené d'un ton accusateur. On a perdu… on a perdu des gens. Brayden s'est pris une balle ! Si vous étiez venue…

Elle n'a pas pu achever sa phrase, mais ça n'était pas vraiment utile.

Mme Wooly lui a écarté une mèche de cheveux du visage. Elle lui a pris la main.

— Sahalia… je m'en veux terriblement. Pour tout ce qui vous est arrivé. Ça a dû être atroce, ma puce, lui a-t-elle dit de sa voix râpeuse.

« Je me suis rendue au lycée, je comptais récupérer un bus pour revenir vous chercher, mais il y a eu une petite émeute puis l'alerte à la radio. J'ai dû me présenter à mon chef de réserve. Mais je te jure que je n'ai pas arrêté une minute de chercher un moyen de vous sauver. Maintenant, ça ne compte plus. Vous êtes là. Vous avez réussi.

— Niko disait que vous viendriez dans un monospace Kia, a glissé Max.

— Un Kia ?! Jamais de la vie, mon chou. Je ne conduis que des Subaru. Et des bus scolaires. (Elle lui a ébouriffé les cheveux.) Attendez de voir les Airbus. Toute une flotte d'A380. Ils embarquent et ils décollent, ils embarquent et ils décollent. Vous prenez le prochain, comptez sur moi !

— On va en Alaska ? lui a demandé Max.

— Mais, madame Wooly… ai-je tenté de lui dire.

— Possible, a-t-elle continué. Mais il y a tout un tas de destinations. La plupart vont au Canada – Vancouver, Ottawa, Colombie-Britannique.

— Mais, madame Wooly… a voulu l'interrompre Niko.

— Ils ont moins souffert que nous et ils sont vraiment formidables. À cette heure-ci demain, vous serez en sûreté. Peut-être même au soleil.

Max et Ulysses ont échangé un regard, sourire aux lèvres.

— Mais madame Wooly ! me suis-je écrié. On doit y retourner.

— Y retourner ? s'est-elle étonnée.

— Dean, Astrid, Chloe, Caroline et Henry sont encore dans le magasin.

Là, elle a pâli et a fait « Merde ».

Mme Wooly a alpagué le premier réserviste qui passait par là. Un jeune qui mâchait du chewing-gum ; il avait un long cou et ce genre de tête qui dodeline pas mal. Elle l'a pris à part et lui a donné un tas de directives. Elle avait l'air sérieux. Lui, à moitié irrité, à moitié amusé.

Ensuite, elle est revenue vers nous avec lui.

— Les jeunes, je vous présente Frank. C'est lui qui va vous conduire à votre avion.

— Quoi ? me suis-je écrié. Non !

— Je vais tout faire pour récupérer ton frère et les autres. Mais écoutez-moi, a-t-elle ajouté en s'approchant de nous. Vous devez partir immédiatement. La zone ne sera peut-être plus sécurisée longtemps.

— Comment ça ? lui a demandé Sahalia.

— Qu'est-ce qui se passe ? a renchéri Niko.

— Suivez Frank ! nous a ordonné Mme Wooly. Il vous fera prendre le prochain avion. Il faut que j'y aille !

Sur ce, elle nous a quittés au pas de course.

Frank a déniché un fauteuil roulant pour Max et l'y a installé.

— Suivez-moi, les mioches, nous a-t-il lancé.

Il est allé consulter le tableau d'appel et a annoncé :

— Porte 30. C'est bon, on y va.

Niko avait l'air en pétard. Sahalia morte de peur. Et moi, juste intrigué.

On suivait bêtement Frank, direction l'ascenseur puis la navette.

Mon cerveau essayait de digérer ce qui se passait.

Qu'avait voulu dire Mme Wooly par « la zone ne sera peut-être plus sécurisée longtemps » ?

On attendait la navette sur la plate-forme. Je crois que j'étais ahuri.

Une navette s'est arrêtée, j'ai tenté de monter dedans.

Frank m'a retenu.

— 'Tention, neuneu ! m'a-t-il fait en indiquant une pancarte ACCÈS RÉSERVÉ AU PERSONNEL MILITAIRE.

À bord de cette navette, les soldats discutaient, s'interrogeaient les uns les autres, vérifiaient leur équipement. Ils étaient excités-anxieux-chamboulés à propos de quelque chose. Mais quoi ?

Notre navette est arrivée. Frank s'est avancé avec le fauteuil de Max. Nous autres, on restait groupés à côté.

J'ai demandé à Frank :

— Qu'est-ce qu'elle voulait dire, Mme Wooly, par « zone plus sécurisée longtemps » ?

— Peux pas te répondre. Désolé, petit.

Niko m'a adressé un regard.

— Il n'est sûrement pas au courant, a-t-il déclaré d'un ton méprisant. Il ne doit pas être dans le bon cercle.

— Qu'est-ce que tu y connais à l'armée, toi ? a ricané Frank.

— Les réservistes font partie de l'armée ? ai-je demandé. Vous êtes même pas un vrai soldat.

— Bien sûr qu'on fait partie de l'armée !

— Alors pourquoi vous ne nous dites pas ce qui se passe ? l'a titillé Niko.

— L'opération Phénix. Une batterie de bombes thermobariques disposées sur les sites du commandement de la Défense aérospatiale de l'Amérique du Nord, et à Colorado Springs.

— Ils vont faire brûler l'air, s'est étouffé Niko.

— Ouais ! Grosse opé ! a gloussé Frank. Ils cherchent à incinérer les produits chimiques pour éviter qu'ils continuent à se répandre. Ça s'appelle l'oxydation thermique, bande de petits cons.

— De quoi vous parlez ? est intervenue Sahalia.

— Rien qui te concerne, la miss, lui a rétorqué Frank.

Il devait se prendre pour un cake, vu comment le choc nous a cloué le bec.

À la porte d'embarquement, un soldat a fait une annonce au mégaphone.

— Mesdames et messieurs, l'embarquement va à présent commencer. Merci de vous mettre en rang. Vous avez le droit de vous asseoir. Les familles restent groupées. Pas de bousculades.

On s'est mis en rang.

Ulysses et Max s'amusaient avec le fauteuil roulant. Ulysses inclinait le dossier et Max gloussait comme un malade.

— Vous pouvez nous laisser, si vous préférez, a dit Niko à Frank. (Il faisait semblant de le prendre pour un cake.) Sérieux, vous avez sûrement plein de trucs à faire.

— Exact, a marmonné le réserviste en faisant craquer ses cervicales. Je suis pas là pour jouer les baby-sitters.

— On peut très bien monter à bord tout seuls, ai-je ajouté.

— Alors ça roule, a approuvé Frank. Bonne chance, les gnards.

Et il nous a laissés.

— Je ne pars pas, ai-je murmuré à Niko sitôt que l'autre n'a plus pu nous entendre. Je vais retrouver Mme Wooly et l'aider à organiser les secours.

Niko n'a rien dit.

— Quand on y pense, ai-je poursuivi, une femme seule qui essaie de monter une opération comme ça pour des gamins, ça va intéresser qui ? Par contre, si je suis là… Le frère d'un des jeunes, un ado. Je sais pas, ça émouvra peut-être les gens.

Niko s'est aussitôt tourné vers Sahalia.

— Non, a-t-elle dit.

— Tu fais monter les petits dans l'avion, lui a-t-il ordonné. On vous retrouvera.

— Non ! a protesté la fille. On sait même pas où il va, cet avion !

— On vous retrouvera, lui ai-je assuré. Promis ! Je te jure qu'on vous retrouvera.

Elle m'a serré dans ses bras à m'écraser. Puis pareil avec Niko.

— Fais en sorte que ça soit pas la dernière fois que je te voie, m'a-t-elle sorti.

— Promis, lui ai-je répondu.

Là, elle s'est tournée vers Niko et l'a encore serré dans ses bras.

— Merci, lui a-t-elle dit. Je suis désolée pour toutes les fois où j'ai été une chieuse. Tu m'as sauvé la vie. Une bonne dizaine de fois. C'est la vérité.

Ensuite elle est retournée s'intéresser à Max et Ulysses. Ces deux-là s'amusaient toujours avec le fauteuil roulant.

— Venez, les garçons, c'est l'heure de monter dans l'avion.

Le fauteuil de Max en main, elle s'est frayé un chemin à travers la foule.

Ulysses nous regardait par-dessus son épaule, perturbé qu'on ne les suive pas, et j'ai entendu Max hurler : « Attends ! Quoi ? »

— Viens, m'a lancé Niko.

On est partis en courant.

CHAPITRE VINGT-QUATRE

DEAN

PAYTON A LEVÉ LES YEUX VERS ASTRID, SA BOUCHE S'EST OUVERTE COMME UN GRAND FOUR, IL ÉTAIT EN ÉTAT DE CHOC. J'en ai profité pour lui prendre la main qui tenait son arme. Je l'ai éloignée de moi. C'est là qu'il s'est retourné vers moi et a ricané.

On avait chacun une main sur le flingue et moi j'étais couché sur la table. J'ai balancé à Payton le plus gros coup de pied que j'aie pu, sans lâcher l'arme.

J'ai appuyé sur la détente alors qu'il reculait, il s'est pris la balle.

À la fois je voulais, et à la fois je ne voulais pas – toujours est-il que je l'ai eu en pleine poitrine.

Payton s'est écroulé par terre. La bouche ouverte, il me regardait avec une expression horrible sur le visage.

L'air de ne pas comprendre ce qui lui arrivait.

— Oh, putain ! a crié Jimmy. Tu l'as tué !

Là, il s'est éloigné de moi à reculons.

Astrid a arrêté sa tronçonneuse.

Je me suis rassis. J'avais les mains qui tremblaient. Je venais de buter Payton.

Caroline et Henry se sont mis à hurler. Je ne voulais pas qu'ils voient Payton. J'aurais préféré qu'ils ne me voient pas lui tirer dessus, mais c'était trop tard. Il se vidait de son sang.

Pas moyen de m'en détourner les yeux.

— Hé ! est intervenue Astrid (ça m'a obligé à regarder ailleurs). Tu nous as sauvés. Oublie pas ça.

— Oh ! Dean ! s'est écriée Caroline.

Je me suis dirigé vers elle en titubant. Henry et elle se sont avancés et m'ont serré bien fort.

Les jumeaux parlaient en même temps, me demandaient si j'allais bien, me disaient qu'ils avaient eu trop peur et voulaient savoir si Payton était vraiment mort.

De là où il était par terre, Jake a grogné.

Astrid a fait un pas vers lui, mais Jimmy a cru qu'elle allait s'en prendre à lui.

— P… p… pitié, l'a-t-il suppliée. Me tue pas.

— J'ai une meilleure idée, a annoncé Chloe en se plaçant devant Astrid.

Elle s'est penchée pour ramasser la bouteille de jus.

— Bois !

— Je veux pas crever ! sanglotait le cadet.

— Oh, purée, lui a rétorqué la gamine, c'est pas du poison qu'y a dedans. Juste des somnifères.

Mimines a alors porté la bouteille à ses lèvres et en a bu.

— Tout, lui a ordonné Astrid.

Il a obéi.

— Et j'en fais quoi, de celle-là ? a ensuite demandé Astrid d'un ton méprisant. Elle tenait toujours Anna par les cheveux.

— Fais-la boire ! a répliqué Chloe.

— Non, me suis-je interposé. Elle, on la ligote, c'est tout.

— Elle devrait boire aussi, cette sale chienne !

— M'enfin, je connais même pas le dosage ! me suis-je fâché. On la ligote, point barre !

Chloe, ça l'a calmée.

— C'est pas un jeu, ai-je ajouté. On risquerait de les tuer.

Là, c'est bête, mais j'ai eu un sanglot dans la gorge, à l'instant même où Mimines s'écroulait par terre.

Anna s'est laissé ligoter les mains sans rien dire. Pas même « Merci de ne pas m'avoir droguée ». Genre, c'est limite si on ne la soûlait pas. Elle est ensuite retournée auprès de Payton, elle bloquait sur son cadavre.

Je culpabilisais. Clairement, elle était psychotique.

Après avoir lié les mains d'Anna, Astrid et moi avons tenté de réveiller Jake.

Il n'avait pas vomi tous les somnifères qu'il avait bus…

— Je sais ! Je sais ! est intervenu Henry. Notre maman, quand elle veut rester éveillée pour conduire, elle prend une boisson énergisante !

— OK, va nous en trouver, lui ai-je répondu.

Ça devrait aller. On avait le temps de tenter le coup, même si ça n'était jamais qu'une idée à deux balles proposée par un gamin.

Les cadets étaient *out* pour au moins huit heures. Le danger était passé. Par contre, il nous restait à décider ce qu'on allait faire d'eux.

Astrid s'est assise, elle regardait le visage de Jake.

Elle l'étudiait, même. Mais elle a dû sentir que je l'épiais, parce qu'elle a levé les yeux vers moi.

— C'était très courageux de ta part, Dean.

— Non. J'avais la trouille.

— Ça n'en est pas moins courageux pour autant.

Je repensais à la figure de Payton après le coup de feu – je ne voyais pas en quoi j'avais été courageux. J'avais plutôt envie de vomir. Je me sentais naze, sale et honteux.

— On fait quoi, maintenant ? Pour eux, je veux dire ? ai-je demandé à Astrid.

Henry et Caroline sont revenus avec les canettes.

J'ai écarté les mâchoires de Jake et tenté d'y verser de la boisson énergisante.

Ça l'a fait s'étouffer et crachoter. Je pense que c'est davantage la sensation de se noyer qui l'a réveillé, plutôt que les ingrédients de la boisson – mais peu importe.

— Moi, je dis, on les transporte sur le toit et on les enferme dehors, a annoncé Astrid. Par contre, on garde leurs armes.

CHAPITRE VINGT-CINQ

ALEX

— **ACCÈS INTERDIT, PETITS GARS !** nous a lancé un soldat de faction devant la navette.

— Notre maman travaille pour l'aviation, a menti Niko. Elle nous a dit de la rejoindre si l'opération Phénix était déclenchée !

— Ah, euh, OK, a grogné le soldat.

Il nous a laissés passer.

On est montés dans la navette, les portières se sont refermées derrière nous.

Les soldats présents ne nous prêtaient aucune attention. Certains appartenaient à l'aviation, d'autres à l'armée de terre. Il y avait sûrement des marines, aussi. C'était le chaos.

La navette a pénétré dans le terminal C. Celui réservé aux vols militaires.

À travers les grandes baies vitrées par lesquelles on aurait dû voir un Jet Blue 757 prêt à décoller pour New York, Atlanta ou que sais-je, il n'y avait que des appareils et des hélicos militaires de tous les modèles, y compris de gigantesques Airbus repeints en camouflage. Devant plusieurs portes d'embarquement, il y avait de petites tentes de décontamination. J'ai aussi avisé des poubelles pleines d'habits et de matériel près des entrées des tentes.

Les pilotes et les soldats s'affairaient un peu partout. Beaucoup d'entre eux étaient en tenue de vol, avec masque. Niko et moi étions les deux seules personnes à ne pas savoir précisément où nous étions censés aller.

— Hé ! a lancé une voix qui se dirigeait vers nous.

— Viens ! m'a interpellé Niko (on est partis en marchant le plus vite possible pour s'éloigner de la personne qui nous avait repérés).

— Les petits !

On cherchait désespérément Mme Wooly.

— Vous êtes les gamins de Wooly !

Là, on s'est retournés.

C'était Goldsmith, le docteur.

— Qu'est-ce que vous faites là, les garçons ? Je croyais que Wooly vous avait mis dans un avion !

— Il faut qu'on la retrouve, lui ai-je répondu.

— C'est pas le moment ! L'opération a commencé.

— C'est une question de vie ou de mort, l'a imploré Niko en le prenant par le bras. Aidez-nous, pitié ! Vous savez où elle est ?

— La dernière fois que je l'ai vue, c'était près de la porte 33, nous a indiqué Goldsmith. Mais ne traînez pas !

Sachant à présent où aller, on a foncé à travers la foule des pilotes et des soldats.

— Là ! a fait Niko en me montrant une direction.

On s'est approchés et on a entendu Mme Wooly tancer un bonhomme :

— Christopher Caldwell, je te connais depuis que tu es tout petit ! Tu vas me faire le plaisir de monter dans cet hélico et de me conduire où je te dis !

— Non, Wooly. J'ai dit non, bon Dieu. J'ai des ordres, moi. Des ordres !

— Il y a des gamins, là-bas, Caldwell, et ils vont se faire griller. Des gamins que tu pourrais sauver. Penses-y. Ils te fileront une médaille !

— C'est une mission-suicide. Je dis non !

— S'il vous plaît, monsieur, l'ai-je interpellé en le prenant par le bras. C'est mon frère, Dean. Mon frère aîné, un super grand frère, et il compte sur nous !

— Alex, Niko ! Qu'est-ce que vous fichez ici ? Nom de Dieu, vous devriez être dans un vol pour Vancouver !

Mme Wooly avait l'air en sacré pétard.

— On ne part pas sans les autres, lui a expliqué Niko. Pas moyen !

— Allez embarquer dans un avion, vous deux. Je m'occupe de ça.

— Bonne chance, Wooly, a conclu Caldwell en s'éloignant.

— Il y a des tout-petits, lui ai-je crié. Deux ados, une fille de huit ans et des jumeaux de cinq ! Des jumeaux de cinq ans ! Et on arrive de Monument ! Vous pouvez pas nous aider ?

Là, un pilote s'est approché de moi. Il portait sa tenue et son masque, prêt à partir. Il m'a empoigné fermement. Très fermement. Puis il a demandé, d'une voix tout électronique :

— Quels jumeaux, à Monument ?

J'allais lui répondre quand il a arraché son masque et j'ai pu voir son visage.

C'était M. McKinley. Notre voisin.

C'était M. McKinley, Dean.

Le papa de Henry et Caroline.

— Ils sont où ? a demandé M. McKinley.

— Au Greenway de Monument, lui a répondu Niko. On les y a laissés il y a trois jours.

On courait avec lui.

— Quelle est la meilleure option pour pénétrer à l'intérieur ? a-t-il voulu savoir.

— Se poser sur le toit : il y a une trappe, on l'ouvre facilement depuis l'intérieur.

— OK, a approuvé M. McKinley (enfin… le capitaine McKinley, je veux dire). Par contre, vous deux vous restez là. J'y vais seul.

— Quoi ? ai-je hurlé. Pas question.

— On vous accompagne ! a renchéri Niko.

— Ça, c'est hors de question ! s'est interposée Mme Wooly.

— Mais vous avez besoin de nous ! a insisté Niko. On sait comment entrer dans le magasin.

— Nous allons probablement mourir, a grondé le capitaine.

— Non, ai-je rétorqué. On va réussir. On va les sauver !

Je le savais, au plus profond de moi.

Le capitaine McKinley a acquiescé, s'est essuyé les yeux et m'a donné une tape à l'épaule.

— Prenez des masques, m'a-t-il ordonné en indiquant une pile près de la porte. Et des bons.

— OK, a fait Mme Wooly. Seigneur. Je me mets en tenue.

— On n'a pas besoin de vous, lui a signifié le pilote. Restez ici. Occupez-vous de l'évacuation.

— Mais je…

— C'est un ordre !

— Mais…

Le capitaine McKinley l'a agrippée par le revers de son uniforme.

— Vous voulez nous aider ? Alors filez à la tour de contrôle et tâchez de nous trouver un créneau, qu'on ne se fasse pas descendre pour désertion !

— OK, a approuvé Mme Wooly, toute secouée. Je m'en charge.

Et après nous avoir serrés fort, Niko et moi, elle est partie en courant.

Avec Niko, on s'est déniché de bons masques dans le fameux tas. Le capitaine McKinley nous a rapporté des tenues d'aviateur.

— Hermétiques, nous a-t-il précisé. Enfilez-les. Le bombardement du commandement de la Défense aérospatiale de l'Amérique du Nord démarre dans vingt minutes. On en aura encore cinq à sept avant qu'ils rasent Monument. Si on part, c'est tout de suite.

— Il faut combien de temps pour aller là-bas ? ai-je demandé alors que Niko se mettait en tenue.

— Avec un Wildcat à pleine vitesse – seize minutes.

— Ça va le faire ! ai-je affirmé.

L'hélicoptère du capitaine McKinley avait l'air rapide. J'ai eu le droit de m'asseoir à l'avant. Niko a dû s'installer derrière.

Le capitaine a inséré un câble dans son masque et m'a indiqué de faire pareil. C'était pour le système de communication. J'entendais les contrôleurs aériens donner toutes sortes d'instructions aux avions et aux hélicos.

McKinley actionnait des interrupteurs dans tous les sens. Le moteur a rugi, les hélices ont commencé à tourner. J'étais bien content de porter un casque anti-bruit : le vacarme était assourdissant !

— Wildcat 185, vous n'êtes pas prévu au décollage ! Je répète, vous n'êtes pas prévu au décollage !

Mme Wooly n'avait pas réussi ! Elle n'avait pas eu le temps !

— Tour de contrôle, ici le capitaine McKinley, départ pour mission de sauvetage.

— McKinley ! a hurlé la voix dans le casque. Qu'est-ce que vous foutez ? Vous n'êtes pas prévu !

— Désolé, tour de contrôle, cas de force majeure.

— Restez au sol, Wildcat 185, ou nous ouvrons le feu…

— C'est pour mes petits, tour de contrôle. Ils sont en vie. En zone Phénix. Je pars les chercher.

— Seigneur, McKinley…

En arrière-plan, on entendait des voix donner des instructions aux autres appareils, leur dégager des coordonnées et leur attribuer un ordre de décollage.

— Allez les chercher, Hank, a dit l'homme de la tour. Dieu vous bénisse, Wildcat 185, vous pouvez décoller.

Puis une autre voix a fait : « Bonne chance, McKinley ! »

Et une autre : « Ramenez vos petits ! »

Le décollage a été chaotique.

— Visibilité limitée, m'a expliqué le capitaine. Cette encre, c'est pas de la gnognotte. Heureusement, notre hélico non plus.

Il a pris la direction de Monument, je me suis accroché à mon siège, et là, j'ai beau être agnostique, j'ai prié.

CHAPITRE VINGT-SIX

DEAN

JAKE AVAIT UNE AUTRE IDÉE EN TÊTE :

— Écoutez, le bus est juste là-dehors et on sait qu'il roule ! On devrait sortir d'ici et filer à Denver.

— Mais les autres sont peut-être en train de revenir nous sauver ! ai-je protesté. On risque de se rater.

— Dean, a poursuivi Jake d'un ton solennel, Payton les a éjectés du bus. Ils étaient à pied. C'est impossible qu'ils soient arrivés à l'aéroport.

Je ne voulais pas qu'il ait raison. Si ça se trouve, les autres étaient encore en route. Ou peut-être déjà sur place.

— Mais ça ne signifie pas que *nous*, on ne réussira pas, continuait-il. On ne s'arrêtera pour personne. Et on a des armes. Des tas, même !

— Je pense que Jake a raison, a annoncé Astrid. On devrait tenter le coup.

— Quoi ? ai-je failli m'étouffer. Pourquoi ? C'est toi qui voulais que je reste !

— Je sais que ça n'est pas gagné, mais... On pourra peut-être retrouver les autres. Vu qu'ils sont à pied...

Ça m'a donné à réfléchir.

JOUR 15

— Allons au moins jeter un œil au bus, a proposé Jake. Voir s'il est en état !

J'en avais ma claque de me cacher dans ce magasin froid et obscur. Quelque part, j'avais envie de sortir à l'air libre, quitte à mourir. Mais ce qui m'a décidé, c'est ce qu'Astrid a dit au sujet de mon frère.

On pourrait peut-être les retrouver.

On s'est équipés pour sortir.

— Mais nous on veut pas y aller, dehors ! a protesté Henry quand je lui ai donné ses habits de protection.

— Ça fait trop peur, a renchéri Caroline.

— Cette fois, vous serez avec moi, leur ai-je répondu. Et vous savez que je ne laisserais jamais rien de mal vous arriver.

Ils ont échangé un regard – clairement, notre plan ne les emballait pas.

— Vous êtes débiles, vous deux, ou quoi ? est intervenue Chloe. C'est ça qu'on attend depuis le début. On va enfin aller à Denver ! On va retrouver nos parents et ensuite partir en Alaska. L'Alaska, c'est trop bien ! Mettez vos affaires ! Et vite !

— D'accord, a cédé Caroline. On vient.

Je les ai laissés et suis allé voir Astrid.

— On devrait prendre des affaires, lui ai-je dit. De la nourriture, de l'eau, des lampes, une bâche. Si vraiment on compte tenter notre chance.

Ça m'a rappelé que j'avais préparé des sacs à dos pour M. Appleton et Robbie.

Je suis aussitôt retourné dans la réserve. J'inspectais les lieux avec ma lampe, et enfin je les ai repérés, derrière un tas de palettes.

Je les avais jetés là-bas après que Robbie s'était fait tuer. On avait voulu faire croire aux petits que M. Appleton et lui étaient repartis, du coup j'avais caché leurs sacs dans la réserve.

Astrid, Jake et les gosses m'ont rejoint – les lumières de leurs frontales papillonnaient dans tous les sens. Je priais pour qu'ils ne voient pas les cadavres. Ou du moins qu'ils ne les reconnaissent pas comme tels.

— Ces deux-là sont déjà prêts, ai-je déclaré.

— Ça roule ! a approuvé Jake.

Il a passé le plus lourd à son épaule. Moi, la mienne me faisait encore pas mal souffrir.

On avait à manger, de l'eau, des affaires de premiers secours, des habits de rechange (pour adultes, mais peu importe), des lampes, et je ne me rappelais plus quoi d'autre.

Ensuite, on a grimpé jusqu'à la trappe en file indienne.

On s'apprêtait à quitter notre Greenway, et on n'avait même pas pu lui exprimer notre gratitude. Dieu sait pourtant qu'on en avait à revendre.

— Attendez ! s'est écriée Chloe. On oublie Luna.

— Purée ! a fait Astrid. Elle dort encore ! Je vais la chercher. Ne m'attendez pas.

On s'est remis en marche.

Il faisait noir, là-haut.

On avait du mal à voir et à respirer, à cause des masques.

On avait du mal à se déplacer, à cause des habits de protection.

Henry m'a agrippé une main, Caroline l'autre.

On avançait lentement, sur le toit défoncé, en direction de l'échelle.

— Dean, tu descends le premier, m'a ordonné Jake. Ensuite les petits, et puis Astrid et moi.

Les barreaux étaient glissants. On aurait dit qu'un champignon poussait sur les patins en caoutchouc.

Mais personne n'est tombé.

On a attendu Astrid un moment au pied de l'échelle. Enfin elle est arrivée ; elle portait un troisième sac à dos.

— Luna, elle est où ? a voulu savoir Chloe.

— Regarde un peu, lui a répondu Astrid en se retournant.

La tête endormie de la chienne ressortait du sac.

— Venez, nous a indiqué Jake.

On l'a suivi ; il nous a fait traverser le parking ; quitter le Greenway.

Je n'essayais pas de parler – c'était trop difficile, avec les masques.

Je tenais toujours Caroline d'une main et Henry de l'autre. Astrid tenait Chloe. Jake ouvrait la marche, seul.

Nos petites lampes frontales zigzaguaient par terre devant nous, éclairant la voie jusqu'au bus.

Par endroits, le sol était glissant. Près des réverbères, l'herbe était morte. Les voitures bombardées par la grêle, toutes rouillées, étaient couvertes de cette espèce de mousse blanche.

Pas étonnant que Jake soit revenu au Greenway, ni que les cadets aient tant tenu à s'y réfugier. Ce monde mort vous foutait la trouille.

La mousse blanche commençait à se former sur les roues du bus. En dehors de ça, il avait l'air bien.

Il y a d'abord eu le bruit. Un gigantesque *BOUM* qui m'a fait tinter les oreilles.

J'ai levé les yeux. Au niveau du commandement de la Défense aérospatiale de l'Amérique du Nord, une boule de feu géante est apparue.

— Oooooh ! se sont extasiés les enfants.

De loin, ça ressemblait à un feu d'artifice.

Après, à l'endroit où la boule avait surgi, et dans un cercle alentour, il y a eu de la lumière. Le soleil.

Au début, je me disais que c'était peut-être bon signe… Qu'ils avaient peut-être trouvé un moyen pour purifier l'air.

Deux autres explosions ont retenti. Ils bombardaient le ciel.

Ensuite, des vents brûlants ont fondu sur nous et j'ai su qu'on allait mourir.

ALEX

J'AI APERÇU LE VILLAGE INN ! Et le 7-Eleven ! On était à Monument ! L'hélico était équipé de projecteurs qui éclairaient la ville en contrebas.

Et puis le toit du Greenway – notre toit ! J'étais trop content. J'avais en permanence le visage de Dean dans ma tête. Il allait être trop excité de me revoir !

Les premières bombes ont explosé dans le ciel au-dessus du commandement de la Défense aérospatiale de l'Amérique du Nord à l'instant où on se posait sur le toit.

— On a cinq minutes, pas plus ! a crié le capitaine McKinley.

Aussitôt, on a décroché nos harnais de sécurité et on s'est précipités vers la trappe.

Bizarrement, elle était ouverte, mais sur le moment ça ne m'a pas troublé. Au contraire, même, vu que ce qui m'inquiétait le plus, c'était de savoir comment on allait l'ouvrir de dehors.

Niko et moi on a descendu l'escalier en quatrième vitesse.

— Dean ! Astrid ! On est là ! hurlais-je.

Et là, j'ai vu la fille.

Le petite blonde.

Debout à côté des cadavres de Robbie et M. Appleton, les poignets liés.

— Hé, petite ! l'a appelée le capitaine McKinley en arrivant au pied des marches. Nous venons vous sauver ! Où sont les autres ?

Il ignorait tout. Il ne savait pas qui elle était.

— Toi ! s'est écrié Niko. Comment t'es arrivée là ?

Le capitaine a filé dans le magasin, il appelait Henry et Caroline.

— Ils sont où ? ai-je gueulé à la fille. Réponds-moi ! Dépêche !

Elle pleurait. Moi aussi.

— Ils sont partis ! a-t-elle dit. Ils sont montés sur le toit. Ils ont tué mon oncle Payton et ils sont partis !

De l'intérieur du magasin, j'entendais les appels du capitaine : « Henry ! Caroline ! »

— Capitaine McKinley ! ai-je hurlé.

Il est revenu en courant.

— Qu'est-ce qu'il y a ? Où sont-ils ?

BOUM – deuxième explosion au commandement de la Défense aérospatiale.

— Partis, ai-je sangloté. Ils ont quitté le magasin !

Son visage s'est assombri. Puis tout a viré au gris.

— Bien, a-t-il déclaré. Forcément.

Il parlait d'un ton dur comme la pierre.

— Je suis désolé ! ai-je lancé.

— En route.

DEAN

JAKE ÉTAIT DANS LE BUS, IL TENTAIT DE LE FAIRE AVANCER, MAIS LA MOUSSE BLANCHE EMPÊCHAIT LES ROUES DE TOURNER. Elle avait dû les désintégrer.

Astrid était assise à côté de moi, les petits blottis contre nous.

On allait regarder le bombardement jusqu'à ce qu'il nous atteigne. Ça semblait être le meilleur plan.

Chaque détonation nous secouait et formait un trou dans le ciel. Elles se rapprochaient.

La lumière surgissait en rayons purs. La « Lumière divine », aurait dit ma mère.

Je pensais à elle, à mon père et à Alex, et j'étais rempli d'amour pour eux.

J'ai attiré Astrid contre moi. Elle était si belle avec son masque et ses habits de protection ; idem pour les petits et pour Jake – lui, à présent, il se tenait sur les marches du bus, la poitrine gonflée, la tête en arrière pour mieux voir les explosions. Et j'ai trouvé qu'on était tous parfaits, à ce moment-là. Comme depuis toujours.

J'étais prêt à mourir, mais alors Chloe m'a agrippé le bras en montrant le Greenway.

Je me suis retourné et j'ai vu – il y avait un hélicoptère sur le toit.

J'ai fait signe à Astrid.

— Venez vite ! ai-je crié.

ALEX

LE CIEL ÉTAIT TROUÉ. L'air brûlait et le vent nous malmenait sur le toit.

— Grimpez dans l'hélico ! nous a hurlé le capitaine McKinley.

Cette saleté de blonde allait s'en sortir. Elle qui le méritait le moins.

Niko l'a poussée dans le dos. Les mains toujours liées, elle aurait eu du mal à monter seule.

Le capitaine et moi avons pris place dans le cockpit. Il a actionné des interrupteurs et appuyé sur des boutons comme l'autre fois, mais là ses gestes étaient ceux d'un robot. La force de l'entraînement, de l'habitude – l'homme avait disparu.

Puis il a actionné un dernier interrupteur et annoncé dans son micro : « Veillez à bien vous attacher, derrière. »

Faites qu'elle ne soit pas attachée, me disais-je. Faites qu'elle tombe de l'hélico et qu'elle meure.

DEAN

L'HÉLICO A COMMENCÉ À S'ÉLEVER DANS LE CIEL !

Ils repartaient sans nous !

Les explosions étaient proches à présent, et plus fréquentes. Toutes les cinq secondes, peut-être, elles nous bousculaient littéralement. On avait l'impression de courir sur un trampoline.

J'ai arraché mon masque. Les produits chimiques me permettraient de courir plus vite.

Et en effet, j'ai senti leurs effets dans mon sang. J'ai couru. J'ai donné tout ce que j'avais.

ALEX

LE CAPITAINE MCKINLEY A TIRÉ SUR LE MANCHE À BALAI, ET L'HÉLICOPTÈRE S'EST SOULEVÉ. Le souffle des explosions secouait l'appareil. Le capitaine devait lutter de toutes ses forces pour continuer la manœuvre.

Il a réussi.

On décollait du toit dans un *BOUM, BOUM, BOUM* régulier.

DEAN

J'AI GRIMPÉ LES BARREAUX DE L'ÉCHELLE QUATRE À QUATRE.
Je me suis hissé sur le toit. J'ai crié : « Alex ! »
De toutes mes forces : « Alex ! »

ALEX

À LA LUMIÈRE D'UNE EXPLOSION, J'AI APERÇU UNE SILHOUETTE SUR LE BORD DU TOIT. Elle courait vers nous.

— Regardez ! me suis-je écrié. C'est mon frère. C'est Dean !

Il était sur le toit !

— Quoi ? m'a fait le capitaine McKinley.

Je l'ai attrapé par l'épaule et lui ai montré du doigt.

— C'est mon frère, Dean !

— Compris. On se pose. Accrochez-vous !

Il se débattait toujours avec le manche, mais cette fois pour poser l'hélico.

Dean nous a rejoints en courant, j'ai ouvert la porte, me suis jeté sur le toit et on est tombés dans les bras l'un de l'autre !

— Dean ! Dean ! Je t'ai retrouvé.

Là, mon frère a basculé la tête en arrière et a rugi.

DEAN

JE LUTTAIS CONTRE LES PRODUITS CHIMIQUES. J'essayais de rester normal.

Niko m'a pris à bras-le-corps, m'a cloué par terre, et Alex a retiré son masque pour me le coller sur la figure.

Pendant ce temps, Astrid, les gosses et Jake escaladaient l'échelle.

ALEX

– **À BORD ET TOUT DE SUITE !** a crié le capitaine McKinley.
Pas de temps pour les politesses.
Il a littéralement catapulté ses petits à l'arrière de l'hélico.
BOUM, BOUM, BOUM – les bombardements se rapprochaient.

DEAN

ASTRID A RÉUSSI À ATTACHER LES PETITS.

Niko m'a conduit à un siège et m'y a sanglé.

J'essayais de respirer. De redevenir humain.

— C'est bon de te revoir, Dean, m'a dit Niko.

Sa voix me parvenait, numérisée, par les haut-parleurs de mon masque militaire.

Alex s'est frayé un chemin jusqu'à moi.

— On t'a récupéré, claironnait-il. On t'a récupéré !

ALEX

— **ACCROCHEZ-VOUS !** nous a lancé le capitaine McKinley.

Aussitôt, il a fait redécoller l'hélicoptère.

Je me calais sur le siège à côté de Dean au moment où…

BOUM ! Des vents brûlants nous ont percutés.

Le capitaine McKinley luttait avec le manche pour garder le contrôle.

BOUM ! Nouvelle explosion sur notre droite. Les vents brûlants ont failli nous rabattre sur le toit, mais le capitaine tenait bon.

Puis on s'est retrouvés en plein ciel, à pleine vitesse. On avait un peu d'avance sur les bombes, et on s'éloignait de leur zone. On s'enfonçait dans le ciel noir transpercé de soleil et de feu. Je tenais la main de mon frère.

ÉPILOGUE

DEAN

ON MÉRITE UN HAPPY END. Tous autant qu'on est. Et je pense qu'on va l'avoir. Mais je n'en suis pas encore tout à fait sûr.

On a déjà de la chance d'être à Quilchena. Certes, on couche sur des lits de camp, dans d'immenses dortoirs sous tente. Certes, des gardes armés surveillent le périmètre. Et on n'a aucun contact avec le monde extérieur. Mais dans certains camps d'Amérique, c'est autrement pire.

On a entendu parler de réfugiés emprisonnés, privés de tous leurs droits. Des rumeurs folles prétendent que des scientifiques se livrent à des expériences sur des gens du groupe O. Les Canadiens, au moins, ils nous traitent comme des êtres humains. Ils sont polis et tout.

Les pauvres, ils me font de la peine. Ils ne savaient pas ce qui les attendait quand ils ont accepté d'accueillir des réfugiés.

Les survivants de la catastrophe de Four Corners (comme ils disent aux infos) se révèlent être violents et instables.

Les premiers réfugiés transportés à Calgary et Vancouver ont commencé par quitter leurs logements provisoires, se sont livrés à des pillages et ont participé à des émeutes.

Depuis, ils nous gardent dans des camps tout en négociant avec le gouvernement américain pour décider quoi faire de nous. Les Canadiens n'auraient jamais dû nous accueillir. Alex a une théorie : pour lui, ils se sentent en partie responsables du programme d'armes chimiques, vu que nos deux pays sont les seuls membres du commandement de la Défense aérospatiale de l'Amérique du Nord.

Là, il est 13 heures, l'heure où normalement tous les réfugiés se réunissent dans le réfectoire. Après le déjeuner, on nous laisse regarder la télé une heure. Au-delà, les Canadiens ont constaté que les réfugiés devenaient trop hostiles et agités.

Quelques mini-tablettes numériques circulent dans le camp, mais elles suscitent moins d'intérêt qu'on pourrait le croire.

Alex en a récupéré une. Il a ainsi découvert que toutes nos données avaient disparu. E-mails. Photos. Textes. Contacts. Comptes. Il ne reste rien et nous n'avons aucun moyen de retrouver nos parents, vu que leurs comptes se sont eux aussi volatilisés.

Surfer sur le Net, ça fiche la trouille : on y trouve une poignée de sites débiles, mais la plupart du temps on tombe sur des pages manquantes ou des redirections à l'infini. À croire que le réseau est devenu amnésique.

Alex nous a ouvert de nouveaux comptes. Si nos parents sont en vie, ils nous localiseront. Il faut que j'y croie.

En attendant, tous les jours à 14 heures, les gardes affichent les derniers listings de réfugiés, et on se jette tous dessus dans l'espoir d'y lire les noms de ceux qu'on a perdus.

Ils sont classés par code postal, puis par ordre alphabétique.

Je prie non-stop pour y voir nos parents : 80132 Grieder, James. Ou 80132 Grieder, Leslie. Mais jusqu'ici, rien.

Aucune trace de Heyman, Lori, non plus. Ni des petits frères d'Astrid.

Si incroyable que ça puisse paraître, Ulysses a retrouvé toute sa famille. Et ils ont obtenu l'autorisation d'adopter légalement Max si ses parents ne se manifestent pas. Max vit donc avec eux, et il s'éclate. Quelque part, je suis certain que la famille Dominguez lui procurera une éducation plus traditionnelle, et moralement plus saine, que ses parents biologiques.

Ils habitent la Tente G, celle des familles avec enfants en bas âge.

Mme McKinley y vit avec les jumeaux. Le moment où le capitaine McKinley a ramené Caroline et Henry auprès de leur mère a été si heureux et émouvant que ça en a justifié tout le reste – j'insiste, *tout le reste*.

(Astrid me le rappelle chaque fois que je me réveille en hurlant la nuit. Je revois encore le visage de Payton après que je lui ai tiré dessus. Et le conducteur du chariot élévateur que j'ai démembré.)

Le capitaine McKinley a dû reprendre son service. Dans sa grande générosité, Mme McKinley a recueilli Chloe et Luna. Je crois que, si on avait dû garder Chloe avec nous dans la Tente J, j'aurais pété un câble.

Mme McKinley et les gosses emmènent parfois Luna faire la visite à l'infirmerie. Elle assure, en thérapie canine. Quand les malades la prennent dans leurs bras, la voient agiter sa queue et leur lécher la figure, quand ils apprennent tout ce qu'elle a fait pour nous depuis Monument, ça leur donne de l'espoir. Luna est un peu devenue la mascotte du camp de Quilchena, et personne n'en est plus fier que Chloe. La gamine la brosse sans arrêt et la promène environ huit fois par jour.

Le capitaine McKinley nous a raconté avoir croisé Mme Wooly à la base aérienne de Fort Lewis-McChord. Apparemment, elle a été si contente de le voir en vie et d'apprendre qu'on s'en était tous tirés qu'elle l'a embrassé sur la bouche puis a insisté pour payer des tournées générales jusqu'au bout de la nuit. Et tous ces militaires ont roulé sous la table avant elle, je peux vous le dire.

Je n'en reviens pas, que Mme Wooly ait survécu. L'un des moments que je préfère dans cette histoire, c'est celui où Ulysses l'a reconnue à l'aéroport de Denver. D'après le capitaine McKinley, elle essaie d'obtenir une permission pour venir nous rendre visite.

Alex, Astrid, Sahalia, Niko et moi, on vit sous la Tente J. Celle qui regroupe les orphelins de huit à dix-sept ans. Mais bon, avec Alex, Astrid et Niko près de moi, je ne me sens franchement pas orphelin.

Aujourd'hui, nous ne sommes pas allés consulter les listings. Aujourd'hui, c'est fête.

Mme McKinley a préparé un pique-nique et a demandé l'autorisation de se rendre au secteur extérieur du Trou 3. Tous les autres réfugiés sont allés lire les listings, du coup on a la pelouse pour nous seuls.

C'est l'anniversaire des jumeaux, ils ont six ans.

Une belle journée. Il y a un étang dans le secteur – je crois qu'ils appellent ça un bassin d'agrément. Et au-delà, des arbres aux intenses reflets or, orange et marron. Le site est un magnifique golf reconverti en prison.

Mme McKinley utilise un drap en guise de nappe. Et manifestement, elle a dû rogner sur ses portions des jours précédents et faire du troc pour gâter les petits. Il y a là un sachet de chips (chacun veille à n'en prendre qu'une ou deux) ET un sachet de biscuits au fromage ET, allez savoir comment, la mère a réussi à dénicher un paquet de donuts nappés de chocolat. Impressionnant.

Caroline et Henry jouent avec leur cadeau : un ballon de foot. Ulysses et Chloe se joignent à eux, et ils se font un petit deux contre deux, avec les grands frères d'Ulysses dans les cages. Luna aboie et court dans tous les sens, mais la plupart du temps dans les jambes des petits.

Les adultes s'assoient sur l'herbe et regardent la partie.

On se croirait presque revenus dans la vraie vie.

Max suit le match confortablement installé sur les généreux genoux de Mme Dominguez. Je sens bien qu'il voudrait aller jouer, mais ses pieds ne sont pas encore tout à fait guéris. Tous les jours, Mme Dominguez le conduit à la clinique et fait la queue pendant des heures pour qu'un docteur l'examine. Ça dure comme ça depuis deux semaines qu'on est ici.

Mme Dominguez coiffe Max avec les doigts, mais son éternel épi se redresse chaque fois. Je parie qu'elle n'aurait jamais cru se retrouver un jour maman d'un petit aux cheveux comme ça.

— Où est-ce qu'ils l'ont trouvé, ce ballon, d'après toi ? me demande Astrid en s'approchant de moi.

Elle passe les bras autour de ma taille et je l'attire contre moi.

Vous pensez que je me suis fait à l'idée de l'avoir comme copine ?

Carrément pas.

Le soleil la fait luire. J'ignore si c'est la grossesse ou le fait que je sois raide dingue, mais chaque fois qu'elle vient vers moi je suis obligé de mettre une main devant mes yeux tellement elle brille et resplendit.

Mais elle ne m'intimide plus, et c'est tant mieux. À côté de ça, je ne cherche plus à passer pour ce que je ne suis pas.

Je me dis qu'elle sait qui je suis, depuis tout ça.

— Le capitaine a dû le faire entrer en douce, lui dis-je en indiquant le ballon. Mme McKinley n'aurait jamais trouvé de quoi le troquer dans le camp.

Alex et Sahalia sont assis sur l'herbe. Ils sont trop loin pour que je les entende, mais Alex dit un truc qui fait rouler les yeux à Sahalia, et qui lui vaut un coup de poing dans l'épaule. Après, ils éclatent de rire.

C'est bizarre. Je ne sais pas ce qui s'est passé entre eux sur la route. Ils ne sont pas vraiment en couple, mais ils traînent ensemble le plus clair de leur temps. Sahalia regarde mon frère réparer les bidules électroniques qu'on lui apporte, et Alex accompagne Sahalia quand elle part chiner des fringues. C'est bientôt son anniversaire, et Alex cherche à lui obtenir une paire de bottes de motard noires qui la fait craquer.

Là, Sahalia porte un bleu de travail blanc, les jambes du pantalon roulées jusqu'aux genoux, les manches coupées. Elle s'est noué un bandana rouge autour de la taille.

Elle a du style, c'est clair.

Je perçois une tension chez Astrid.

C'est Jake. Jake qui approche au côté de son père.

Ils se sont retrouvés le jour même de notre arrivée.

Je l'envie (à cause de son père).

Mais ça n'est pas grave, vu que lui aussi il m'envie (à cause d'Astrid).

On s'évite.

— Ohé, vous autres, nous lance Jake.

— Tonton Jake ! Tonton Jake ! s'écrient aussitôt les petits.

Ils laissent tomber leur match et foncent se jeter sur lui. Ils dégringolent tous ensemble la pente comme une meute de chiots.

(Et ne croyez pas que Max se sente exclu : il se blottit davantage dans les bras accueillants de Mme Dominguez et se laisse noyer d'amour.)

— Bon alors, qu'est-ce que j'ai fait de ce cadeau ? demande Jake aux gosses. (Il chatouille Henry puis Caroline.) Est-ce qu'il est sous ton cou ? Ou bien sous ton bras ?

Les petits sont morts de rire.

À ce moment-là, Jake sort un sachet d'oursons guimauve, et les mioches partent en live. Les oursons, ils s'en fichaient pas mal quand on était au Greenway, vu qu'il y en avait tout un rayon ; mais maintenant qu'ils se font rares, ils en sont fous.

— Il va mieux, me fait Astrid.

— Ouais.

Je ne lui répète pas ce qu'Alex m'a confié – à savoir que Jake est sous antidépresseurs et qu'il voit un psy.

Jake peut très bien le lui annoncer lui-même. Il leur arrive de se parler. Elle tente de lui expliquer pourquoi elle m'a préféré à lui. Lui cherche sans doute à la persuader de se remettre avec lui.

Mais ça n'arrivera pas. Notre idée, c'est que le bébé appellera Jake « papa », et moi « Dean ». Ça me va comme ça. Je n'ai pas besoin du titre. C'est la place, que je veux.

— Hé, tout le monde ! nous appelle Mme McKinley. Tout le monde est là ?

— Où est passé Niko ? me demande Astrid.

— Sûrement allé voir les listings.

De nous tous, c'est lui qui morfle le plus. Il traîne dans le camp sans réellement tenter de se lier avec quiconque. Il n'a reçu aucune nouvelle des siens.

Et il pleure toujours Josie.

Il lui arrive encore de dessiner, mais il ne montre ses dessins à personne.

— Venez tous, s'il vous plaît, nous relance Mme McKinley.

Elle a disposé deux bougies d'anniversaire sur deux mini-donuts.

Avant de les allumer, elle ramène ses longs cheveux auburn en arrière. Elle ressemble aux jumeaux – taches de rousseur partout, yeux bleu-vert clairs. Elle leur ressemble notamment quand elle sourit et que ses yeux se plissent.

— Je voulais juste vous remercier d'avoir pris soin de mes bébés. Je vous en serai reconnaissante jusqu'à mon dernier jour. Je vous dois… je vous dois tout.

Là elle s'arrête, étouffée par l'émotion.

J'ignore comment on s'est débrouillés, en fait. Comment on a réussi à les sauver.

Alex et moi, on se fait de longues balades quand c'est notre heure. On tourne en rond autour de la pelouse, à ressasser ce qui nous est arrivé pendant qu'on était séparés. Il n'y a plus de différence d'âge entre nous, maintenant – nous sommes égaux.

On parle du futur.

J'hallucine encore qu'on en ait un.

Là, je promène mon regard sur notre petite assemblée, et je regrette que Niko n'en soit pas. Je m'inquiète pour lui. J'aurais voulu que Brayden survive. Toute ma vie je regretterai la façon dont il est mort. Et la pauvre Josie, perdue seule dehors – ses dernières heures ont dû être horribles, à un point qu'aucun de nous ne peut imaginer.

Je regarde Mme McKinley et ses jumeaux tout sourires.

Je regarde Sahalia qui, bizarrement, est toujours plus cool que nous. Et Chloe qui, bizarrement, est toujours une peste.

Et aussi les deux frères, Ulysses et Max, assis auprès des Dominguez. J'aimerais que Batiste puisse être des nôtres, vu qu'il fait partie de notre famille, mais il se trouve actuellement à Calgary, je crois. Je suis sûr qu'il pense à nous tout le temps.

Je regarde Jake et son père, qui finiront par se remettre, d'après moi.

Et aussi mon frère, Alex, que plus jamais je ne quitterai.

Et enfin la belle Astrid, pour qui je pourrais tuer, pour qui j'ai déjà tué.

La gratitude que j'éprouve gonfle en moi, les larmes me montent aux yeux. Mais ça ne fait rien, vu que, au moment où Henry et Caroline soufflent leurs bougies, tout le monde pleure.

Une silhouette se dirige vers nous. C'est Niko ; il court.

— Ohé ! Hé ! s'époumone-t-il. Regardez !

Il tient à la main la une d'un journal. Les journaux papier ont fait un retour en force depuis la panne du réseau. On s'approche tous pour voir.

Le titre, en gros caractères : **RUMEURS DE NUAGE CHIMIQUE.**

J'en ai les entrailles glacées.

Mais ça n'est pas ce qui excite Niko à ce point.

Il nous montre un autre titre, plus petit : **ÉMEUTES À L'UNIVERSITÉ !**

Et dessous : Les réfugiés du camp de l'université du Missouri se révoltent.

D'un doigt, Niko nous montre une photo en couleurs.

Un vieillard qu'on protège contre un garde armé d'une matraque.

— C'est M. Scietto ! hurle Alex.

Et à côté de cet homme, le protégeant des coups, une fille portant deux longues couettes.

Josie.

La fille sur la photo, c'est Josie !

— Je vais la chercher, nous annonce Niko (son regard passe successivement sur Jake, Alex et moi). Qui m'accompagne ?

REMERCIEMENTS

Je tiens à remercier mon éditrice Jean Feiwel, pour ses conseils et ses encouragements. Holly West – louées soient ta connaissance parfaite de ce manuscrit et toutes tes idées géniales. Je suis ravie de vous avoir à mes côtés toutes les deux. Je dois aussi remercier Dave Barrett, éditeur en chef, pour sa patience, ainsi que ma fantastique secrétaire d'édition, Anne Heausler, pour son travail sur ce roman.

Merci à mon agent, Susanna Einstein, pour son soutien et ses conseils judicieux. Je m'estime également chanceuse d'avoir dans mon équipe Stephen Moore, Kim Stenton et Sandy Hodgman.

Rich Deas – ta vision des illustrations de cette série est extraordinaire. Merci à toi. Merci aussi à KB, April et Katie qui ont conçu la jaquette et les éléments intérieurs des livres. Karen Frangipane et Ksenia Winicki – merci pour votre contribution à la vie numérique de *Seuls au monde*.

Cette série doit une bonne part de son succès aux efforts d'Angus Killick, Elizabeth Fithian, Alison Verost, Kate Lied, Kathryn Little ainsi qu'aux autres membres du département marketing et publicité de Macmillan Children's Group. Je dois dire que je me suis éclatée comme jamais lors des tournées promotionnelles avec Alison, Kate, Elizabeth Mason et Courtney Griffin. Nos délires à Pensacola resteront gravées à jamais dans mes souvenirs.

Je tiens aussi à remercier le compositeur Paul Libman, qui a écrit la musique de *Get Up* et de *Leave Me Be* (à écouter sur emmylaybourne.com). Merci à Ava Anderson d'avoir prêté sa voix à ces titres, et à Uri Djemal des studios MadPan de les avoir si bien enregistrés.

Les retours que m'ont envoyés Kristin et Andrew Bair (critiques spécialistes de la relation mère/fille) ont été précieux pour ce *Ciel en flammes*. Merci à vous deux. Énorme gratitude aussi envers Elizabeth Harriman, pour son coup de main sur la scène où Batiste retrouve sa mère. Et merci à Rita Arens et Scott Taylor – excellents lecteurs de seconds jets.

Jen Pattap, Jeanette et Anthony LoPinto du Treefold Café – vous m'avez nourri, dans mon cœur et dans mon âme, lorsque j'entamais cette série. Merci.

Je n'aurais pas assez de pages pour remercier mes parents. Idem pour mon époux Greg et nos deux enfants, Elinor et Rex. Un auteur devrait savoir exprimer ces choses-là, mais je me sens littéralement submergée par la chance que j'ai de vous avoir tous auprès de moi.

Ce roman vous a plu ?
Vous en voulez encore ?
Découvrez en exclusivité la nouvelle

JAKE SIMONSEN SEUL AU MONDE

Ravagée par un orage de grêle, puis contaminée par une fuite de produits chimiques qui affectent les individus en fonction de leur groupe sanguin, Monument, Colorado ressemble à une ville fantôme. C'est dans ce décor post-apocalyptique que Jake Simonsen, un des héros de Seuls au monde, *capitaine de l'équipe de football américain de son lycée, va être amené à faire des choix : au moment où sa vie est sur le point de basculer, à qui ira sa loyauté ?*

L'action de cette nouvelle se situe entre les deux premiers tomes de Seuls au monde.

SOS garçon 2 ans disparu.

Mémé – suis parti pour Denver. Que Dieu nous protège tous.

Doreen – pardon. Pouvais plus attendre.

Des photos, aussi. Personnes disparues, personnes retrouvées, personnes mortes.

La façade de l'hôpital Lewis-Palmer de Monument, Colorado, était tapissée d'affichettes.

Regarder ces murs de *flyers* le rendait malade. C'était bien naturel. Monument était une petite ville, et il reconnaissait des gens sur ces photos, dans ces mots.

Jake repéra un membre de son équipe de football américain. Son professeur de biologie, en photo avec ses enfants. La serveuse du Village Inn. La famille de Dean et Alex, avec ce message : *Nous ne sommes pas morts, restez en sûreté ou filez à Denver.*

Et aussi Lindsay Morrow. Sur une photo de famille, prise à la plage. Un portrait retiré d'un cadre et scotché sur une feuille volante. Au bas de la page, une flèche montrait une femme d'une quarantaine d'années debout en plein milieu du cliché, et l'écriture de Lindsay disait : *Si vous voyez cette femme, merci d'appeler le* (son numéro de téléphone). En-dessous : *Maman, reviens !*

Il ferait mieux de ne pas s'éterniser devant ce genre de photos. Alex lui avait fixé un talkie-walkie vidéo à la poitrine, et tous les gosses et les ados restés dans le Greenway suivaient ses moindres gestes, écoutaient les moindres nuances de sa voix.

Astrid aussi, peut-être.

Tous regardaient « Jake TV », et attendaient qu'il rentre au Greenway, le centre commercial où ils s'étaient réfugiés depuis le début de la tragédie.

Ils lui avaient confié une mission – voir si l'hôpital était ouvert. Ça n'était pas le cas.

Rien n'était ouvert.

La ville avait été divisée et conquise. Si le gouvernement cherchait une preuve de l'efficacité des armes chimiques concoctées par le Commandement de la défense aérospatiale de l'Amérique du Nord, ils n'avaient qu'à regarder ces murs d'affichettes.

Les produits chimiques affectaient les individus suivant leur groupe sanguin. Ceux du groupe A succombaient à une poussée de pustules, ceux du groupe O se transformaient en monstres sanguinaires, ceux du groupe AB viraient paranoïaques, et ceux du groupe B, comme Jake, ne présentaient aucun symptôme. En apparence. Car en fait, ils devenaient impuissants et stériles.

Merci pour tout, les scientifiques militaires.

Chaque fois, Jake apportait à Lindsay des chocolats. C'était leur rituel. Pas comme pour la payer, bien sûr. Ça serait dégoûtant. Plutôt comme un petit geste.

Il sortait du lycée dès la sonnerie de midi, ou juste avant, et s'arrêtait d'abord au Walgreen. Il prenait une grosse boîte de chocolats Hershey, ou mieux encore, quelque chose en rapport avec les fêtes : un œuf de Pâques Cadbury, un assortiment spécial Noël ou Saint-Valentin, etc. Il lui offrait les chocolats, elle les prenait, et ils faisaient la chose.

Lindsay n'était qu'en seconde, mais il n'avait pas le sentiment de profiter d'elle. C'est clairement elle qui menait la danse. Pendant l'heure du déjeuner, c'était elle la chef.

Parfois, après, elle fumait – chose que lui trouvait un peu choquante.

— Le cancer du poumon, tu connais ? avait-il plaisanté, un jour.

— Et toi, la lose, ça te parle ? lui avait-elle rétorqué, un sourcil relevé.

Jake s'en était senti tout bête, très « petit garçon ».

Du haut de ses quinze ans, elle était plus cool et déjantée que lui à dix-huit. Mais bon, du moment qu'elle voulait bien coucher… Pour arriver à ses fins, il était prêt à endurer tout ce qu'il faudrait de prises de tête ou de mépris.

Il se revoyait allongé sur son lit – le drap en coton blanc imprimé de petits motifs. Craquant.

Craquante, elle aussi l'était, avec ses longs cheveux châtain-noir étalés sur l'oreiller, lui recouvrant les épaules ainsi que les courbes onctueuses de son cou et de sa poitrine nue.

Il était censé faire demi-tour, regagner le Greenway.

À l'idée de revenir sur ses pas, traverser à nouveau le parking jonché d'épaves rouillées et moisies, d'escalader encore l'échelle de secours pour rentrer annoncer la mauvaise nouvelle à tous ces petits visages crasseux et stressés – Jake avait envie de s'ouvrir les veines.

La déception sur leurs visages. Toujours.

Non.

Jake retira son talkie-walkie vidéo et le laissa tomber par terre.

— Désolé. Désolé, les gars, leur dit-il.

Il se mit à arracher les câbles scotchés à sa veste.

— Je… je vais pas revenir. J'en peux plus.

Il ne mentait pas.

Un jour de plus dans le Greenway l'aurait tué. Il en était certain. La sensation d'enfermement, de captivité, tout le monde qui se montrait si responsable en permanence, et Astrid qui l'observait. Son regard qui l'accusait de ne pas être à la hauteur.

— Dites à Astrid que je suis désolé, conclut-il.

Désormais il était libre.

À pied, c'était jouable. Lindsay habitait près du lycée. C'est ce qui leur avait permis leurs rendez-vous du midi. S'il y avait bien une personne à même de le remettre d'aplomb, c'était Lindsay Morrow. La simple vue de son corps en maillot de bain sur cette photo avait failli suffire.

De toute façon, Astrid était sûrement au courant depuis le début, pour Lindsay et lui. C'est elle-même qui avait insisté pour qu'ils aient une relation *ouverte*.

Il culpabilisait d'abandonner Brayden alors qu'il était blessé, mais Niko saurait s'occuper de lui. Niko avait des notions de secourisme. Brayden le comprendrait. Si Brayden avait été avec lui, lui non plus n'aurait pas voulu retourner au Greenway – avec toutes ces règles débiles et l'atmosphère pesante. Tout ce *bordel.*

Jake tâta une de ses poches, pour être sûr. Sous les quatre couches d'habits de protection que Niko lui avait fait mettre, il sentait une bosse dans sa poche arrière. Des plaquettes d'obezine – un stimulant à effet rapide. Et vive l'industrie pharmaceutique.

Oui, il en prenait parfois pour se booster un peu. Ça lui donnait du peps. Dans la période actuelle, qui aurait pu dire non ?

Jake éteignit sa lampe frontale. Inutile d'attirer les regards. Un fou furieux du groupe O qui rôderait dans les parages, par exemple. Il se dirigea vers la Highway 105. Il marchait au milieu de la chaussée quand la voie était libre. Mais il lui fallut emprunter le pont autoroutier. Et celui-ci était engorgé.

Passant en crabe entre deux voitures, sa jambe frotta un peu de l'étrange mousse blanche qui poussait sur les pneus. Qu'est-ce que ça pouvait bien être ?

Cette mousse recouvrait les pneus de toutes les voitures, et s'accumulait même pour former des espèces de congères.

Un effet secondaire des produits chimiques répandus dans l'atmosphère ? Ou peut-être carrément un autre produit, en plus de celui qui s'attaquait au sang, et de celui qui composait le nuage magnétique ?

Jake enfonça un doigt dans la couche qui masquait le pare-brise d'une Toyota Venza. Année 2019 ? En tout cas couleur Argent.

Il frotta la mousse entre ses doigts, elle se décomposa en une tache grasse sur son gant. Après quoi Jake jeta un œil à travers la portion de pare-brise dégagée, mais il ne put détourner le regard assez vite. Des traînées de sang marron faisaient une croûte sur le pare-brise et sur la vitre côté conducteur. Un cadavre sur le siège – la chair en décomposition, et les os. Groupe A. Jake longea la vitre arrière, baissée, et il lui sembla – il lui *sembla* – apercevoir la silhouette séchée d'un bébé sanglé dans son siège auto. Il ne demanda pas son reste.

Il marcha ainsi en crabe au milieu des voitures pleines de cadavres jusqu'au bout du pont, après quoi il prit ses jambes à son cou.

Courir lui faisait du bien, et puis… c'était plus sûr, non ?

Il n'avait aucun besoin du masque de ski avec passe-montagne en polaire que Niko l'avait forcé à enfiler. C'était débile – la protection, c'est aux individus des AUTRES groupes sanguins qu'il fallait la réserver. Pour ceux du groupe B, le mal était déjà fait.

Il retira donc ce stupide masque, et put dès lors voir un peu mieux malgré l'obscurité.

Il portait les cinq couches de vêtements recommandées aux infos uniquement parce Niko avait insisté dans ce sens, et parce que Astrid et les tout-petits stressaient moins de le laisser sortir comme ça. Il s'aperçut alors qu'il n'avait plus envie de garder ces choses-là non plus.

Jake retira donc ses bas de jogging et ses sweat-shirts, qu'il jeta ensuite dans la haie du premier pavillon venu, le cœur tout léger de se sentir ainsi libéré.

Il n'avait plus besoin de se protéger ni d'être prudent. Il ne supportait plus Niko et ses conseils étouffants. Désormais vêtu de ses seuls jean et pull-over, il ramassa son sac à dos et se remit à courir.

Pour l'essentiel, il empruntait les rues, ne coupant par les jardins que lorsque celles-ci étaient bouchées. La mousse blanche rendait la chaussée glissante par endroits mais, chaque fois qu'il tombait, il poussait des cris de joie. Il bravait tous les interdits, sans que personne ne puisse l'en empêcher.

Qu'est-ce que c'était bon...

Il était de nouveau libre, et se déplaçait comme bon lui semblait.

Il était fait pour bouger.

Au bout d'un petit moment, il sentit la pollution de l'air dans ses poumons. Il se demandait si cela aurait des effets à long terme, mais après tout...

Alex leur avait expliqué que le nuage magnétique stagnait au-dessus du site de la fuite. Peut-être Jake inhalait-il de minuscules magnets. Ça lui faisait le même effet qu'une mauvaise cigarette. Ça raclait.

Mais il ne s'arrêtait pas pour autant.

Le temps qu'il atteigne Bowstring Road, il avait mal à la poitrine. Il aurait peut-être mieux fait de le garder, ce stupide masque de ski, finalement.

Il vit des maisons saccagées. Il en vit d'autres incendiées. Il vit des cadavres sur les pelouses, des cadavres dans les voitures, des cadavres aux fenêtres, mais il préférait ne pas y penser – une fois, ça lui avait suffi.

Parce que, à présent, chaque fois qu'il faisait une pause, il soufflait comme un bœuf. Les ombres suivaient le rythme de sa respiration.

Mieux valait continuer. Il commençait à prendre peur.

Au coin de Bowstring Road s'était produite une gigantesque collision. Trois voitures encastrées les unes dans les autres. Un pickup retourné. Toutes les vitres constellées d'étoiles. Et la mousse blanche recouvrait les épaves.

Qui avait percuté qui ? On n'aurait su le dire. C'est alors que Jake sentit deux mains se poser sur ses épaules, et qu'il entendit un bruit atroce tout contre sa nuque : une respiration et un grondement.

Il se retourna d'un bond, et se retrouva face à un homme. La vache, qu'est-ce qu'il empestait ! Jake le repoussa, l'homme s'effondra.

Il était grand – plus grand que Jake, mais trop lent.

— Dégage ! cria le garçon.

L'inconnu appartenait forcément au groupe O – il affichait le rictus malsain caractéristique, et donnait l'impression de vouloir tuer, et non lui faire seulement les poches.

Son visage était tendu, ses yeux énormes et ses lèvres retroussées. Il était chauve et avait le corps couvert de tatouages. Jake comprit qu'il avait été exposé aux produits trop longtemps. Cela ferait bientôt deux semaines que la fuite s'était déclarée.

— Fiche-moi la paix, lui ordonna Jake.

Pour toute réponse, l'homme se contenta de gronder.

Jake se souvint alors qu'il transportait une arme. Il retira son sac à dos. Le pistolet se trouvait au-dessus de toutes les autres affaires.

Mais d'où provenait cette odeur ? Peut-être des vêtements de l'homme – maculés de taches sombres, sûrement du sang. Elle pouvait aussi venir de sa bouche. Cette puanteur avait des relents d'eaux usées – Jake se demanda de quoi l'homme se nourrissait.

Celui-ci avait la bouche ouverte ; Jake remarqua comme un reflet.

Oh non, ce malade bavait.

Jake fit deux pas en arrière et dérapa sur la mousse d'une des épaves.

L'homme se jeta sur lui, les mains comme des crochets – il visait sa figure.

Jake le repoussa d'un coup de pied.

Violemment, en pleine poitrine.

L'inconnu expulsa une bouffée nauséabonde, mêlée d'un peu de salive qui toucha Jake.

Celui-ci se redressa avec peine. Il tremblait. L'autre essayait lui aussi de se remettre sur pieds, cherchait à agripper Jake d'une main. Alors Jake s'enfuit. Il aurait pu battre l'homme à mort. Le frapper à la tête tant qu'il aurait fallu, ou mieux, sortir son pistolet et lui tirer en plein cœur.

Sentiment étrange – savoir qu'on aurait pu tuer un homme sans encourir quoi que ce soit.

D'aucuns auraient même trouvé ça charitable.

Les gens l'auraient remercié, si ça se trouve.

Mais il était plus facile de courir.

Par-dessus son épaule, Jake vit l'homme basculer la tête en arrière et hurler.

Concentre-toi sur ton objectif, se dit Jake.

Parvenu au bout de Bowstring Road, il s'engagea dans Leggins Way.

L'inconnu avait complètement disparu. Peut-être que les individus du groupe O qui restaient dehors si longtemps perdaient la boule. À moins que celui-ci ait tout simplement oublié Jake, ou su qu'il ne le rattraperait jamais.

Un individu du groupe O exposé depuis le début ne constituait pas une grande menace – cette pensée fit sourire Jake.

Il n'en avait que davantage de chances de rallier Denver, s'il décidait finalement de s'y rendre. C'était encore trop tôt pour le dire, et il irait où il voudrait.

17285. 17325. *Yes* – 17355.

La maison de Lindsay avait une fenêtre de cassée, mais Jake aperçut une bâche en plastique qui flottait près du trou. Sur son affichette, elle avait marqué *Maman, reviens*, n'est-ce pas ? Elle était donc probablement chez elle.

Il alla inspecter derrière la maison, rallumant sa frontale pour l'occasion. Si quelqu'un se cachait dans les parages, autant l'apercevoir avant de se faire attaquer.

— Lindsay ? appela-t-il tout bas. Linds ?

Dans le jardin, la causeuse – un grand fauteuil confortable – était retournée. Jake marcha par inadvertance sur un râteau cassé qui se redressa et alla taper le mur de la maison.

Aussitôt il entendit Barksly. Jake sourit. Il avait complètement oublié l'énorme labradoodle un peu crétin de Lindsay.

Barksly adorait Jake, Lindsay adorait Barksly, et quelque part, de la savoir entichée d'un chien aussi bébête et foufou, Jake se sentait plus à l'aise auprès d'elle.

Les aboiements provenaient de l'intérieur.

Jake grimpa les deux marches menant au porche. L'endroit était exactement comme dans son souvenir – jusqu'aux crampons et protège-tibias qui traînaient à côté de la porte.

— Barksly ? T'es où, mon grand ?

Dans la maison, l'animal devint fou.

Jake toqua à la porte. Pas de réponse. Forcément. Il tenta alors de l'ouvrir, et le bouton tourna facilement. Jake eut un mauvais pressentiment, s'attendant déjà à trouver Lindsay morte auprès des siens.

Si tel était le cas, il sauverait le chien puis partirait pour Denver. Inutile de passer par chez lui. Son père avait certainement filé depuis belle lurette – il travaillait à Denver. Il devait y être le jour de la fuite.

Ce serait bien, d'avoir un chien. L'animal pourrait le prévenir de la présence de monstres comme l'autre sauvage du groupe O qui avait surgi de nulle part.

— Lindsay ? appela-t-il en pénétrant lentement dans la maison. Barksly ?

Les aboiements montaient de la cave, dont la porte se situait dans la cuisine. Jake entendait le chien qui grattait le battant, cherchait à l'enfoncer mais retombait dans l'escalier après chaque tentative.

— Calme, Barksly ! lança Jake.

La poignée était verrouillée.

Jake regarda autour de lui. Il commencerait par faire sortir le chien, et ensuite ils partiraient ensemble explorer la maison. En cas de menace ou de drame, Barksly serait le premier au courant.

Il ne fallut que trois coups de pied à Jake pour arracher la poignée.

Barksly perdait la boule.

Jake enfonça un doigt dans le trou laissé par la poignée, puis il tira.

C'est là qu'il comprit son erreur. En effet, Barksly cherchait à le rejoindre, mais l'ouverture de la porte avait été bâchée avec du plastique.

— Recule, ordonna-t-il à l'animal.

Au lieu de laisser Barksly pénétrer dans la cuisine, c'est Jake qui s'engagea dans l'escalier de la cave, après avoir descotché le plastique.

Il saisit le chien par son collier, puis essaya de refermer la porte le plus vite possible.

Il avait laissé entrer de l'air extérieur.

Cela pouvait se révéler mortel pour les éventuels occupants de la cave – à compter qu'ils soient vivants.

Barksly faisait la fête à Jake.

— Tout doux, mon beau. Assis. Oui, c'est moi. Assis, je te dis.

Mieux valait descendre l'escalier, ou bien l'animal risquait de lui provoquer une chute fatale.

Arrivé à la dernière marche, il eut confirmation que la cave était habitée.

Jake s'y était déjà rendu. Il y avait là une grande salle, dont un mur entier était occupé par un miroir ; des appareils de musculation, ainsi que des canapés en cuir pour regarder le grand écran accroché à un autre mur.

Pas de fenêtres = super abri.

Jake découvrait des bougies alignées devant le miroir – au verre noirci par la fumée. Les appareils de muscu avaient été rangés de côté : dessus – comme par terre – s'entassaient des conserves, quatre ou cinq assiettes et des tasses. Quelques ordures aussi.

— Lindsay ? appela Jake.

Sur le côté, il y avait la buanderie. Lors d'un de leurs rendez-vous, Lindsay avait insisté pour lui laver ses affaires de sport. D'après elle, il sentait le bouc. Ils avaient fait la chose sur le tapis de la buanderie, après quoi il l'avait prise sur le lave-linge pendant l'essorage.

Barksly se comportait bizarrement, à présent. Il s'approchait de Jake, toujours au pied des marches, puis se dirigeait vers un tas de couvertures fourrées entre le canapé et une autre causeuse.

Le cœur de Jake s'emballait. Allait-il découvrir le cadavre de sa maîtresse du midi dans ce recoin ?

Barksly l'avait peut-être déjà grignoté. Ça serait dur à encaisser.

C'est là que Jake entendit de la musique.

À la lumière de sa frontale, il vit les couvertures bouger. Une main apparaître. Puis la musique devint plus forte. Jake comprit : la personne avait retiré ses écouteurs.

— Linds ? C'est moi, Jake.

La jeune fille montra alors sa tête.

— Jake ? !

— *Yes !* Je suis venu voir comment t'allais.

— Comment tu as fait pour entrer ?

Une pause, puis :

— L'air !

Elle s'extirpa aussitôt de son nid et s'empara d'un gros briquet pour cheminée. Elle se mit à allumer les bougies.

Là-dessus, BOUM !

Un bruit sourd, provenant de la gauche de Jake.

BOUM !

Et dans la buanderie : « RÂÂÂÂ ! »

Barksly courut se réfugier sous une causeuse en gémissant.

— Aide-moi ! ordonna Lindsay.

Elle lança le briquet à Jake. Celui-ci retira son sac à dos et entreprit d'allumer toutes les bougies qui avaient encore de la cire.

— C'est mon père, expliqua la jeune fille.

Elle ramassa ce qui ressemblait à un fagot de brindilles qu'elle enflamma à une bougie.

— Ça purifie l'air, précisa-t-elle.

Des grondements et des cris leur parvinrent de la buanderie.

Lindsay alla passer son fagot devant la porte.

De l'autre côté, son père enrageait.

BOUM ! BOUM ! BOUM !

— Je crois qu'il a arraché un tuyau du chauffe-eau. Et il frappe la porte avec. Mais bon, la porte est en métal.

Elle passa son fagot le long de la fente au bas du battant.

— Je vais jeter un œil aux bâches, proposa Jake.

Il remonta l'escalier, puis appuya sur les bandes adhésives pour les recoller au chambranle. Ça tenait plus ou moins. Il appuya plus fort.

— Il te reste de la bande adhésive ?

— Non.

Il appuya encore.

— Désolé, conclut-il.

— T'inquiète. De toute façon, je suis obligée d'ouvrir de temps en temps, vu comment ça finit par schlinguer, entre mon chien et moi. Et pour sortir les poubelles, aussi. Mon père devient dingue. Mais au bout d'un moment il se calme.

Jake remarqua que les jurons avaient fait place à des gémissements et des pleurs.

— C'est bon, papa, lança Lindsay. Tout va rentrer dans l'ordre.

La jeune fille se tourna vers Jake et lui fit signe de se taire.

Celui-ci acquiesça, sans toutefois comprendre le pourquoi de la chose.

Il s'affala sur un canapé. Barksly sauta sur ses genoux. Jake lui ébouriffa le cou. L'animal apprécia énormément.

Puis Lindsay s'approcha du canapé et alla récupérer quelque chose dans son nid de couvertures.

Un vieux *Ghetto-blaster*, avec lecteur CD. Elle débrancha la prise de ses écouteurs. La pièce s'emplit alors de la musique de Bruno Mars.

— Je ne veux pas que mon père sache que tu es là.

Pour plus de sûreté, Lindsay alla poser l'appareil devant la porte de la buanderie.

— Tu penses pas qu'il m'a déjà grillé ?

— Il n'est pas lui-même quand les produits agissent. Il est du groupe O. Mais il revient rapidement à la normale, et je ne veux pas qu'il sache.

Elle l'implora du regard.

— OK, accepta Jake. Je me fais discret. Cool.

Lindsay portait un sweat-shirt qu'il n'avait pas oublié. La coupe était telle que le vêtement exposait son cou, ses épaules et le haut de sa poitrine. Ainsi que cette zone délicieuse chez une fille, entre l'aisselle et le sein.

Et bingo. Nom de nom, cette nana était peut-être bien la seule dans tout le Colorado à lui faire cet effet-là.

— Je t'ai apporté un truc, reprit Jake.

Il empoigna son sac à dos et se mit à fouiller à l'intérieur. Tout était sens dessus dessous.

Il sortit le pistolet et le posa à l'écart.

Il entendit Lindsay retenir son souffle.

— Pas de panique, la rassura-t-il. C'est pas pour toi. Forcément, hein.

Ce qu'il disait n'avait ni queue ni tête, mais Lindsay le déstabilisait toujours. Peut-être à cause des grands yeux sombres avec lesquels elle le regardait.

— Voilà ! claironna-t-il en sortant son présent.

Un Snickers. Format à partager. Drôle de coïncidence qu'il en ait fourré un dans son sac avant de quitter le Greenway.

Douce coïncidence. Sérieusement.

— Oh purée, fit Lindsay avant de s'esclaffer.

Jake, lui, rougit aussitôt. Tant et si bien que la fille fut prise d'un fou rire, et qu'elle dut aller monter le son du *Ghettoblaster* à fond.

Elle s'essuya les larmes. Les derniers spasmes de son fou rire la faisaient glousser, puis retrouver son sérieux, puis glousser à nouveau. Elle s'écroula dans le canapé.

— Jake Simonsen… Tu as bravé l'apocalypse pour une partie de jambes en l'air.

Maintenant qu'elle lui souriait, Jake pouvait rigoler à son tour. Il sentait bien qu'il rougissait encore. Et sans doute même jusqu'à la racine des cheveux.

— Tu sais que mon père est juste à côté.

— Mouais, bon… Je viens de l'apprendre. En venant, j'étais pas au courant. Enfin… je savais même pas si tu serais vivante ou morte, ou bien.

Lindsay replia ses jambes contre elle. Son sweat-shirt glissa un peu plus bas.

C'est clair, elle lui faisait de l'effet.

Tout le monde savait que Jake vivait littéralement pour le sexe. C'était son truc. Il était beau, populaire, et il en parlait ouvertement : du fait que le sexe dirigeait son existence. Les gens l'aimaient aussi pour ça ; Jake le savait parce que, lorsqu'il abordait le sujet, tout le monde riait – et pas d'un rire gêné, plutôt un rire de relâchement, chaleureux.

Il aurait préféré être un monstre du groupe O, ou un pestiféré du groupe A. Il aurait tout donné pour être AB.

Mais non, les produits chimiques qui s'étaient répandus dans l'atmosphère quand le séisme avait fissuré le dépôt du Commandement de la défense aérospatiale de l'Amérique du Nord l'avaient privé de sa plus grande joie en ce bas monde : sa faculté à bander.

Et voilà maintenant que cette fille ravivait la flamme : raison de plus pour faire la fête.

Jake lança le Snickers à Linday. Elle le saisit au vol.

— Mange ton chocolat, lui sourit-il.

Ça la fit rire. Jake se rassit dans la causeuse. Barksly posa les pattes avant sur le siège et enfouit son museau entre les cuisses du garçon.

— Descends Barksly, assis, lui ordonna Jake. 'Tain, il est bouché, ou quoi, ce clebs ?

— C'est clair, confirma Lindsay. Je suis contente de te voir, Jake. Tu n'imagines pas à quel point.

Elle se leva et se dirigea vers un coin de la salle où étaient entreposés trois bidons de lait remplis d'eau. Elle lui en servit une tasse.

— On a un puits. Je me sers à l'évier de la buanderie quand mon père dort. Elle est excellente.

Et en effet. Le goût était froid et minéral. Jake vida sa tasse d'un trait.

Il se sentait comme un prince. Il avait bien fait de venir.

Bien fait de quitter les autres. Eux n'avaient pas besoin de lui ; cette fille, si.

C'est alors qu'un sanglot leur parvint de la buanderie, puis un coup, mais différent des précédents.

Lindsay s'approcha de la porte. Baissa la musique.

— Tout va bien, papa ?

— Je m'en veux, pleurnichait l'homme. Pars sans moi, Lindsay. Sauve-toi.

La jeune fille adressa un bref coup d'œil à Jake. Que voulait-elle voir ? Sa réaction face à cette situation. Il n'était franchement pas là pour juger.

— Je ne t'abandonnerai jamais, papa.

— Si, tu dois le faire !

La réponse fut si forte que la jeune fille en sursauta. Les larmes lui vinrent aux yeux.

— Je t'en supplie… Pars sans moi.

— Chhhut. Essaie de dormir. Va te coucher.

— J'ai un peu faim.

— Je te passerai à manger quand tu dormiras.

Nouveau coup d'œil pour épier la réaction de Jake.

— Qu'est-ce qui s'est passé, au juste ? demanda le père.

— J'ai voulu sortir la poubelle, mentit Lindsay. Désolée, j'aurais dû te prévenir.

— Oui, tu dois me laisser le temps de me ligoter quand je me maîtrise encore.

— Pardon, papa. Les bâches plastique avaient du jeu. Mais je les ai recollées.

— La prochaine fois que tu sors, essaie de trouver une chaîne et un cadenas. Je ne suis pas sûr que cette corde dure longtemps.

Lindsay baissait les yeux.

— Si jamais je sortais…

Sa voix se perdit dans un sanglot.

— Tout va bien, papa. Je saurai me défendre, même si tu sors.

Son regard croisa encore celui de Jake – cette fois, elle ne le détourna pas.

— J'ai une arme.

Lindsay mit un autre CD dans le lecteur. Du vieux rock.

Jake ne reconnaissait pas bien.

— Merci, ma puce, approuva son père. C'est gentil.

Elle monta le volume très haut.

Puis elle revint s'asseoir à côté de Jake, dans la causeuse.

— C'est qui, déjà ? lui murmura-t-il en se penchant vers elle.

— U2. Son groupe préféré.

— Et l'appareil, il fonctionne comment, au fait ?

— Avec des piles. Heureusement que ma mère en avait stocké des tonnes. Comme pour les bougies. Elle avait la phobie des coupures, de se retrouver dans le noir.

Jake ne savait quoi dire – avec le nuage magnétique qui coupait le courant à toute la région, la mère de Lindsay n'était pas vernie.

— Elle n'est pas rentrée depuis la grêle, a ajouté la jeune fille en haussant les épaules. Je pense qu'elle doit être morte.

Et le *Ghetto-blaster* qui jouait « Beautiful Day »...

— Mon père a tué les voisins, reprit-elle en s'inspectant les ongles. Les Cruze. Il m'aurait tuée aussi, si je ne lui avais pas fait perdre connaissance en lui serrant une corde autour du cou.

— La vache... souffla Jake.

— Il veut que je m'en aille, mais c'est hors de question. Je lui porte à manger quand il dort ou qu'il s'est ligoté. Mais ça n'empêche qu'il m'attaque parfois, y compris quand l'air n'est pas pollué. Sa cervelle doit être déglinguée.

Honnêtement, Jake attendait qu'elle se mette à pleurer pour pouvoir la réconforter. Il crevait d'envie de glisser une main sous ce sweat.

Sauf que Lindsay ne pleurait pas.

— On a toujours été super proches, lui et moi. Quand j'avais, genre, cinq ans, je me rasais avec lui, le matin. Avec une vieille brosse à dents. Il me savonnait la figure, et on se rasait côte à côte, une serviette autour de la taille.

« Beautiful Day » terminée, la suivante démarra.

Lindsay descendit de la causeuse pour inspecter le contenu du sac de Jake.

— Voyons un peu ce que tu m'as apporté d'autre.

Après avoir ravitaillé son père (« C'est bon, papa, tu es ligoté ? OK, j'arrive. ») ; après que Jake lui avait raconté son histoire (« Bref, ils m'ont demandé de sortir voir ce que je pouvais dégoter. Moi, forcément je pensais à toi. Depuis le début, hein. Du coup j'ai voulu essayer de te trouver. ») ; après qu'elle lui avait exposé son plan (« On a encore à manger pour au moins dix jours. J'ai entendu dire que les produits seraient dissipés en deux semaines, donc ça ne devrait plus tarder. ») ; alors enfin – *enfin* – Lindsay avait estimé que son père était endormi, et elle s'était assise sur les genoux de Jake.

Pas moyen.

Pas même quand elle dévoila sa poitrine, le chevaucha et lui mordit l'oreille. Elle le mordit pourtant fort, parce qu'elle était comme ça, mais rien n'y fit.

— T'as pas des cigarettes ? lui demanda-t-elle après s'être dégagée puis rhabillée.

Jake lui fit signe que non.

Il fouillait ses poches, recherchait les plaquettes d'obezine qu'il y avait fourrées.

— Non, dit-il. Oh non !

— Chhhut ! intervint Lindsay. Mon père ne doit pas savoir que tu es là.

Jake repoussa la main qu'elle avait posée sur son bras et se mit à secouer son pantalon. Il savait que cela ne servirait à rien. Que les plaquettes n'étaient plus là.

Il réfléchit un instant et se revit presque en pensée dans la rue, tout content d'ôter ses vêtements de protection.

Trois plaquettes contenant chacune l'équivalent de dix jours d'obezine traînaient par terre dans cette fameuse rue.

Jake shoota dans la causeuse ; Lindsay sursauta.

— Faut que j'y aille, annonça-t-il.

— De quoi ? faillit-elle s'étouffer. Mais tu viens d'arriver !

— J'ai perdu un truc super important. Dans la rue.

— Jake, je t'en prie, ne pars pas.

La voilà qui pleurait, maintenant. Parfait.

— Reste au moins cette nuit. Jusqu'au matin. S'il te plaît, Jake. Tu sais que je tiens à toi ; et puis je ne veux plus être seule. Tu veux bien ?

Jake comprit qu'elle était en train de craquer.

Ça lui brisa le cœur. Il reviendrait peut-être.

S'il retrouvait ses cachets, et s'il dégotait à manger en chemin, oui, il resterait peut-être avec elle.

Couché dans son panier, Barksly leva la tête et battit une fois de la queue, comme s'il lisait dans les pensées de Jake et qu'il acquiesçait.

OK. Jake était vanné.

Il aurait pu dormir jusqu'à la fin des temps.

Les plaquettes d'obezine n'auraient pas bougé d'ici le matin.

Dans le cas contraire, il n'aurait qu'à retourner au Greenway.

Ils dormirent ensemble, dans le canapé.

Elle s'était blottie contre lui et, très vite, sa respiration était devenue lourde et douce.

Jake restait étendu, une bombe entre ses bras, avec qui il n'avait pas couché. C'est à ça qu'allait ressembler sa vie à présent ? Il n'en revenait pas.

Elle se leva avant lui et lui prépara le petit déjeuner. Thon et biscuits secs.

— 'Tain, fit-il en avisant le thon. C'est comme ça que tu te nourris ?

Elle détourna le regard.

Jake se sentit bête. Elle n'avait manifestement rien de mieux à lui offrir. Pourquoi ne réfléchissait-il jamais avant d'ouvrir la bouche ?

— Ça m'a l'air bon, se reprit-il. Merci.

Dans son coin, Barksly léchait le film alimentaire dans lequel le thon avait été emballé.

— Écoute, dit Jake d'une voix douce. J'ai perdu un truc dans la rue. Et j'en ai besoin. Faut absolument que je sorte le récupérer.

— Tu ne reviendras pas, lui rétorqua-t-elle, la tête baissée, son visage caché derrière ses cheveux.

— Ne dis pas ça.

— Non mais c'est bon. On se débrouille. On peut se passer de toi.

Elle lui tourna le dos, mais il est difficile de cacher ainsi ses larmes dans une pièce dont tout un mur est occupé par un miroir.

— T'es un sacré numéro, Jake.

Elle ne comprenait pas, pour les cachets. Sans eux, il ne tiendrait pas. Voilà. Le désespoir le prendrait à nouveau, et il serait fichu.

Mais il ne lui demandait pas de comprendre. Comment l'aurait-elle pu ? Il ne lui avait rien expliqué.

N'en avait pas envie.

Tout ce qu'il voulait, c'était fiche le camp.

Jake regarda autour de lui, rassembla ses affaires. Il ne pouvait pas abandonner à Lindsay le contenu de son sac. Ne serait-ce que si, après avoir retrouvé les cachets, il décidait de partir pour Denver. Il lui laissa du chocolat, des chewing-gums, deux barres énergisantes. Le reste, il en avait besoin.

— J'en veux pas, de ton chocolat ! lui hurla-t-elle. Va-t'en. FOUS LE CAMP !

— Qui est avec toi, Lindsay ? intervint la voix de son père. Tu vas bien ?

— Oui, ça va, papa.

— Ça n'est que moi, Jake Simonsen, monsieur. Je suis passé prendre des nouvelles de votre fille.

— Qui ça ?

— Jake Simonsen, de l'équipe de foot.

Le capitaine de l'équipe – mais il n'eut pas besoin de le préciser.

— Je me rappelle ! Je te remets !

— Justement il partait, affirma la fille. Donc voilà.

Jake s'attendait à ce que le père de Lindsay se mette à criser. Qu'il menace de le tuer, qu'il attaque la porte avec son bout de tuyau.

Mais non.

La voix de M. Morrow se fit sérieuse et grave :

— Emmène Lindsay avec toi.

Jake sentit que l'homme avait le visage collé au battant.

— Elle refuse de partir sans moi, pourtant il faut qu'elle s'en aille.

— Je ne sais même pas où je vais aller, avoua Jake.

— Ça n'est pas grave. Fiston, je te le demande solennellement, éloigne ma fille de moi.

— Il n'est pas question que je t'abandonne ! protesta Lindsay. Enlève-toi cette idée de la tête ! L'air sera de nouveau respirable très bientôt, il faudra bien quelqu'un pour s'occuper de toi, non ? !

Jake était prêt à partir. Il ne lui restait plus qu'à mettre la main sur sa lampe frontale.

— PETIT, JE T'EN SUPPLIE, EMMÈNE-LA LOIN D'ICI ! s'écria le père de Lindsay. Par pitié.

Jake posa une main sur la rampe.

Il n'aimait pas être proche des pères des filles avec qui il couchait. C'était trop… bizarre. En revanche, il se souvenait de l'allure qu'avait celui de Lindsay. Grand et mince, comme sa fille, il donnait l'impression d'être un homme bien.

Il travaillait dans les assurances, ou quelque chose comme ça. Il aidait à financer une équipe de foot de jeunes ; Jake l'avait vu les accompagner, une fois. Il le revoyait faire coucou à Lindsay pendant que celle-ci lui parlait pendant l'échauffement.

— Écoute… fit-il en se tournant vers Lindsay. Si tu veux, je peux t'emmener au Greenway. Tu y seras en sécurité. Il y a déjà Astrid, ça sera un peu gênant, mais bon…

Un haussement d'épaules.

Il était prêt à risquer un esclandre avec Astrid pour sauver cette fille. Évidemment.

— Tu penses que je devrais abandonner mon père ? répondit Lindsay.

Sa voix tremblotait, la jeune fille avait peur. Ses grands yeux marron luisaient dans la pénombre de la cave.

Jake haussa de nouveau les épaules.

— C'est pas à moi de te dire ce que tu dois faire. Tout ce que je dis, c'est que je dois pouvoir t'emmener à l'abri.

BOUM ! Le père venait de frapper la porte.

— Vas-y, ma puce ! (Au ton de sa voix qui montait, on comprenait qu'il perdait les pédales.) Mais VAS-Y ! Je suis ton père et je t'ordonne de partir !

Lindsay alla appuyer une main en plein milieu de la porte.

— Mais papa, je ne peux pas te laisser enfermé ; et si je t'ouvre, tu vas péter un câble dès qu'on décollera les bâches.

— Tu me laisses enfermé ici et c'est marre.

— Nooon ! s'effondra Lindsay. Papa, mais tu me demandes de… tu me demandes de te laisser mourir !

Alors elle s'adossa à la porte, et se laissa glisser jusqu'au sol.

Des sanglots leur parvenaient à présent, de l'autre côté du battant.

— Tout va bien se passer, reprit la jeune fille. On a de quoi tenir quelques jours encore.

— OK, renifla son père. C'est bon, Lindsay. On va s'en sortir. Toi et moi.

Cette scène mettait Jake mal à l'aise. Il sentait là tant d'amour. Sans que cela soit malsain. Peut-être n'avait-il jamais rien éprouvé de si profond.

C'est à ce moment-là qu'il décida de passer faire un tour chez lui, quand il aurait récupéré les cachets.

Au cas où ; si jamais son père s'était réfugié là-bas ; s'il l'attendait.

— Je vais y aller, annonça Jake. Du coup… toujours sûre de vouloir rester ?

Il n'obtint pas de réponse.

Alors il enfila son sac à dos.

— Très bien, conclut-il. Prépare-toi, je vais ouvrir la porte.

— Attends ! le retint Lindsay. En fait j'ai besoin d'un truc que tu as, Jake.

Elle leva les yeux vers lui.

— Tu me laisses ton pistolet.

Composition Nord Compo

Cet ouvrage a été imprimé en Espagne
par RODESA

« Pour l'éditeur, le principe est d'utiliser des papiers composés de fibres naturelles, renouvelables, recyclables et fabriquées à partir de bois issus de forêts qui adoptent un système d'aménagement durable. En outre, l'éditeur attend de ses fournisseurs de papier qu'ils s'inscrivent dans une démarche de certification environnementale reconnue. »

PAPIER À BASE DE
FIBRES CERTIFIÉES

hachette s'engage pour
l'environnement en réduisant
l'empreinte carbone de ses livres.
Celle de cet exemplaire est de :
610 g éq. CO_2
Rendez-vous sur
www.hachette-durable.fr

20.3649.9 – ISBN 978-2-01-203649-9
Dépôt légal 1re publication : février 2014

Édition 01 – février 2014

Loi n° 49-956 du 16 juillet 1949
sur les publications destinées à la jeunesse.